中坚夫妻

焦阳◎著

時代文藝出版社

图书在版编目（CIP）数据

中坚夫妻 / 焦阳著. —长春：时代文艺出版社，2020.3

ISBN 978-7-5387-6147-4

Ⅰ. ①中… Ⅱ. ①焦… Ⅲ. ①长篇小说－中国－当代 Ⅳ. ①I247.5

中国版本图书馆CIP数据核字（2019）第188358号

出品人 陈 琛
产品总监 邓淑杰
责任编辑 刘瑀婷
刘 兮
装帧设计 陈 阳
排版制作 隋淑凤

中坚夫妻

焦阳 著

出版发行 / 时代文艺出版社
地址 / 长春市福祉大路5788号 龙腾国际大厦A座15层 邮编 / 130118
总编办 / 0431-81629751 发行部 / 0431-81629755 北京开发部 / 010-63108163
官方微博 / weibo.com / tlapress 天猫旗舰店 / sdwycbsgf.tmall.com
印刷 / 三河市万龙印装有限公司
开本 / 640mm × 910mm 1 / 16 字数 / 211千字 印张 / 18.75
版次 / 2020年3月第1版 印次 / 2020年3月第1次印刷 定价 / 39.80元

图书如有印装错误 请寄回印厂调换

目　录

第1章

人仰马翻的星期六

每桩婚姻里都有一件至关重要的“家务活”。

甭管这婚姻是高大上还是矮矬穷，是新婚宴尔还是经年已痒，是一顺百顺还是世事多磨，唯独这桩“家务活”，不好偷懒，不便懈怠，不能找人代劳——床第之间的“家务活”，否则，还是夫妻吗？

所以，婚姻里的当事双方，特别是那些已经褪去热恋、新婚印记的所谓老夫老妻们，更加需要亲力亲为地做好这件具有特殊意义的“家务活”，用以提醒彼此的已婚身份和责任，精进团队友谊，加深阶级情分。用这一抹风花雪月的温存，坚挺对未来幸福生活的满满憧憬，对抗职场打拼的压力，抵消养育孩子的精疲竭力，释放赡养老人的种种压力……

对于上有老下有小、一周工作五天、双休日有大堆家务和课外辅导班的普通双职工夫妻们来说，周五晚上或是周六清晨的那张卧室里的双人床，便是完成这件刚需活计的最佳时间和首选地点。伍家平和余芳就是这样一对完全符合上述标准的

“80后”夫妻。

这个周五的晚上，差一刻十点，北京五环边上，一个再普通不过的居民小区里，万家灯火之中属于伍家平和余芳家的屋檐下，四岁半的儿子乐乐哭着喊着赖在父母卧室的双人床上，用尽撒娇、耍赖、卖萌等手段，黏在余芳身上分毫不离。余芳是个猫妈，心慈面软，又心肝宝贝地搂着这个亲爱的小“第三者”睡了一晚，伍家平纵是虎爸，纵是惦记着那事儿，也只能心有余而已。

周六的清晨姗姗来迟，顶着蓬松乱发的余芳抱着熟睡的乐乐蹑手蹑脚地穿越客厅，经过厨房、卫生间，迈进姥爷梁天佑和儿子乐乐共享的那间十八平方米的小卧室。须臾，余芳只身折返出来，她打了个哈欠，朝厨房走去。

斜刺里闪出一粗壮的黑影，蛮横地抱起女主人冲向主卧室。

余芳既不惊叫也不反抗，嘴角向上一挑，敢情伍家平这老实男也有憋不住的时候？！

伍家平把余芳撂到一米八的双人床上，撅屁股撞上卧室的门，喘着粗气号令：“趁那小子睡得正踏实，趁老爷子出门晨练，咱俩赶紧把那事儿给办了，回回都磨磨蹭蹭拖泥带水的，时候长了你就不怕我再也不行了啊！”余芳半就半推：“睁开眼就一堆事呢，明天吧，明晚我一定喂饱你！”

此时的余芳，穿着两截式碎花睡衣裤，四仰八叉地躺在床上，眼神惺忪，卷发慵懒，透着家常的性感。那件睡衣裤上沾着一两处被乐乐弄上去的果汁，卷发上腻着厨房的油烟味，她青瓷般的肌肤纹理里应该还潜伏着白天图书馆里陈列书籍的腐旧气息，她右手手腕处甚至还残留着一抹借书证印章上的红油墨。作为理工学院图书馆的图书管理员，作为一个四口之家的主妇，这些都是在所难免的。在伍家平眼里，这些都是质朴可爱的。

余芳和伍家平相恋一年半，结婚五年，朝九晚五地勤恳工作，一年三百六十五天努力地生活，早早晚晚地孝顺姥爷、抚养儿子。他们辛辛苦苦过着踏实安稳的小日子，心无旁骛地做着一对上有老下有小的“中坚夫妻”。只有在每个周五晚上或周六清晨，办夫妻那点事儿时，他才能卸去×银行信贷部经理、父亲、丈夫、孙女婿、儿子、哥哥等社会属性名称，她才能卸去老师、母亲、妻子、孙女、女儿、嫂子等世事角色称谓，只做一个纯粹的男人女人，只做一件纵情、任性、愉悦身心的事。

伍家平张牙舞爪地扑向双人床，一张四平八稳的圆团大脸朝着余芳的瓜子脸迫降，身体重心咣里咣当地俯冲下来：“关键时刻，你不锦上添花也罢了，可别火上浇冰水，我现在就‘饿’得前胸贴后背、两眼冒绿光了！”

余芳于心不忍，整个人就软下来，打算成全眼前这个“饿鬼”。她又想起来什么，双手向枕头下一通乱掏，掏出一个印着光头强卡通图案的口罩捂伍家平嘴上了。“喏，乐乐的，你将就戴会儿，别像前几回鬼哭狼嚎的，把乐乐给吵醒喽，赶紧开工！”

仿佛系统重装一样，伍家平初始化最初的步骤，一一重来。透过窗口的晨曦下，余芳的五官依然精致姣好，秀发依然浓密黑亮，只是丝绸般的皮肤上已然悄悄衍生出了若隐若现的褶皱，眼角、眉头、唇边，丝丝缕缕勾扯出伍家平心底的回忆——恋爱时，筒子楼的水管下余芳红着脸给他洗衣袜内裤；结婚前，当着舅舅、舅妈和姥爷的面，余芳这个北京大妞抱着父母的骨灰盒非他不嫁，彼时的他只是一个无房、无车、无北京户口、刚进银行工作的小职员；供房时，余芳背着他午餐吃了一年的清汤挂面；生儿子时难产，这个倔强如母狼的女人声嘶力竭地喊“伍家平！保孩子！否则我做鬼也不放过你”……

千丝万缕的回忆积聚成一簇簇升腾的小火苗，从伍家平的小腹噌噌往上冒，他浑身来了劲，血往上涌，诚心诚意地想让余芳快乐满足一把。余芳感受到了从伍家平的瞳孔、手臂和气息传递出来的玫瑰信号，从操劳乏味的生活主妇幻化成少女情怀总是诗，整个人如一匹柔腻丝绸，把伍家平层层缠绕包裹起来。

“欢乐女神，圣洁美丽，灿烂光芒照大地，我们心中充满热情，来到你的圣殿里，你的力量，能使人们消除一切分歧，在你光辉照耀下面，人们团结成兄弟……”手机来电铃声乍响，中文版的华丽美声《欢乐颂》把余芳和伍家平炸得一怔，她推了他一把：“接吧，一大清早就电你的，除了你妈就是你妹！”

伍家平攀越过即将怒放的余芳，老大不情愿地抄起手机，粗声恶气：“谁啊？”

“连我的号都不认识？你妹啊！”

果然是伍宝——伍家平的妹妹。兄妹俩一奶同胞，除了姓氏和B型血这点共同属性，两兄妹的性格、脾气、爱好和三观严重两极分化、南辕北辙。伍家平长得就像年画儿上的喜神面孔，一团和气，天性以善为本，万事以和为贵，搁到哪儿都毫无违和感。他为人踏实、重感情、没什么功利心，当中国大多数男人都在追名逐利、膜拜金钱权色之时，他可以推掉哥们儿、婉拒应酬，回家下厨给全家人做晚饭。他可以穿两百块一件的商务夹克落落大方地与通身富贵名牌的客户、老板们谈业务、签合同，却绝不舍得让老婆的衣橱里少一件应季新裙，让儿子少一个心仪的玩具。这些搁余芳眼里，就相当于拜金女电光石火地看到了男方家车库里那辆限量版保时捷。

余芳当初看上伍家平，就因为他是唯一跟她恋爱三个月还不敢牵手冒犯的男人，是第一个主动上交给她工资卡和出租房钥匙的男人，是第一个主动请缨陪姥爷去泡澡堂子、亲手给姥爷搓背擦身的男人，这对于自幼父母因车祸双亡、在姥爷家长大的余芳来说，无异于天赐珍宝，不，比珍宝还宝贵。她尝尽舅舅、舅妈的白眼和酸话，吞下寄人篱下的百般滋味，自小强烈缺乏安全感。她非常渴望拥有一个属于自己的家——绝对意义上的家，风吹雨打也不怕，她要比任何人都幸福，她要让姥爷幸福，她要让长眠的父母安心，而能匹配这一切的非伍家平莫属。

相较于居家旅行标配款暖男伍家平而言，伍宝就是一个异数，就是一盏不省油的灯！按说他们兄妹都生长在保定这个三线城市，老爸宽和，老妈能干，伍家平彻底继承了父母的优良基因，出落得职场能纵横，回家能顶梁，媳妇面前能逗趣，虽不说十项全能，但也当得起人中杰青。伍宝呢，爱恨来得太快就像龙卷风（当然去得也快），性格麻辣嘎嘣脆，绝不让自己受丁点儿委屈。就拿两件事来说吧，早年间考到北京上大学，不知怎么着就嫌爹妈给起的“伍家宝”这个名字太土肥圆，完全不是自己的风格，趁毕业落户口时，也不知道使了什么妖术邪气，愣是求爷爷告奶奶地把户口本上的“伍家宝”更名为“伍宝”。抠掉一字，多了几分都市感，她自鸣得意，全家上下都摇头。一个打小蹲马路边看匠人弹棉花的小城丫头，却倔强地成长为音乐学院拉小提琴的音乐精灵，伍宝注定是伍家最拉风、最叛逆的主儿！

伍宝干的第二件轰轰烈烈的事就是与黄小尊的闪婚。一个是靠一把小提琴混商演，带一班考级学生的女艺青，一个是进口豪车4S店售后车间的维修技师。俩人结识于伍宝朋友的修车理赔事件，从各为其主各执一词，到互掐较劲明争暗斗，再到柳暗花明握手言和眉来眼去，又到天雷地火海誓山盟直奔民政局扯证，前前后后只用了六十八天时间，当他们俩拿着红本本向双方家人宣布婚讯时，大家集体傻眼了！闪速结合的婚姻注定婚后是电闪雷鸣，黄小尊一身独生子的毛病，加上有黄家二老给撑腰，自然横冲直撞。偏偏伍宝又是个眼里不揉沙子的主儿，半点儿亏不肯吃，俩人婚后的生活风风火火吵吵闹闹，不是段子，胜似段子！

手机这头的伍家平一开口当然没好气：“死丫头，大清早的这才几点你就火上房！”

伍宝伶牙俐齿的声音从手机传出：“平常你就一老绵羊，这会儿怎么练起狮吼功了？哥——你不会是跟亲爱的嫂子正在床上操练男女混合柔道吧？”

余芳耳朵尖，伍宝的话像滚水，瞬间把她烫成一只红虾，她悄声弓着身子从伍家平身下溜出。

伍家平扫了一眼赤裸裸的自己和妻子，粗声恶气地嘴硬：“狗嘴里吐不出象牙！你嫂子正在小屋哄乐乐睡觉呢！有事赶紧说，没事挂了！”

“哥！我跟黄小尊一天、一小时、一分钟都过不下去了！”

“胡闹！你俩又抽什么风？”

“真的！哥，我跟黄小尊一天、一小时、一分钟都过不下去了……”

“别怪哥没警告你，‘离婚’能当流行歌曲天天搁嘴上唱啊？你在我这儿发发牢骚得了，别跟咱妈提‘离婚’这俩字，咱爸前年一走，她且得个两三年能缓过精气神儿来，你别招她，不然我大耳刮子抽你！”

余芳不耐烦地拿脚踹了踹伍家平，一寸光阴一寸金啊，伍家平会意，以手势安抚媳妇。

“别光口头孝顺卖乖哈，我都跟咱妈提了三回要接她来北京，爸一过世就剩妈一个人在老家怪冷清的。伍家平，你敢跟你媳妇提这茬吗？你媳妇要能笑脸相迎咱妈进家门，我立马主动上你们家当烧火丫头去！”

“伍宝！你给我住嘴！‘离婚’这俩字到此为止，再也不准提。改天你带黄小尊来家里，我好好给你俩上一课。好了，挂了！”

伍家平撂下手机，回头一看，蜷缩在被窝里的余芳，猫一样慵懒温驯，与电话里刺猬般的伍宝一比，我见犹怜。趁腹内的小火苗尚未熄灭，他赶紧热脸热身子地扑上去，安心要做好这份回笼的“家务活”。余芳对这个古灵精怪的小姑子历来是不远不近不亲不疏，拿捏着一种相安无事、两好合一好的隐形安全距离。她一瞟伍家平压根没有半分聊伍宝的意思，也不想破坏好不容易缓过来的浓蜜气氛，抓紧时间干活。

就在他们两个人扭股糖般即将你中有我我中有你的时候，乐乐奶声奶气的录音响起：“妈妈，接电话，有人找你，快接电话啊……”

这次，是余芳的手机铃声。

伍家平气急败坏：“管他天王老子呢，统统不接！”

余芳从枕头下摸出手机，扫了一眼号码：“天王老子的电话可以不接，老爷子的电话谁敢不接？！”

是余芳姥爷梁天佑的来电。伍家平整个人戛然而止。

余芳转过身去接听来电，青瓷般的脸瞬间镀上一层慈祥光彩的釉，那是她安哄乐乐时才有的神情：“姥爷……你一个人干吗买那么多菜……下次再这样不听话，我就不带你和乐乐去吃意大利冰激凌了……”

今天周六，是雷打不动的家庭聚餐日。以前，从买菜、择洗到煎炒烹炸，都是由梁天佑一手操办的，余芳是他最得力的帮厨。余芳与伍家平结婚成家后，继承了这一光荣传统，也由她和伍家平接过了从买菜到下厨的重任，梁天佑变成了帮厨。舅舅梁山负责扫荡盘底，舅妈潘爱莲净挑贵的、稀罕的菜下筷子，就这还堵不住她的嘴，不是嫌这个菜咸了就是怨那个菜淡了，末了再挑出几根梁老汉偏疼外孙女余芳、薄待亲孙女梁蔻蔻的“眼中刺”来，再以体弱多病为由躲过洗碗清扫的工作，菜足饭饱就横在沙发上看电视去了。1995年出生，标准的“90

后”美少女梁蔻蔻，目前正处于等待就业机会、等待爱情降临的“双待”敏感期，出席这个聚餐日是勉为其难的，真正动力是余芳衣橱里新添置的衣裙和梳妆台上的口红、香水，看中了哪个，只冲大表姐知会一声就可以理直气壮收入囊中。姥爷每每看不过去，心疼余芳、伍家平这俩孩子人善被人欺，除了加倍地疼护乐乐，就是每个周六起个大早，把买菜的活儿强硬地承包起来，希望能让忙碌操劳了一星期的孩子们多睡一会儿。

姥爷来电，是向余芳报备他在菜市场采买的战果，调料、配料缺什么漏了什么他好及时补齐。余芳心疼姥爷一个人拎着七口人的口粮菜蔬，累坏了可如何是好。她一边嗔怪姥爷不听组织安排，一边让姥爷原地待命，她这就让伍家平开车去菜市场口接驾。

挂了电话，余芳一回头，伍家平已经穿戴整齐，从一个欲望先生变回居家旅行标配款暖男，从余芳刚才的通话内容和现在的眼神中，他已经完全领会了领导的心思，主动抓起车钥匙出门而去。

不必探身去看客厅墙壁上的时钟，身体里装了三只闹钟的余芳飞速下床，踩着急惊风锣鼓点儿直奔小卧室，把酣睡的乐乐从被窝里拽出来，伺候他喝了牛奶吃了蛋羹，又往他的小书包里装好画笔、画本和一些零食。然后，娘儿俩风风火火地下楼去了。四岁半的乐乐已经是幼儿园中班的小朋友，完全适应了幼儿园的集体生活，正处于热情高涨时期，幼儿园老师一号召，他就缠着余芳给他报了两个兴趣班——画画和分享阅读。自此，这个家的周六就变得跟工作日一样忙活。放眼望去，像余芳这样望子成龙望女成凤的老妈子家长比比皆是，所以，余芳陪学陪得甘之若饴。

过得最快的永远都是不用上班的假日时光。伍家平开着一辆二手白色飞度车把姥爷接回来。他把几大袋子菜蛋肉蔬拎进厨房，胡乱吃了半碗泡饭，看了两眼电视新闻，差不多就到接乐乐的时间了。余芳和姥爷盘踞厨房重地，爷儿俩有说有笑分工合作，使出煎炒烹炸手段把一盘盘色香味俱全的饭菜端上饭桌。伍家平带着乐乐去卫生间唱着《洗手歌》洗手。

门铃响了，梁山一家三口踩着饭点儿闪亮登门。一进门，梁山便飞速扫了一眼餐桌上的硬菜内容，没话找话："芳芳，怎么又是糖醋小排、清蒸鱼、黄焖鸡？这老三样早就吃腻了，该换换新花样了！对了，我前天赴五百强公司邹总的饭局，人家贵宾楼有道排骨做得那叫一绝，回头我带你尝尝鲜去！"

梁山拈了一块小炒肉塞进嘴里，抬头看到梁天佑："老爷子，我们一家三口给您老请安了！爸，给您提个意见成吗？最近我有好几个项目要跟进，忙得连打盹儿的工夫都没有，咱这家庭聚餐日能不能改到周日晚上，或者两周一次、一个月一次，您看成不？"

梁天佑放下筷子刚要答话，就被潘爱莲抢先呛声："你不吹牛能掉块肉啊？还五百强，还贵宾楼，还好几个项目！你都两个月没往家拿过一分钱了！要不是我这心肌炎、肾炎的老毛病总不见好，怕拖累余芳他们夫妻俩，我早就带着蔻蔻卷铺盖来这个家报到了！谁稀罕跟你这个'大事做不来、小事不肯做'的混混过日子？"

梁山被揭了短，登时急了眼："都说家和万事兴，要不是你这个败家娘儿们整天唠唠叨叨拖后腿，把我好几单大生意都给搅黄了，我早就成千万富翁了！咱爸就用不着跟乐乐挤一间小屋，咱闺女也不用上什么护校，直接出国留学当富二代了……”

梁山、潘爱莲夫妻俩互掐掐得红眉毛绿眼睛的，一屋子人见怪不怪各行其是：梁蔻蔻与乐乐抢平板电脑玩游戏，梁天佑给乐乐剥虾壳，伍家平摆碗筷。为了这顿家宴不被搅和，余芳不得不干预进来：“赶紧吃饭吧，不然菜都要凉了。”

梁天佑掀开电饭煲，失声道：“不能啊？！我明明按了煮饭键的！”老爷子负责蒸米饭，洗米下锅通电源，偏偏忘了按煮饭键，一锅生米还是生米。梁蔻蔻嘟嘴埋怨：“爷爷，你怎么连这点儿小事都做不好，只能干吃这一桌子菜了，差评！”乐乐举起四根手指头：“太爷爷，我爸爸说这是您这个月第四次煮饭忘记按键了！四次，一二三四的四！”

梁天佑一脸愧疚，伍家平上前捂住乐乐的嘴，余芳赶紧返回厨房拿蒸锅热剩馒头。梁山白了潘爱莲一眼，大摇大摆上前一屁股坐在餐桌前，没事人一样：“赶紧吃饭，菜凉了不好吃！”

一家人围坐好，开席。余芳照顾乐乐吃喝，伍家平给梁山满上白酒。梁天佑暗地里拉扯伍家平的衣襟，朝自己面前的酒杯努努嘴。伍家平瞄了余芳一眼，发现她的注意力都在儿子身上，便心领神会地悄悄往老爷子的酒杯里倒了半杯酒。梁山旁若无人地大口吃肉大口喝酒，恣意快活。潘爱莲的筷子就跟探测仪一样，挨个盘子里扒拉食材最好的部位——一盘黄焖鸡，她稳准狠地挑拣出鸡胗、鸡翅和鸡腿；一盘清蒸多宝鱼，鱼鳃下的嫩肉非她莫属；老爷子给乐乐剥出来的虾肉也被她夹走了一半……

潘爱莲将这些“尖货”一分为二，自留一半享用，另一半夹到梁蔻蔻碗里，戴着音乐耳机的梁蔻蔻失声尖叫：“妈！你跟我有仇吧！好女不过百，我都一百零八斤了！”潘爱莲安抚女儿：“你妈在你这岁数也是一百零八斤，人见人爱花见花开，多好啊，不胖不瘦，一百零八！”梁蔻蔻语带嫌弃：“求您饶了我吧，我可不想复制您的体重，再悲催地复制您的人生！”潘爱莲脸上略略变颜色。余芳向来是家庭日的消防队员：“蔻蔻，你妈身体不好别气着她，姐做这些菜用的橄榄油，肥肉部分切掉了，你放心大胆地吃。”梁蔻蔻嘴硬：“姐，你是不知道，我妈什么毛病都没有，春天能爬树上摘香椿，冬天能滑野冰，打麻将熬两个通宵都没事人似的！”大家忍不住抿嘴乐，潘爱莲脸上挂不住：“死丫头，我那还不是强忍着大病小灾的养家糊口啊，我不摘香椿你爸哪有下酒菜？我不打麻将拿啥给你买新手机？”梁蔻蔻吐吐舌头，转移目标：“姐，我同事说她喝‘胖子乐’瘦身茶一个月瘦了八斤，你们单位旁边就有一家专卖店，你帮我捎两盒呗。”余芳满口答应，花钱事小，吃顿安心饭事大，再说，她就这么一个小表妹，也真是打从心眼儿里疼她。

扒拉米饭粒的乐乐突然仰头问蔻蔻：“小姨，你妈妈要是累了的话，你爸爸会给你妈妈输送能量吗？”蔻蔻一点儿没明白：“怎么个输送法儿？”乐乐认真比画：“就是妈妈在前面，爸爸在后面用双掌输送能量，像奥特曼那样。”伍家平赶紧喝止乐乐，可惜晚了一步，乐乐话已出口：“上个星期天晚上，爸爸就是这样给妈妈输送能量的，妈妈记性真差，忘记穿衣服了，我担心她有点儿冷……”

一语既出，举座皆乐，梁山一口喷出嘴里的酒，潘爱莲的笑声差点儿震破房顶，姥爷乐得露出豁牙，伍家平借口上卫生间尿遁而去，余芳闹了个大红脸，呼喝乐乐住嘴赶紧吃饭，只有蔻蔻一知半解，追着乐乐往下问。

菜足饭饱，照例是余芳收拾碗筷，潘爱莲破天荒地出手帮忙收拾，她故作漫不经心地开口：“芳，听说你爸妈单位分的老房子准备拆迁了，就是我大姐、姐夫留给你那套一居室，你是打算要拆迁款还是等着分新房？”

余芳话留余地：“舅妈，道听途说这种事不靠谱。我爸的老战友就在总务科呢，有个风吹草动的他能不通知咱一声？可见是没影儿的事！”

潘爱莲的话里露出了狐狸尾巴：“这消息都传到我们这些八竿子打不着的人耳朵里了，肯定不是空穴来风！芳芳，你可是在我们家长大的，既然我们家成了你的家，那你的家自然也有我们家一份，到时候，你胳膊肘可不能往外拐！”

俩人的对话一字不落地跑进姥爷的耳朵里，姥爷疾步走过来，刚要张嘴，余芳把一摞碗交给姥爷：“姥爷，你帮我把碗送厨房，我待会儿洗。”余芳有意拿碗堵住姥爷的嘴，姥爷的话没出口，她已然知道老人家要说什么，不外是护着她，劝潘爱莲别贪财。这无异于火上浇油。她余芳早已不是十几年前那个退缩在姥爷羽翼下的怯懦无助的小姑娘了，现在的她，早就成长为一个可护全家老小周全的家事操盘手。

两个女人不咸不淡地又闲扯了几句，潘爱莲无功而退。余芳端着一盘水果和一个塑料盒子走进小屋。姥爷正拿着两个高矮胖瘦不分伯仲的小药瓶发愁呢。姥爷锁着眉头问外孙女："芳啊，人一老真成了个废物，你瞧我，又闹乱了这俩瓶子里的药哪个吃过了哪个还没吃，要不这俩药我都再吃一遍？"余芳夺过药瓶，把塑料盒子递给姥爷："药哪能是乱吃的？姥爷，我给你在网上淘了个宝贝，七天多格分装药盒。我把你每天要吃的所有药都装在这一个个小格子里，比如今天是星期六，你就吃'星期六'这个格子里的药，饭前吃大白药片，饭后吃小白药片，晚上吃粉色药片，你一看这个格子里的药片全没了，就表示你全按时按量吃过了，就踏踏实实放心吧！"姥爷接过盒子，爱不释手。余芳帮姥爷往药盒里分装药片。姥爷拿起盘子里的一块芒果往余芳嘴里塞。一屋子的天伦之乐。

门铃响了。伍家平开门，伍宝旋风般冲进来，冲着老哥就嚷："哥，我要跟黄小尊离婚！"甩出这句话，她才看到伍家平身后一客厅的梁家人，纷纷以看好戏的表情打量着她。伍家平尴尬道："胡闹！你俩又抽什么风！上次闹离婚是因为十指不沾阳春水的黄小尊把你的LV披肩用洗衣机绞成破抹布了，这次又为了什么？"反正这件事早晚会闹得举家皆知，索性豁出去吧。伍宝理直气壮道："我跟黄小尊一天、一小时、一分钟都过不下去了！他玩网游被骗了一千二百块，报警后人家警察告诉他涉案金额不足两千块钱没办法立案，你猜怎么着？那个二货竟然又往骗子账号转了八百块！"

潘爱莲扑哧一乐，幸灾乐祸地露出嘴角一块豁牙。梁山来了精神头："伍宝啊，这种事你怎么能找警察？警察叔叔日理万机哪有空管你们这鸡零狗碎的？找我啊！找我才算你找对人了！这种事我最拿手了，有我出马包管追回你所有损失，你多少出一点车马辛苦费就行！”梁蔻蔻懒得理大人们的是非，进大卧室找乐乐逗趣。

伍家平觉得眼前冒黑线：“这个黄小尊，真是万里挑一的奇葩！伍宝，你跟黄小尊结婚还不到一年呢，但凡大事小事你都拿离婚当紧箍咒念，我这耳朵都起茧子了，黄小尊能不神经错乱似的瞎折腾吗？离婚这事到此为止，再也不准提！他人呢，你把他叫过来，看我怎么收拾他！”

余芳闻声走过来，用眼神示意伍家平熄火，一边问伍宝，一边拨手机号：“你俩闹成这样肯定还没吃午饭吧，我给黄小尊打电话，天大的事吃饱肚子咱们一起解决！”伍宝要拦没拦住。楼道里传来手机铃声，余芳和伍家平一对眼神：“敢情这闯祸的主儿就在门外候着负荆请罪呢！”

黄小尊的确徘徊在门外。他是尾随伍宝一路而来，既没勇气进门，也没勇气离开，嫂子余芳的来电替他解了围。

黄小尊臊眉耷眼地进门，伍宝抢白他：“你还有脸跟来？我要是你，早一头撞墙了！”黄小尊碍于脸面，自卫还击：“多大点儿事你至于闹离婚吗？不就两千块钱嘛，回头我去哥们儿的修车行干两天活儿全挣回来了！”

潘爱莲插科打诨：“伍宝，你可真有福气，找了这么一个不但能花还能挣的香饽饽！小尊啊，不是舅妈说你，你下次有心劫富济贫，别选那不认识的主儿，两千块打了水漂人家也不会跟你说声谢谢。下次你有钱没地儿花找我们家这位，他不会玩网游，可他斗地主、下跳棋、打麻将、推牌九，样样全拿，只要你舍得出钱，他保证让你玩得乐翻天！”梁山配合着妻子频频点头。

这都哪儿跟哪儿啊！

客厅里正乱七八糟闹不清呢，从大卧室传来乐乐尖着嗓子的号啕声。所有人纷纷拥向大卧室。老爷子是第一个奔过去的，一进门就看到他的心肝宝贝乐乐被梁蔻蔻按倒在地，梁蔻蔻正抬巴掌挥向乐乐的脸颊。护孙心切的老爷子脑袋一下炸了，本能地冲上去拦住梁蔻蔻的巴掌，一拨，一推，梁蔻蔻整个人向后弹去，脑袋磕到衣柜把手，立刻飙出含泪版海豚音。

老爷子一把抱起乐乐，上下查看，口中安抚："乐乐乖，乐乐不哭，让太爷爷看看，太爷爷给揉揉就好了……"乐乐的脸颊上清晰可见几根绯红色的指印。

潘爱莲可是个什么都吃就是不吃亏的主儿，她没看到女儿对乐乐施暴的一幕，只看到了老爷子对女儿动手的瞬间，当即眼睛都红了："哎哟喂，别人家老辈都是胳膊肘往里拐，偏疼嫡亲孙子孙女，咱们家可倒好，事事跟人家反着来，胳膊肘往外拐，下狠手打着亲孙女护着重外孙，我今儿可真开眼了，别的不说，委屈了蔻蔻姓梁姓了二十多年！一口一个爷爷地喊了您二十多年！"梁山也跟着来劲："蔻蔻，磕着后脑勺儿没？你学医的你知道，这下非同小可，赶紧上医院瞅瞅去！"

余芳给乐乐擦眼泪问缘由，乐乐着实被吓坏了，余芳哄了又哄，他才抽抽搭搭哭诉，他贪玩动了小姨梁蔻蔻的平板电脑，梁蔻蔻当即翻脸对他动拳脚。一旁的梁蔻蔻见有父母给撑腰，也不示弱："乐乐！你别净拣对你有利的说，你怎么不说自己手贱把我没来得及P图的照片发给我男神了？你们知道这后果有多严重吗？他发来一串感叹号就再也不搭理我了！我……我还指望将来能嫁给他衣食无忧做少奶奶呢！"

余芳正色道："蔻蔻，不是我偏袒乐乐，他一小屁孩哪会玩什么微信？应该是他误打误撞给发出去的，你这当小姨的就为这点儿事和孩子动手？！回头我好好教育乐乐，一定让他改了这坏毛病。再说，如果这'男神'看了一张你的真实版照片就扛不住撤退了，你还敢指望到自己一脸褶子、掉牙驼背时跟他白头偕老吗？依我看，这种不靠谱的男人，早散早安生。"伍家平也随声附和。老爷子心里过意不去，上前探视梁蔻蔻："蔻蔻，别怪爷爷，爷爷也是一时心急失了手……"梁蔻蔻负气推开爷爷，人闪到一边去。潘爱莲欺身横在女儿前面，一脸的不依不饶："乐乐在你们眼里是小孩子，蔻蔻在我们眼里也是没长大的孩子，俩孩子闹腾没什么对错可讲，我最公平，各打五十大板！不过，爸，您可是咱们家的元老，从前是单位一把手，现在是咱家一把手，动手打孙女可不是您该做的事。今天这事，您得还我们一个公道！"梁山掰着指头算账："最起码上医院得照个CT扫个描吧，没事还得歇一星期病假呢，营养费、误工费、陪护费……如果有事，呸呸呸！好的不灵坏的灵！那就全家上下都得遭罪喽！"

一旁的黄小尊实在看不下去了："你们干脆明抢得了！见过不讲理的人，没见过你们这样，不但不讲理，连德行都不讲的衰人！要说公道的话，是你们先动手打了乐乐，我们还没要道歉和赔偿呢……"

伍宝瞬间就忘了自己跟黄小尊就差割袍断义了，立马跳到一个战壕里，黄小尊冲锋陷阵，她就摇旗助威起来："就是就是，要算账咱们得从头算起，嫂子和我哥当年结婚刚度完蜜月，舅妈大人您就以患上心脏病、慢性肾炎无法照顾老人为由，把姥爷送到我哥嫂家来了。这一住，就是五年。明眼人都知道，您那些所谓的病都是幌子，就是觉得姥爷已经没什么用处了，搁家里看着碍眼闹心，趁早把‘老包袱’脱手才省心快活！也就是我哥嫂老实好欺负忍气吞声。您四处打听打听，有外孙女带着姥爷出嫁的吗？有当舅舅、舅妈的每星期上门吃拿搜刮的吗？”

黄小尊给伍宝鼓掌叫好。伍家平喝止这俩人继续添乱。被揭了短处的潘爱莲尖着嗓子撒泼，梁山冲着老爷子发难，目睹眼前乱局的余芳差点儿气炸肺！乐乐是这场人仰马翻闹剧中唯一听到门铃响个不停的，他扯扯妈妈衣角，带着哭腔说：“妈妈，有人来了。”

伍家平抽身去开门，不敢相信自己的眼睛：“妈，你怎么来了？”

门外的老年妇人，身形清瘦，衣着简约，眼神喜悦，正是伍家平和伍宝的老妈文秀英。

第 2 章

“孙子”兵法

伍家平的妈、余芳的婆婆突然空降，犹如给这个炸了锅的家撒了一把冷凝剂，刚才还沸沸扬扬的气氛瞬间凝固，大家面面相觑。伍宝第一个反应过来，转怒为喜，扑棱着飞奔上前，扎进老妈怀里，问长问短，撒娇卖萌。潘爱莲也立刻上前，跟文老太嘘寒问暖殷勤寒暄，意思明摆着，得嘞，这家的婆婆大人驾到，刚才的内乱翻篇儿。

全家围聚客厅。伍家平虽然不知道老妈为什么招呼不打一个就突然上门，但他打心眼儿里高兴，排在久旱逢甘霖、他乡遇故知、洞房花烛夜、金榜题名时之后的人生第五大乐事，应该是子欲养而亲正待了！他现在要家有家，要钱有钱，要能力有能力，正是有想法有资本回报亲恩以偿心愿的时候，老妈就来了，多好。余芳是所有人之中最冷静的一个，只一眼，她的目光就敏捷地落在婆婆身后那只巨型行李箱上。而文老太的目光，犹如四月春风，绕过山，掠过海，稳稳地落在宝贝孙子乐乐的身上。

“哟，乐乐比过年的时候又长高了，小脸蛋儿倒是尖了一圈。眼眶怎么红了？宝贝来，喊奶奶，奶奶给你带了好多好玩儿的……”

梁天佑暗暗把乐乐往前推，乐乐越被推出去就越往太爷爷怀里拱，小嘴巴跟紧闭的扇贝一样，撬都撬不开。伍家平不忍心看到老妈眼里的春风黯淡成秋霜，走过去抱起儿子，不光手里暗暗加了几分劲道，语气里也加了几分“内力”：“乐乐乖，你爱妈妈吗？”乐乐十分坚定地回答：“一百分爱！”对幼儿园一年的小萌宝来说，一百分是个极限，爱的极限，好的极限。伍家平继续循循善诱：“你爱妈妈一百分，爸爸爱爸爸的妈妈一百分，你是不是也应该爱爸爸的妈妈一百分啊？”虽然语法不通，但却是乐乐最能快速领会的交流方式。乐乐点点头，在爸爸的推波助力下，奔向文秀英。老太太一把抱住孙子亲个没够，爱个没够，须臾，眼泪悄悄流下来：“乐乐越长越像他爷爷了……”别人尚可，伍家平和伍宝湿了眼眶。潘爱莲话里有刺：“那当然，这就是根儿里亲，你们伍家的骨血当然连着筋呢！你说是不，爸？”梁天佑点头应着，有点儿不自在。

伍宝是个心直口快的急性子：“妈，你轻易不肯来一趟，这次来得多住些日子。我哥这儿没空地儿，您上我们家住去吧，晚上咱娘儿俩住一屋，让黄小尊睡书房。”黄小尊踩了伍宝一脚，面子上仍然笑着附和：“就是，就是，妈，您上我们家住一阵子也好，就是我们俩一天到晚不着家，怕您一个人在家怪冷清的。”伍宝白了黄小尊一眼，正欲发作，文老太淡淡回答：“我哪儿也不去，就住我大孙子家，挤怕什么，挤挤更热闹。”此话一出，黄小尊把心放回了肚里，伍宝淡淡失落，潘爱莲拿胳膊肘捅了捅梁山，那意思是今后这个家可有热闹瞧喽。伍家平下意识地看了看余芳，余芳的脸像镜面一样平静。梁天佑舞动乐乐的双手表态：“欢迎欢迎！热烈欢迎！”

文老太上次来北京这个家时，是跟老伴儿一起来参加儿子儿媳的婚礼。他们在这里对所有人所有事都客客气气的，他们参与不了儿子儿媳的工作，分享不了他们的生活，连一点儿忙或者建议也给予不了，仿佛是这个家多余的一对客人。这让他们感到无所适从，生怕成为婚姻和事业刚刚起步的儿子的负担。伍家平结婚第三天，文老太和老伴儿就回了保定。逢年过节，儿子儿媳会回保定“常回家看看”，来也匆匆去也匆匆，仅此而已。余芳生乐乐时，他们又来过北京一次，过家门而没入，径直去医院产房瞧过抱过大胖孙子，放下一个厚厚红包后匆匆离去。当时，伍家平的老爸查出肝癌，晚期。他们老两口对儿子、儿媳和女儿都隐瞒了这一消息，可怜天下父母心，老两口的意思是照顾不了孙子可以，给儿子、儿媳和女儿帮不上忙也说得过去，如果老了老了再因病成为孩子们的负担就是罪过了。一年多后，伍家平老爸过世。两年下来，任伍家平和伍宝磨破嘴皮子哀求苦劝，文秀英都没动过丁点儿迁往北京随儿女过下半辈子的心思，她铁了心要守着老头子的骨灰坛过完下半辈子。这一次的不请自到，的确让大家纳闷。

傍晚时分，梁山一家好歹识趣告退。伍宝外出采买熟食，余芳下厨烹炒，接风洗尘宴当即开席。酒过三巡菜过五味，伍家平以一家之主的严肃口气发话：“妈！我跟余芳还有伍宝，这都劝你多少回了，劝你别老守着家，多出来走动走动散散心，可你怎么都听不进去，今儿个你怎么舍得离开家‘到此一游’了？”

“臭小子，专挑你妈的短处！没别的，我就是想你们了呗。”

“有一句话我可得说头里，妈，我们都知道您的心思，也都明白您跟我爸的情分，您放心，我们不会为了自己名声好听把您硬绑到这家里，硬架在这儿煎熬，但好不容易来了，您一定得在这里多住些日子，我们对您要求不高，三个月，必须的！乐乐上幼儿园才一个多月，前天接他还哭了一鼻子呢。余芳调到图书馆后勤口儿上，工作比以前清闲不少，她能陪着您多唠唠。伍宝这丫头虽说结了婚，她和黄小尊就跟过家家似的好一阵歹一阵，有他俩这对活宝在，您绝对闷不了。对了，我在我们银行……”

文秀英打断儿子的话：“家平啊，妈不想住三个月成不？”

伍宝起急插一嘴：“妈，这说着说着您又来了，您怎么就不理解我们做儿女的一片心意呢？好好好，孝顺孝顺就是顺着您的意思来，我跟我哥让一步，您在我哥家住一个月，去我那儿住一个月，到时候我保证不藏你家门钥匙，不扣你行李，不抱着你大腿挽留，我亲自开车送您回老家，这总成了吧？”

文老太一脸褶子更深了：“啊？两个月？”

伍家平没辙了：“两个月都嫌长？不带您这么讨价还价的，一个月，必须的，一天都不能少！”

文老太有点儿结巴：“妈不是那意思，妈是想……是想……这次来了，就不走了！”

伍家平差点儿从椅子里弹起来：“啥？您再说一遍？”

文老太叹了口气：“家平，余芳，妈以前糊涂，糟蹋了你们的好意。现在我想明白了，我就是天天抱着你爸的骨灰坛子，他也回不来了，我一个人真熬不到老！妈从现在起得指望你们了，我能不能留下来？不是一个月、两个月、三个月，而是把这里当成家，从今往后不走了。”

文老太这句话把大家伙儿打了个措手不及，大家都没想到文秀英居然是这么个来意。伍家平是第一个反应过来的：“妈，瞧您问的，有什么能不能的，根本多余！这本来就是您的家，您就踏踏实实在这儿住一辈子，我跟余芳高兴还来不及呢！”伍家平扯了扯余芳的衣角，余芳笑中带涩：“是啊，是啊。”

说着笑着聊着，眼瞅着到了晚安时间，伍宝夫妻俩依依不舍作别。主卧室里的伍家平犯了难：八十来平方米的两室一厅，刨去公摊，实际使用面积只有六十几个平方，统共两个卧室，大卧室是他们夫妻俩住，小卧室是姥爷和乐乐住，哪个卧室都安不下老妈的那张床啊！正作难间，余芳走进卧室，打开橱柜，抱出一床被子。伍家平赔着小心问：“芳，你看咱妈今晚睡哪儿？”余芳硬邦邦甩出一句：“睡客厅！”伍家平捏着嗓子：“别介，芳，你大马路上看到白头发老太太卖鞋垫都要买上几双，何况她是我亲妈，是乐乐的亲奶奶！”

“当初咱俩结婚买这房时，你爸妈出钱出力了吗？我生乐乐那会儿，难产，喝过你妈一碗鸡汤吗？我休完产假必须上班，还不是我姥爷一直帮咱们把乐乐带到上幼儿园！眼瞅着房贷再有两年就还完了，乐乐也不需要人手照看了，好嘛，你妈跑来捡现成的当奶奶来了！”

“你有怨气我知道，也理解，但理分两头辩。乐乐半岁那会儿，我爸连床都下不来了，身边根本离不开人照顾，你当儿媳妇的回去端过一碗药汤吗？我爸走后我妈整个人都垮掉了，我这当儿子的一年才回去过两回！咱亏心不亏心？我对姥爷怎么样你心知肚明，我就不点评了，但是你舅舅那一家全不是省油的灯，我有垮过脸撂过难听话吗？有在他们那儿破财消灾、受了窝囊气后回来拿你撒气吗……”

伍家平身子一软，扑通跪在床上，献上自己的膝盖：“芳，我一心一意为这个家，我心甘情愿，我不求别的，只求你能像我对你姥爷那样对我妈，你就是我的女神、女王、女BOSS了！”

余芳转过身来，扑哧一乐：“就许你当着别人说大话撑脸面，就不许我没别人的时候撒撒小委屈？这些话我不跟你说我跟谁说去？放心吧，我知道该怎么做！”

伍家平感激地扑上去拥住余芳：“就知道我老婆是中国好媳妇儿！那这客厅——？”

“客厅那张沙发是多功能折叠的，抻开就是一张沙发床，这被子是新的，把这条厚毯子铺在身下，更软更暖和。”

“什么？说了半天，你还是让我妈当‘厅长’啊？”

余芳最喜欢看伍家平着急冒火的笨样子，犹如猫戏老鼠之乐，等她乐够了，这才和盘托出：“真不知道你这脖子上长的是脑子还是倭瓜！‘厅长’这么大的官只能我老公做啊，你今晚做‘厅长’，我和你妈睡这屋，明天我找装修公司来把阳台拾掇一下，改成一个小卧室给你妈住，这下满意了吧？”

伍家平龙卷风般把余芳卷入怀中，狠狠啄了一口又一口：“中国好媳妇儿！给你点三十二个赞！”

第二天一早，余芳是被诱人的香味给馋醒的，一睁眼，大床空了一半，婆婆昨夜盖的被褥叠得有棱有角的。人呢？余芳走出卧室，看到客厅里的伍家平睡得四仰八叉，睡相太难看，上前叫醒他。到底是夫妻，默契还是有的，满屋子撒欢儿的饭菜香味让他们交换了一个眼神，迫不及待奔向厨房。

推开厨房门，伍家平和余芳着实大吃一惊：双孔煤气灶前，婆婆用一只平底锅在摊鸡蛋煎饼，她左手边的灶台上，已经出锅的有一盘煎饼、一盘培根金针菇卷、一盘凉拌黄瓜，另有一壶鲜榨果汁；姥爷在另一眼灶火上用铁锅油炸火腿肠，他右手边的灶台上，摆着一盘烤好的面包片，一盘切好的咸鸭蛋，一盘八宝酱菜。两位老人手里忙活着，嘴里也没闲着，压低嗓门儿你一言我一语——

“乐乐最爱吃我做的油炸火腿肠，外酥里嫩，出锅撒一层孜然，甭提多香了，小家伙一口气能吃两根！”

“我说昨天刚来就看见乐乐嘴角起火泡呢。他太姥爷，我没别的意思，友情提醒一句，油炸食品太上火，上火是孩子闹毛病的最根本原因，科学饮食得遵循这么一个基本原则，能蒸煮的别动火炒，能炒的不油煎，能煎的别油炸！”

“他奶奶，别怪我没提醒你，乐乐从来不吃金针菇，早上只喝牛奶，待会儿孩子不吃你可别往心里去。”

“他太姥爷，你为这个家操心受累了这几年，我来了就应该让你好好歇歇，从今往后你把这厨房重地交给我成不？论年龄论辈分论级别，您都是这个家的最高领导，从今天起，您就退出一线，费心领导领导这个家就成了。”

“哈哈，我说句笑话，你这是来篡权的啊！”

伍家平赶紧上前打圆场：“妈，姥爷，你们大清早这是要厨艺大比拼啊？乐乐有口福了，我跟余芳也跟着沾光了。”余芳赶紧上前制止二老，再这么比拼下去，今天的午饭和晚饭都齐活了！

饭桌上，乐乐手里的筷子成了四双眼睛的风向标。乐乐的筷子率先伸向火腿肠，老爷子脸上露出胜利的笑容，可惜，有点儿笑得早了，乐乐的筷子夹起火腿肠停顿了几秒钟，嫌弃地抛下，径直伸向培根金针菇卷，夹起一个送入口中，紧接着又夹起第二个，文老太得意地问乐乐：“奶奶做的培根卷好吃吧？这个不但好吃还有营养，乐乐吃了能长成奥特曼。来，喝点儿果汁补充维生素。”老爷子赶紧倒了杯牛奶递过去，乐乐喜新厌旧，径直把一杯果汁喝了个底朝天。不止孩子喜新厌旧，伍家平自个儿就包圆了鸡蛋煎饼，一张饼里满满都是家乡味道啊，余芳正在减肥期，果汁和凉拌菜卡路里最低，当然是她的最爱。一餐下来，婆婆做的饭菜个个光盘，姥爷做的剩下三分之二。也难怪，这个家的早餐食谱雷打不动的是牛奶配面包、稀饭配包子、豆浆配油条这老三样，早都吃腻了，婆婆的胜出是理所当然。

一周后，文老太再次刷新了全家人对她的认知。一个傍晚，余芳刚踏进家门就被惊着了，差点儿以为自己走错了门：客厅以前灰蒙蒙的旧窗帘被换成了水绿色织锦缎的，屋子里亮堂了许多；深灰色的旧沙发被换上了米色厚绒的沙发罩，登时旧貌换新颜；壁纸擦拭了，地板打过了蜡，墙角摆着几盆绿得打眼的绿植，餐桌上还插了一瓶香水百合！婆婆像个等待授勋的战士一般，领着余芳参观了整洁一新的两间卧室、油烟污渍跑光光的厨房……作为这个家的女主人，余芳当然知道这些改变意味着多大的劳动量，对这个家的多少诚意，除了拥抱婆婆、给予肯定之外，她必须得赠予婆婆一个大大的奖励。

余芳从包里掏出一串钥匙拍在婆婆掌心：“妈，这是刚配好的咱家防盗门和大门的钥匙。你把这个家收拾得里外全新，乐乐从前是挑食专家，现在是吃嘛嘛香，您真操心受累了。今晚我做饭，千万别跟我争。”

“芳，你上一天班挺累的，你跟家平带乐乐下楼遛遛弯儿去，厨房这点儿事交给我，一个小时后咱们开饭，别跟妈争，听话，你心里记着妈的好，妈就知足了！”

婆媳俩各不相让，像幼儿园孩子争夺小红花般争抢一条围裙，乐乐为奶奶助威，余芳的啦啦队当然是伍家平，一幅其乐融融的和谐家乐图。围裙争夺战以余芳的胜利吹响裁判哨，余芳笑着系上围裙，一回头，看到客厅沙发上，把报纸都拿颠倒的姥爷那灰蒙蒙的失落眼神。

接连取得两次胜利的文老太难免滋生一点儿傲娇之气，厨房大权的顺利接管让她觉得在这个家里有了“话语权”，儿媳余芳递过的既是家门钥匙更是定心丸，她觉得自己从客人变成了主人，腰杆不知不觉挺直了，操心的范围也无声无息地扩张了。

这天傍晚，吃罢晚饭的文秀英带着乐乐在小区广场的边上玩儿童滑梯。乐乐玩得如鱼得水，一个滑梯他能玩出仰滑、俯滑、蹲滑等各种花样来。玩着玩着，两个与乐乐年龄相仿的小男孩来到了滑梯下，乐乐熟稔地与他们打招呼，一看就是经常玩在一起的小伙伴。与文秀英年龄相仿的一个老爷子、一个老太太紧随俩小男孩身后，亦步亦趋地跟过来，瞅一眼他们对自家“小太阳”呵护备至的紧张、甜蜜模样，就知道老爷子是个头最高小男孩的爷爷，老太太是胖胖小男孩的奶奶。大家都是这个小区的邻居，因为孙子们经常在一起玩，他们也对彼此的家庭情况非常熟悉。

小伙伴们玩滑梯，老爷子和老太太上前跟文老太打招呼。

“哟，带大孙子遛弯呢？”

“咱们这不都是遛孙子呢嘛，吃了吗？”

“今晚吃的炸酱面。”

话题一开始很家常，透着朴实的炸酱面味道，聊东扯西，但不知不觉间就开始往面里搁一勺醋、加半勺胡椒粉。

“乐乐奶奶，乐乐是跟你亲啊还是跟他太爷爷亲？乐乐毕竟是他太爷爷手把手拉扯大的，就是跟他太爷爷亲近一层，您也别往心里去哈！”

“乐乐奶奶，跟媳妇处得咋样？乐乐妈可是咱们小区媳妇堆里最拔尖儿的，要模样有模样，要品行有品行，家平也是孝顺孩子，他们两口子对姥爷比亲爷爷还亲！”

“我跟乐乐的太爷爷老在一块下棋，老梁可不是一般人物，年轻时候文武双全，当官儿在位的时候手下管着好几千号人呢。人耿直、心善，要不是老梁，余芳这孩子现在指不定苦成什么苦瓜瓤子呢，家平这外乡娃也不能够在这儿安营扎寨奔小康啊。您就踏踏实实在老梁他们家住下来，以后等着享清福吧！”

……

虽然每句话都是笑着说的，但每一句都像刺儿一样扎在文秀英心上：怎么就乐乐跟他太爷爷更亲近了？我还是他嫡亲正牌的奶奶呢！凭什么家平就对姥爷比亲爷爷还亲了？他亲爷爷要知道还不得从棺材里跳出来给这小子俩耳光！我们家平上的可是名牌大学，堂堂一大银行的大经理，怎么到你们嘴里就成一吃软饭的外地娃了？还一口一个老梁家，我呸！那是我们老伍家！

文秀英正要组织语言炮弹进行自卫反击，身后传来孩子的哭声，是乐乐！三个老人赶紧围上去，守着各自的“小太阳”望闻问切，原来仨孩子玩腻了滑滑梯，玩起了“撕名牌”，他们背后的所谓“名牌”就是一张便利贴纸。乐乐敌不过高他一头的“瘦高个”，也拼不过胖他两圈的“小胖子”，总是被撕的那一个。撕来撕去，几个孩子玩恼了，从撕名牌升级到撕破脸打架。爷爷奶奶们很有默契地不评论对错，只是连哄带劝地给自家宝贝抹眼泪。眼看“火拼”场面已经降温，乐乐抹着眼泪找补一句：“哼，今天要是我太爷爷在，我一定把你们的‘名牌’统统撕掉！”

“什么太爷爷，按辈分就得叫太姥爷，真不知道你爸妈平时都怎么教你的，记住喽，以后就叫太姥爷！”文秀英脱口而出这么一句带火星的话。“小胖子”的奶奶和“瘦高个”的爷爷对视一眼，拉着自家孙子赶紧作鸟兽散。

在回家的路上，文老太抓紧时间向孙子灌输“根儿里亲”的嫡亲思想，利用动画片、玩具和培根卷对其进行威逼利诱，成功策反孙子。

一进家门，梁天佑就给乐乐奉上一个刚刚削好的苹果。乐乐张嘴就开练："太姥爷，我要喝果汁。"乐乐甩掉脏兮兮的球鞋："太姥爷，明天开始你教我撕名牌吧。"乐乐一回头，惊呼："太姥爷，你裤子拉链没拉上！"

听着这改后的称呼，梁天佑身子一震，敏感地望向文秀英。文秀英心虚地没与梁天佑对接眼神，故作没事人般催着乐乐换拖鞋、洗手。

第二天早上，梁天佑没有去早市买菜，没有跟文秀英抢厨房，没有出来上卫生间。他的房间沉静得让人觉得压抑。

余芳只用了五分钟，就从乐乐嘴里了解了事情的大概，她嘱咐乐乐对太爷爷不必改称呼，让乐乐一口一个太爷爷地去喊他起床。然后，余芳转身进了主卧室。余芳把衬衣、裤子扔给还在被窝里的伍家平，淡淡抛出一句："伍经理，请您起床用早膳了！"伍家平虽还滞留在睡梦昏沉状态，但也咂摸出这话内容、语气皆跟平时不在一个频道上，人立刻清醒了大半："你今儿怎么阴阳怪气的？"余芳正等着他开这口呢："乐乐喊太爷爷喊得好好的，你妈干吗挑唆乐乐改口叫太姥爷，这不挑事吗？"伍家平彻底清醒过来："我妈是老传统老思想，这也没什么错，全中国十几亿人口得有一多半都这么论辈分称呼吧，照你这么说，七八亿人都在挑事？"余芳的心头火被伍家平给挑起来了："你妈来之前，咱家是桃花源，和顺安宁，自打你妈来之后跟闹'维新变法'似的，今天一出儿明天一出儿的，这哪天是个头啊？""要不是我妈今天一出儿明天一出儿这么操心受累，乐乐那小干巴猴儿身体能胖两圈？咱家原本的卫生死角重灾区，能窗明几净、地板当镜子照？这不全是我妈的功劳？”

余芳和伍家平这对两头难的中坚夫妻说着说着就动起真格的，唇枪舌剑互不相让，从改称呼问题到“维新变法”再到鸡毛蒜皮的家事，真有“一个称呼引发的血案”之态势。

敲门声响起，余芳开门，文秀英正端着一盘刚出锅的炸藕盒浅笑盈盈：“芳，尝尝，刚出锅的。”余芳索性开门见山：“妈，我有话跟您说。”伍家平迅速下床扑过来，拿起一个炸藕盒塞住余芳的嘴，揽着文秀英的肩膀往外走：“妈，其实是我有话给你说……”

伍家平是怎么跟老妈说的不重要，老妈是怎么放弃“改称呼”要求的也不重要，重要的是这个家里自此潜移默化地分成两派，余芳和姥爷天然合是一派，伍家平和老妈铁定是一派，乐乐成为两派必争之宝，两个老人上演暗地过招的“孙子”兵法，余芳和伍家平被动卷入其中，劝说无效后身不由己地偏帮各家老人。伍家的安宁生活一去不复返。但真实的生活往往就像一枚硬币的两面，有纷争也有喜乐，有现实也有趣味，所以这两派关系不是一成不变的。比如，当乐乐出现成长问题，伍家平和余芳自然合力成一派，梁天佑和文秀英默契地成为“护孙组合”。

这天，余芳一进家门就脸黑黑的。乐乐在客厅看动画片，余芳上前关了电视，老鹰捉小鸡般一把拎起乐乐开始施展狮吼功。伍家平后脚进家门，余芳告诉他，她今天被幼儿园老师“请”了过去，乐乐近期的劣迹被一一通报：抢小朋友玩具、挑食、不睡午觉，诸如此类。伍家平连衣服、鞋子都来不及换，立刻加入教育战线，与前一天还拌嘴、怄气的老婆携手同盟起来。俩人一唱一和，一个批一个训，一个苦口婆心一个循循善诱，两轮教育攻势下来，乐乐招架不住号啕大哭，这哭声翻译成摩斯密码就是："太爷爷、奶奶赶紧来救驾啊！"两位老人秒懂了哭声里的召唤，一直揪着心潜伏在厨房的文秀英箭步上前，一直苦着脸徘徊在小卧室门口的梁天佑也飞奔上前，俩人像老母鸡护小鸡一样把乐乐看护在自己的羽翼之下，各种心疼宠爱，根本不必商量，齐心协力冲余芳和伍家平火力全开——

"余芳，你俩今天有点儿过了，教育孩子这问题一口吃不了个胖子，一天到不了罗马，凡事慢慢来！"

"家平，你小时候干的淘气事多了去，踢球踢碎了邻居家玻璃，把你妹的小辫绑椅子上，把家里的饭锅偷出去和泥巴……你爸可没对你动过一根手指头！"

"乐乐还是个孩子，孩子哪有不犯错的？你们为人父母的就做得全都对吗？你们平时对乐乐关心、爱护、指导得够不够呢？批评别人之前先做下自我批评，别手电筒光照别人不照自己！"

"孩子就这么一个，你们夫妻俩齐心合力劈头盖脸地训斥孩子，就不怕把他给吓坏喽？乐乐真要被吓出点儿什么毛病，你俩就满世界找后悔药去吧！"

夫妻俩教训孩子，两位老人教训他们，余芳和伍家平对视一眼，哭笑不得。乐乐眼角还挂着泪珠子，带着哭腔好奇发问："太爷爷，奶奶，你俩和好了？我们老师说了，两个小朋友闹完意见还是要做一对好朋友！"为了尽早平息这场战事，为了宝贝孙子的金口玉言，两位老人握手言和：“傻乐乐，咱们本来就是一家人，好了好了没事了，赶紧收拾收拾开饭！”

过日子就是这样，烦恼是经，喜乐是纬，经纬交错织出一张网，网住的就是沉甸甸的生活。

第 3 章

“夹生”夫妻

夏去秋来，中秋临近。“秋老虎”余威仍在，满大街都是时不我待地短裤晒腿、背心秀身段的年轻姑娘，伍宝当然是其中一个。伍宝的小提琴特长班设在青少年宫的一栋大楼里，大楼内充斥着钢琴班、播音主持班、外语班、声乐班等各色特长班。下午各中小学幼儿园的放学时间一过，这栋大楼就开启了一天当中最忙碌的模式，从每个教室传出来的各种钢琴声、小提琴声、二胡声、琵琶声、绕口令声和英、日、法等各种外语的朗诵声，会让你笃定这里是艺术家的摇篮。

伍宝的小提琴特长班设在十二楼的一个单元房，她找来一个比她晚几届毕业的同校师妹来做助教，房租不便宜，好在伍宝教学质量过硬，靠口碑相传生源越来越好。此外，来找伍宝做小提琴商演的也越来越多，酬劳虽远比不上明星大腕儿，但在这个圈子里也算是小有名气，酬劳渐渐水涨船高。伍宝一个月的收入抵得上黄小尊两个月的工资，女艺青身上的骄娇二气并没有被婚姻打磨消耗，反而是越发地意气盎然。

每个周一是小提琴教室的休息日，这天如果没有商演活动的话，伍宝铁定是要睡饱回笼觉，然后去趟美容院或者商场购物，再约上闺蜜喝个下午茶之类的。这个周一，因为老妈在电话里的懿旨召唤，伍宝揉着没睡够的惺忪睡眼，拎着两盒稻香村月饼，直奔大哥家而来。

文秀英给伍宝开的门，伍宝进门把月饼往客厅茶几上一放，就四仰八叉地半躺在沙发上了。文秀英的眼睛用半秒扫过月饼，用一百秒来来回回地打量伍宝头上挑染的两缕金发、眼睛里戴的绿色美瞳，以及她只裹了大半个屁屁的破洞牛仔短裤。

文秀英一百个看不上地劝伍宝：“就是黄小尊不嫌弃你穿成这样，你在公婆面前也说不过去啊！秋天穿这么短的裤子就不怕得老寒腿？整双绿眼睛晚上出门能吓死个把老太太……”

伍宝压根不搭理老妈的话茬儿，她早已习惯了老妈的碎碎念，反正在老妈眼睛里伍家平就是这个家的三好生，而她不论做什么、怎么做都是被改造对象。伍宝懒洋洋起身从果盘里拿了个苹果，把两条大长腿架在茶几上，大口嚼着苹果，含糊不清地抗议着：“我给我婆婆寄两盒稻香村，我婆婆在长途电话里夸了我足足有三十分钟。您可倒好，看都不看月饼一眼，劈头盖脸就一通数落！妈，我是您充话费送的孩子吧？”

文秀英一巴掌打落伍宝翘在茶几上的大长腿：“女孩子家家要坐有坐相，坐规矩再吃！亲妈跟婆婆能一样吗？你婆婆没生你没养你，你买东西想着她，她回个电话说句谢谢这就叫两好合一好。我生你养你这么大，你给我买座金山都是应该的！这次就算了，以后来家里不用回回买东西，这是你哥家就是你家，别把自己弄得跟客人似的，一个月带乐乐去吃顿好的你就是好姑姑了！”

“妈，您巴巴地打电话把我召唤来，不会是为了预言我二十年后要得老寒腿，也不会是为了教我怎么当中国好姑姑吧？现在就咱娘儿俩，你有什么烦心的赶紧说，我别的不会，就会治您的烦心病！”

这话戳中了文秀英的心窝，她脸色一沉，叹一口气，手捂心口半天没言语。伍宝急了：“妈，您不是西施，捧心口我也猜不出一二三四来，您说说看，是不是我嫂子给你脸色看了？乐乐跟你不亲近？还是你跟梁姥爷处得不嗨皮？”

文秀英顿时觉得千言万语不知从何说起：“唉，怎么说呢，余芳的确是个好脾气的闺女，不管是给家平当媳妇给乐乐当妈都没得挑；乐乐已然是我心尖子了；余芳她姥爷在这个家鞠躬尽瘁这么些年，自然是头等功臣。可就是……可就是……我怎么觉得这个家的户主不像是你哥，你哥更像是来这个家倒插门的！这个家从上到下、从里到外都是余芳跟她姥爷做主，我真替你哥感觉憋屈得慌！你说他一个大老爷们儿比谁吃得不多，比谁挣得不少，怎么在这个家就跟个看门护院的似的？”

斜倚在沙发里的伍宝心不在焉地听着老妈的碎碎念，被电视机里的剧情给带得走了神儿。文秀英自言自语了半天，一回头，看到亲生闺女压根没把自己的话拾掇到耳朵里去，便恨恨抬手轻轻给了伍宝一巴掌。伍宝赶紧劝慰几句：“妈，不是我说您，没有余芳，我哥的户口问题能解决吗？能在北京买房吗？这房子的首付是余芳、梁姥爷还有我哥三个人凑的，虽说现在房贷快还完了，也都是我哥工资还的，但这一大家子的吃穿用度还不都是靠我嫂子工资撑着呢吗。乐乐还是梁姥爷一手带大的呢。你要多这么想想，心气儿就顺溜了，您儿子活得如鱼得水一点儿不觉得憋屈，您干吗替他鸣不平，多此一举！”

文老太觉得女儿没听懂她话里的意思：“余芳姥爷的好我没忘，余芳的好我也记得清清楚楚。我就是觉得女人既然嫁人了就应该嫁鸡随鸡嫁狗随狗，不应该把娘家人带进婆家赡养，这样于理不合，按咱们老家的风俗更是对家平的事业不利。你哥好歹一银行经理，这样会被人戳戳点点。你爸要强好面子了一辈子，等咱们老家亲戚都传开这事，让你爸你妈的脸面往哪儿搁？”没等伍宝答话，文秀英又说出另一层隐忧：“宝儿啊，妈也就是跟你多说几句，我担心余芳姥爷在这儿安营扎寨是担心余芳被咱们家人欺负、被这个家所累，他是为他外孙女‘保驾护航’来的，这个家真正掌权主事的就是他啊！”

伍宝越听越摇头，她劝老妈如果住得不开心就去她家住一段时间，被老妈一句“我儿子的家就是我的家，我凭什么要躲出去啊”给堵住了。伍宝开导她没事去跳跳广场舞、结交结交小区里的老太太，又被她一句“我这着急上火牙都肿了，别跟我提那些没用的”给打住了。伍宝只得使出最后一招：“妈，要不您撺掇我哥跟余芳闹离婚，把这房子给霸占了，然后去越南花几万块钱给我哥买个媳妇，我哥指定能翻身农奴当老爷了！”

“滚！瞧你出的这馊主意，我能干这丧良心的事吗？我能让乐乐缺爹少妈的吗？你是来给我添堵的还是来捣乱的，你是我亲闺女吗？你今天哪儿哪儿都不对啊，是不是又跟小尊吵架了？你俩都是不定性的孩子，按咱们老家话说，一锅夹生饭！”

一向牙尖嘴利的伍宝突然结巴起来，借口约了朋友去琴行，风速从这个家“滚”了出去。

伍宝从电梯里走出来，为刚才机智逃脱老妈的吐槽大会给自己点个赞。刚松了口气，踩着高跟鞋出楼道大门，斜刺里就冲出一团黑影，直冲伍宝而来。伍宝吓得闭眼缩脖，双手把包包奉上：“这包里有我这个月刚发的工资，还有一部手机，你要就拿去，我绝对不喊救命、不看你样子、不报警！”“歹徒”迟疑了一下，伸手来拿包包，伍宝突然从蜷缩一团的小绵羊变身成勇敢出击的头狼，身子弹起，拿头直顶“歹徒”下巴，与此同时，高跟鞋朝着“歹徒”的小腿迎面骨狠狠踹去，尖尖十指朝着“歹徒”的眼珠子就抠了过去：“抢劫居然抢到姐姐我头上了，活该你倒霉！我让你为非作歹……我让你不知死活……”“歹徒”先是“啊”了一声，接着“嗷”了两声，然后一串惨叫：“我的妈呀！伍宝，是我！”伍宝赶紧收手，是黄小尊！黄小尊那颜值颇高的脸上已经惨不忍睹，鼻血横流，脸上被挠破了几处，他不管不顾地俯下身去，抱着被伍宝痛踢的小腿边揉边“哎哟”。

伍宝一点儿也不“怜香惜玉”，从包包里掏出一包面巾纸甩给黄小尊。“这个时间点你不在4S店上班，贼头贼脑跑这儿来冒充劫道的干吗？幸亏我手下留情，不然你就残了！”

黄小尊感恩戴德接过面巾纸擦拭脸上的血污。“宝宝，你前天就从家里搬走了，打你电话你不接，去特长班找你你也不在，我真没辙了，就想着来这里碰碰运气……”

伍宝打断黄小尊的话：“别扯那些没用的，咱俩的事已经解决完了，而且有言在先约法三章：一不骚扰彼此，二不向双方家人告密，三不干涉彼此私生活。你跑这儿来不会是想破坏约定，找我妈当救兵吧？”

黄小尊信誓旦旦：“我知道，咱俩前天刚办了离婚手续，我也知道，咱俩有约法三章，可我从前天晚上就开始后悔了。你再给我一次机会，以前全都是我的错，以后我一定洗心革面痛改前非，像地球围着太阳转那样，我这辈子就围着你转了！”

是的，三天前，伍宝与黄小尊离了婚，而且，已经是她与黄小尊闪婚半年来的第二次离婚了！

伍宝与黄小尊第一次离婚是在度蜜月归来不久，爱情的甜蜜被婚姻的柴米油盐取代，俩人时常因为一些鸡毛蒜皮的小事而口角频频，比如今天我买菜了你就应该洗碗，我在面朝地板背朝天地擦地时你怎么能心安理得玩网游？这个月你抽烟喝酒跟朋友聚会花了五千，而我只买了一套三千多的化妆品你凭什么冲我瞪眼睛？一二三四，诸如此类。一次，伍宝威逼黄小尊去洗衣服，心不甘情不愿的黄小尊误把伍宝的LV羊绒披肩也扔进了洗衣机，结果披肩不但缩水变形还被其他衣物染上了色，伍宝心疼得脸都变形了，跟黄小尊一通吵闹。黄小尊委屈得不行，叫嚣着自己从来没被父母逼迫做过丁点儿家务，本以为娶回来媳妇能像老妈那样把自己照顾得无微不至，哪承想娶回一尊活菩萨，不但供着拜着还得当牛做马伺候着，做惯被人围绕的小太阳的主儿怎可能做服务他人的小太阳暖霸？伍宝自然不是吃素的，冷笑一声：“‘漂亮又会做饭的，那是美的电饭煲；青春可爱永远不老的，那是樱桃小丸子；经济独立又以你为中心的，那是你妈；又漂亮又可爱又会做饭又永远不会老又经济独立又以你为中心的，那是你妈正用着美的电饭煲给你煮樱桃小丸子！’这话你不会没听过吧？你要真冲这个才跟我结的婚，那我趁早告诉你，永远别想改变我！我伍宝什么人啊，我还指望找一个又高颜值又暖男又会做饭又永远不会发脾气又经济独立又以我为中心的老公呢！”俩人互相撂狠话，气冲头顶时逮什么摔什么，末了，不知谁先抛出一句：“离婚！这日子没法过了！”另外一个更狠：“明天谁不离谁孙子！”于是，第二天，民政局里，鲜红结婚证换成了暗红色离婚证。俩人商量好，谁也甭跟家里人说，说了铁定被骂得狗血淋头，俩人就像心智没成熟的小孩儿，一时兴起过家家做一对半生不熟、顾头顾不住腚的“夹生夫妻”，一言不合一拍两散。

离婚没几天，俩人心里就后悔了，只是对外绷着。黄小尊借口同事的孩子想学小提琴，就给介绍到伍宝班上；伍宝借口把一枚红宝石戒指落家里了，要回去找找。结果同事家的孩子没学小提琴，红宝石戒指也没找到，俩人互相道歉互相做自我检讨，一个月后闪电复婚。

伍宝与黄小尊第二次离婚的缘起愈加无厘头，黄小尊这个超级网游迷痴迷一大型网络游戏，因网游中自己的角色装备较差无法升级打败其他玩家，便萌发了向网络上一高级玩家买装备的念头。通过电话沟通，黄小尊与对方商量好，他把钱汇到对方指定银行账户，对方便把装备在线发送给黄小尊。十几分钟后，黄小尊把八百元打入对方账户内，不一会儿，对方答复称钱已经收到，但要到网吧才能把装备转给他。黄小尊等了一个下午，仍不见对方上线，再次打电话，这次接电话的却换成另外一个男人。男人称，之前卖装备给他的人是其朋友，但是个不懂行情的新手，一套顶级装备才卖八百元，他要亏死的。俩人商量来商量去，他要求黄小尊再汇四百元，才能把装备卖给他。事已至此，黄小尊只得又汇过去四百元，等他再次电话联系对方时，对方在电话里就回他一句话：“我是骗你的。”按照常理来说，事情发生到此已经该以“上当受骗”四个字来画上句号了，但黄小尊较真不服输，一个个电话打过去，对方一直关机。他到派出所报警，警察告诉他涉案金额不足两千块钱没办法立案，黄小尊这个强大的二货又往骗子账户转账八百块！

当晚，得知黄小尊上当受骗来龙去脉的伍宝哭笑不得，这世上还有比自己老公更二的二货吗？！俩人大吵一架，什么话难听扔什么话，这次俩人吸取之前的教训，只吵闹，坚决不提离婚二字。大吵一架之后，伍宝搬着自己的枕头被褥睡了客房，俩人开始冷战。赔钱、丢人、被老婆奚落的黄小尊难免心情低落，也少不了跟朋友喝几场解闷酒。这天，黄小尊又醉醺醺地进家门，这次酒喝得有点儿多，烧心，睡不着。他跑到客房找伍宝，本意是求和，伍宝当时穿了一件吊带低胸真丝睡裙，黑色真丝映衬得伍宝肤白如凝脂，深V领口让她胸前的一对“小白兔”呼之欲出。黄小尊瞄到这对“小白兔”，胃里的酒精噌地一下烧到头顶。他死乞白赖地求饶求和，其实醉翁之意是求欢。正在气头上的伍宝见跟他说不通，也来了小姐脾气，一脚把他踹下床。后脑勺磕在床头柜上的黄小尊酒醒了大半，色心已退恶心乍起，他指着伍宝鼻子骂她最毒妇人心要谋杀亲夫，伍宝回敬道对待使强之徒必须以牙还牙！俩人再次唇枪舌剑起来，吵到最后的结果，再进民政局！

如果说伍宝第一次与黄小尊离婚是因为俩人都年轻不懂事，是一时任性之举，这第二次离婚伍宝是真有点儿失望了，像这种没断奶的“90后”半夹生毛头小伙怎么扛起婚姻的重任？怎么给她安全感？一辈子那么长，她真不敢往下想（凭空生出这些感慨时，傲骄的伍宝浑然忘记了自己也是一枚标准“90后”，比黄小尊还小了半岁）。这几天她也在反思，自己虽然做事不像黄小尊那么不靠谱，但好吃懒做、任性、骄娇二气等毛病一点儿不比他少，他们的确是爱恋彼此，但婚姻仅靠爱情能维系下去吗？能走多远？

望着眼前破了相、半脸血痕的黄小尊，伍宝再次升腾起这样的感慨：他们的确是爱恋彼此，但婚姻仅靠爱情能维系下去吗？能走多远呢？

黄小尊把伍宝的犹疑当成了心疼和后悔，赶紧揪着自己耳朵蹲下身去：“媳妇儿，我错了，我这次错大了，我保证以后再不玩网游了，再玩你把我手指头剁掉！这个月的家务活我全包了，哦不，今年的家务活我全包了。我这就去按摩院学习全套按摩服务，你不是有颈椎疼的毛病嘛，以后我就是你的专职特级按摩师了！”

“谁是你媳妇？咱们离了哈！如果你能做到一个月不跟狐朋狗友喝闲酒，两个月不跟我吵一嘴架，三个月连拿你们公司的业务头牌，再来跟我认错道歉吧！”伍宝撂下这句话，头也不回地离开了。

黄小尊比刚才明显矮了半截：“这三条要求我保证能做到，但三个月后黄花菜早凉了！报应啊报应，你说咱俩闹个离婚，我爸妈远在郑州是怎么被传染的？两个加起来一百多岁的老头老太太在家闹离婚，我能在北京踏踏实实听热闹吗？媳妇啊，亲人啊，求你了，关键时刻你不帮我谁帮我？”

伍宝收住脚步，回头顿喝：“你个尿货，怎么不早说？车票定了吗？事假请好了吗？别磨叽了，救驾如救火，走啊！”

黄小尊如同得了特赦令，飞奔赶上来，给伍宝一个热辣辣的吻，伍宝把头埋进黄小尊胸前，抬起来时早已泪光盈盈。伍宝捧着黄小尊的脸，犹如捧着一尊急待修复的名贵文物，眼睛里盛满心疼：“二货，你说你玩什么不好，跟我扮劫匪，脸还疼吗？破相了可怎么办？咱先去药店买药膏。”黄小尊一脸甜蜜：“只要你回到我身边，我这张脸就是变成车祸现场都扛得住！”

“是我不好……”

“都是我的错……”

“疼吗……”

“还生我气吗……”

“傻瓜，我爱你！”

“我也爱你！”

第4章

内援难当

郑州是中原腹地的枢纽，交通四通八达，贸易南来北往，人口密集度高。曾有人以讹传讹，称《江南style》主唱PSY曾向歌迷解释该神曲创作源头是郑州火车站，因2008年来郑州，被火车站附近人们时髦的衣着谈吐、林立的发廊小妹的风姿打动才创作这首歌，以表达对新潮生活方式的敬意。后虽辟谣，但郑州的熙攘繁华可见一斑。

黄小尊和伍宝在高铁上美美地睡了两个多小时就到了目的地。俩人拉着行李下车，虽然站台上人山人海，但黄小尊还是以人肉卫星定位仪的搜索功能几秒钟就找到了他的爸妈。黄爸黄海涛一身浅色休闲套装，显得动感十足、朝气有活力；黄妈卢丽萍一头时髦短卷发，一脸精致妆容，一套米色刺绣羊绒套裙，一双金咖色小牛皮高跟鞋，斜挎一个黑色迪奥包包，十足的大青衣范儿，在服饰随便、神色匆匆的人群中格外扎眼出挑。小夫妻俩拉着行李向二老走来，伍宝低声跟黄小尊嘀咕：“你妈真不愧是当年省豫剧团的台柱子，这气场，这装束，这颜值，搁哪儿都是焦点！你爸虽说当年也是市文化局才华横溢的笔杆子、响当当的大主任，但现状还是惨了点儿，杵你妈身边跟一保镖似的，他俩如果要离婚不用想就是你妈踹你爸啊！”黄小尊一再嘱咐：“你鬼点子多、手段高，重点是化解他俩的离婚危机，其他的你就甭操心了。”“我如果搞定这事，你怎么谢我？”“定重谢！我有一个将近三亿的项目拉你入伙，事成之后红利全是你的！”伍宝眼睛都圆了：“你有三亿的项目？”黄小尊一本正经答：“骗你是乌龟王八蛋，事成之后这项目就交给你了。”

小夫妻与黄爸、黄妈会合，黄妈一个眼神指示，黄爸立刻从保镖变身成搬运工，不由分说抢过两人的行李随时待命，黄妈姿态优美地打开双臂、绽放慈祥笑容、昂头、挺胸、提臀地起范儿，以标准的职业演员动作把儿子拥进怀中，提着丹田之气、柔和着极富磁性的鼻音，一通心肝宝贝乖乖儿地乱叫，完全可以当作发音练习的非常规教材参考。黄小尊被老妈的过分热情和戏剧化接待弄得无力招架，想躲躲不开，想迎跟不上节拍。伍宝在一旁看得直吐舌头，暗暗心疼黄小尊一分钟。为了逃避黄妈的“戏剧化接站仪式”，伍宝灵机一动，主动上前与黄爸问好请安，各种热情的寒暄之后，伍宝拉起一个行李箱与黄爸前面先行，撇下身后的黄小尊在夺人眼目的老妈“魔爪”之下，享受亲情的过分揉搓和夸张爱抚。

回家的路上，黄小尊报喜不报忧地跟父母一通海吹，他马上要晋级成为公司最年富力强的高级技师，年终带父母去塞班岛度假，后年他跟伍宝一起供套大一点的三室一厅，五年内他要自己开公司当年薪七位数的老板。为了增进可信度，他每夸一个海口，都需要拉伍宝应声："是不是，伍宝？"或者，"伍宝你说说，我爸最信你说的话。"伍宝只好昧着良心附和："爸，妈，小尊五年之内肯定能成为全国十大杰青！"黄爸乐了，皱纹里溢出的全是骄傲得意，黄妈重重叹了口气，黄爸的笑纹嗖地一下不见了。

一进文化街和东风路的交叉口，黄爸的车就被堵得纹丝不动了。黄小尊把头伸出车窗张望这条前不见头后不见尾的堵车长龙："我还以为就北上广深这些一线城市是'堵'城，敢情现在的郑州也是走哪儿堵哪儿了！"黄妈埋怨道："你爸就是一'马路天使'，不管去新城区还是回老城区，只选最堵或者更堵的路线。也就是我好脾气，只当练忍者神功了，换成刘晓莉坐他的车，直接能把他炸成爆米花！"车后排的伍宝捅捅黄小尊，压低声音："刘晓莉是？"黄小尊对她耳语："我爸的小三儿，哦不，老三儿，我妈就是因为这主儿要跟我爸闹离婚的！"黄爸急眼了，冲黄妈瞪眼睛："你当着俩孩子的面瞎说什么，我可开着车呢！我可有路怒症！"伍宝赶紧和稀泥："这压根就是按设计停车场的思路设计了环路主干道，一到高峰期几万辆机动车全体上环路干道扎堆玩，进去就甭想出来，不堵车哪配叫大都市？我和小尊都习惯了，哪天不被堵路上个把回都觉得一天虚度了呢。爸，妈，咱不为这点儿破事闹心，小尊有一肚子好消息要接着跟二老汇报呢！"黄小尊瞅瞅伍宝，一脸的黔驴技穷，伍宝回敬他一个"危急关头你不下地狱谁下地狱"的表情，黄小尊只得甩开腮帮子胡说八道起来。

从晚饭点一直堵到宵夜时分，黄家一家四口终于胜利大逃亡。黄妈说她是没精力和体力回家做饭了，提议找家馆子填饱肚子。第一家饭店，湘菜，黄妈说她要保护嗓子，拒绝吃辣；第二家饭店，粤菜，黄爸说他口重吃不惯没盐还搁糖的菜；第三家饭店，陕西面馆，伍宝说她对面食完全不感冒；第四家饭店，各种烧烤，黄小尊说他一吃这个就拉肚子。黄妈拍板："你们年轻人都爱吃洋快餐，咱就吃肯德基去，我今儿也开开洋荤。"伍宝在心里泪流成河，青少年宫大楼没有内部食堂，还不让带盒饭，更取缔了微波炉，肯德基、麦当劳基本成了她每天的工作餐。千里迢迢来到婆家门口，招待她的就是这个，能不委屈嘛。

到了家，黄妈嘱咐了小夫妻俩几句，就打算洗洗睡了。黄小尊急眼了，忙活一天还没进入正题呢！他按照伍宝来时路上交代他的要领，先把爸妈请到客厅沙发，他搬了把椅子坐在父母对面，开始正式对话。

黄小尊干咳两下，开门见山："爸，妈，我们这次抛下工作请假回来就是要帮助你们解决眼下的问题。你们不要逃避，也别磨不开面子。我和伍宝都是很开明懂事的孩子，允许我们年轻人闹矛盾，就得允许你们长辈有感情分歧。时代越进步，社会越宽容，我们的心态就应该更开放、昌明。你们有什么问题尽管摊开来说，咱们都是一家人，发现问题、解决问题就是生活本质嘛！怎么样，爸，妈，我这开场白已经亮明态度了，你们俩谁先发言，谁先说两句，你们为什么闹离婚啊？"

黄爸一梗脖子脱口而出："我先说，我跟你妈性格不合。"

黄妈悻悻然一撇嘴："还不是因为刘晓莉！"

黄小尊再问："离婚不是儿戏，离婚后的财产分割问题你们商量出来结果了吗？说句题外话，幸亏我已经成年了，没有抚养权的后顾之忧了，不然，你俩肯定争着抢着不要我的抚养权吧？"

黄爸回答："没商量，没结果。"

黄妈："这些事不用商量，还不都是明摆着归咱们娘儿俩。总之，先把这婚离了再说其他的！"

黄小尊哭笑不得："我的亲爸亲妈啊，你俩能不能别闹，以你俩都快挣巴上'金婚'的资格，能玩'裸离'吗？要离婚容易，但离婚以后的善后问题很麻烦，我劝你们还是心平气和再好好谈谈，你们有了最终结果通知我一声就行。"

黄爸和黄妈同时开腔——黄爸两手一摊，一脸的无可奈何："你妈是我能平等对话的人吗？你妈是我敢平等对话的人吗？你长这么大，见过我俩平等对话过半次吗？哪次不都是她下命令我执行，啥事不都是她一言堂！"黄妈摇摇头、摆摆手："我们谈过了，谈不拢，谈过三次，哦不，五次，一谈就崩！完全对牛弹琴！"

椅子上的黄小尊和对面沙发上的伍宝交换了一下眼色：俩人这口供完全对不上啊，一个扯东，一个说西，什么情况？

伍宝捏了捏左耳朵，黄小尊心领神会，A计划失败，执行B计划。黄小尊帮着父母回忆往昔酸甜苦辣的峥嵘岁月，把他记忆里存储的所有家庭重大事件、重大纪念日都从头捋了一遍，旨在帮助二老找回情分、不忘初心。黄小尊说到动情处，黄妈眼泛泪花，黄爸感慨万千，伍宝赶紧煽风点火："爸妈，我被二老这情比金坚的革命情感给感动得鼻子发酸，你俩要离婚，这还有天理吗？”黄妈跟黄爸对视一眼，斩钉截铁：“这日子没法过下去了！”

初战失利，只能洗洗睡了。

卧室里，伍宝和黄小尊密谈，黄小尊担心父母会不会从此亲人变仇人，火眼金睛的伍宝倒是另有看法，她觉得二老在站台还是妇唱夫随挺和谐的，在回家路上也不过是家常夫妻拌个嘴，只有当黄小尊开始问话时，俩人才跟商量好似的一口一个离婚，一口一个过不下去了，而且俩人的供词完全对不上号，这说明他们在此事上的默契度不够，二老到底唱的是哪一出？

第二天，饭菜丰盛的午饭饭桌上，伍宝偷眼旁观。二老胃口都挺好，黄爸吃了多半条清蒸鱼，一筷子一筷子地夹红烧肉，跟儿子喝了一瓶五粮液，饭桌上笑声最大的就是他。黄妈包圆了一盘蒜蓉开背虾，一盘清炒荷兰豆，其间还给爷儿俩斟酒，给老伴儿剥虾壳，这怎么看也不像是闹离婚的夫妻啊！

饭后，全家人围坐看黄爸展示泡工夫茶的手艺，泡出来的第一杯茶递给老伴儿。黄妈嘱咐黄小尊和伍宝：“孩子们，你们既然回家来了，就多住些日子，让你爸带你们到处玩玩，我跟你爸的事也不是急事，不差这三五天的，你们不知道，妈盼你们回来，盼着像今天这样热热闹闹吃饭，一家人一起喝喝茶的日子，盼得眼睛都快瞎了。你说我们老了老了还能有什么盼头，不就盼着儿孙绕膝这点儿乐趣嘛！”黄爸的酒劲儿上来了，嗓门儿也洪亮起来：“我跟你妈每每想起你们俩在北京艰苦奋斗，我们就心疼得慌。北京有什么好？地方大，出门不带导航都找不到北；人多，上哪儿都跟火车站似的，巨堵，上路堵个俩仨小时都算对你客气的。在这里月薪万八千叫小资，在你们那儿叫月光族！”黄妈接过话茬儿：“还有还有，买房限购，宝宝上学外地户口要掏赞助费。天天吸雾霾，挤地铁弄一身臭汗。说起来天安门、故宫、长城是北京的，请问你们几年去过一次？”黄小尊被煽乎得激动起来：“是啊是啊，你们太理解我们了，虽说我们混在北京，可平日里打从央视‘裤子楼’经过的机会远远没有从电视上看到的植入次数多。在北京只要有钱有时间，各种类型的休闲活动的确让人应接不暇。但理想很丰满，现实却很骨感，我们平时加班加到连轴转，偶尔休息一天也全都用来补觉，明知薪水挣得很辛苦，谁还有勇气去高消费纯嗨皮啊？看看工资卡的亏空就只有宅在家里的底气了。”伍宝已经瞧出端倪，她在茶桌底下悄悄踩了黄小尊一脚，黄小尊这才收声。

伍宝聪明，借口去买水果拉着黄小尊出了门。俩人边走边商量，伍宝问：“你从刚才饭桌上的气氛和茶桌上的谈话内容嗅出什么来了吗？”黄小尊深呼吸一口，点点头：“嗯，嗅出来了，确实比北京空气质量好一点儿。”伍宝给了他一记“黑虎掏心”，黄小尊赶紧正色道：“嗅出来了，我爸妈感情基础不错，他们这婚肯定离不了。”伍宝拍拍他肚子：“今儿中午这顿饭你算白吃了，一点儿没好好消化，你爸妈闹离婚这码事是假，希望咱们回这边来安家立业、承欢膝下是真！”黄小尊匪夷所思：“不可能！我爸妈没这么‘鸡贼’！你哪只眼睛看出来他们醉翁之意不在酒了？”伍宝说出自己的假设：“如果我没猜错的话，他们是想用离婚这事拖着咱们，慢慢给咱们洗脑，一步步把咱们策反过来。你好好想想，你爸妈以前是不是劝过你回来发展事业，说过把家也搬回来之类的话？”黄小尊一怔，点点头："以前提过好几次，他们一张嘴就是二线城市目前不存在一线城市人才饱和、生活成本居高不下、竞争过于激烈等问题，夸我是个聪明人，应该能算出这其中的幸福性价比。自打咱们结婚后，他们没再提过，我还以为他们投降了呢。"伍宝拉着黄小尊进水果店："那是因为你娶的媳妇也在北京打拼，他们只能另外想辙。"黄小尊拿起一盒车厘子："对了，怪不得他们以前老催我回来相亲呢，敢情是要把放出去的风筝收回来。"伍宝杏眼圆睁："你从前怎么没告诉我？说，你相过几个？有没有大胸大长腿的？是不是有追你到北京的？你们亲热到什么程度……"黄小尊赶紧拿起一只草莓塞住伍宝的嘴巴，勤快地拎着选好的满满一篮子各色水果去收银台称重、付账。

伍宝和黄小尊满载而归，俩人商量好了，时间有限，他们和父母打不起拖延战，只能采取"柿子要拣软的捏"战术，软柿子当然是黄爸黄海涛。

周六一大早，伍宝陪婆婆卢丽萍去菜市场，黄小尊以职业技师的专业资质提出陪老爸去地库检修爱车。地库里，黄小尊打开汽车发动机盖，逐一排查，"爸，能跟我说说刘阿姨吗？"黄爸没明白过来："哪个刘阿姨？"黄小尊："爸，我妈又不在，您就别装了，刘晓莉阿姨，难道我叫错了，应该叫刘晓莉姐姐？"黄爸恍然："哦，嗨，她有什么可说的，就是我们老在一起跳广场舞，你妈吃醋了，天天跟我闹，我被你妈给闹得招架不住，只能离了得清静呗。"

背对着老爸的黄小尊脸上露出一丝诡笑："爸，给我扳手。其实我打心里挺理解您挺支持您的。您说您都忍了我妈一辈子，让了我妈一辈子，她都不知道回头是岸。明天您带我去见见刘阿姨，如果刘阿姨真的温柔贤惠对您好，我支持您跟我妈拜拜，跟刘阿姨花好月圆！”黄爸拿扳手在儿子头上轻轻敲了一下：“花好月圆个鬼啊，你个白眼狼，亏你妈那么疼你爱你，你却胳膊肘往外拐！”黄小尊接过扳手：“别呀，我话还没说完呢，等我操办完您跟刘阿姨的事，我和伍宝就把我妈给接到北京住。我妈那么疼我爱我，我当然得为我妈的幸福出分力，我想好了，给我妈找一北京老头儿……”黄爸手里的手电落地，砸了自己的脚。黄小尊故意装作没觉察，继续口若悬河：“以我妈的风韵犹存，当然得给我妈找个琴棋书画皆通的儒雅老头儿，北京户口，最好是爱票戏的戏迷。我想起来了，伍宝他们音乐学院有个老教授，各方面条件挺合适的，比我妈还小一岁，我这就让伍宝给牵牵线！”黄小尊话音刚落地，就吃了老爸一巴掌：“你个狼心狗肺的，我还没断气呢，你就要把我扫地出门啊！实话告诉你，刘晓莉这人是我跟你妈编的，我就是吃了熊心豹子胆也不敢对不起你妈啊！我们就是想让你和伍宝离开北京，回来安居乐业，一家四口其乐融融。你要再敢提音乐学院教授一个字，我就把你打得你妈都不认识你！”黄小尊跳起来：“老爸，你使诈！”

车子维护完毕，趁老爸收拾工具的空当，黄小尊给伍宝发微信：“搞定！如你所料，咱们差点儿中招。这么干是不是有点儿坑爹？”伍宝回复：“虎狼药才能治虎狼病！你别告诉我你从小到大没干过一件坑爹的事！”黄小尊发过来一个滴汗的表情：“今天之前，只干过一件坑爹的事。”伍宝好奇：“What？”黄小尊：“小时候总要我妈搂我睡。”伍宝差点儿笑岔气。

半个小时后，笑岔气的伍宝差点儿又气炸了肺——助教来电，大楼里教小提琴的同行瞅准她出远门的空当，以降学费、送体验课等手段从她班上“抢”走了两名学生，这可是伍宝苦心栽培了两年的好苗子啊！这消息等于往伍宝胸腔里扔了个炮仗，她眼里连沙子都揉不了，何况这种卑劣勾当！郑州她一天都待不下去了，她必须火速回北京想办法保住生源，与同行理论，找到杜绝此类事情发生的办法。

一个小时后，刚刚坑过爹的黄小尊被同事给坑了，几天前他给客户车辆进行维修，事后亲手写的维修记录，现在客户的车辆在路上出交通事故，作为证据的维修记录却怎么也找不到了。同事急成热锅上的蚂蚁，急召他回去处理此事，客户放话，4S店再不给个说法，他就要在大门口扯横幅了！

黄小尊和伍宝一合计，赶紧收拾行李，网上订票，回京。俩人拖着行李走到客厅，黄爸把大门反锁，抱臂坐在门前当门神。黄妈递给儿子一条麻绳，扬言这才刚过了一周儿女承欢膝下的幸福生活，立马就被打回原形了，若他们两人离开，还不如拿绳子勒死爸妈来得痛快。伍宝跟二老解释他们遇到了棘手公事，必须回去处理，不然工作会受影响。婆婆压根听不进去：“孩子，你们北京的工作辞了更好，回这儿来，妈掏钱给你开小提琴特长班，给小尊找新工作，只要你们留在我们身边，我们尽量满足你们的一切需求。”

黄小尊急了：“妈，高铁不等人，再不走来不及了，我们的事业、关系人脉和梦想都在北京，你让我们回来从零开始，这不坑儿嘛！我承认现在二三线城市比一线城市发展前景更好，但那不适用我们这种个别情况，您高抬贵手让我们闯一闯，真闯累了我们会回来的。”

伍宝安慰二老：“爸，妈，我们保证以后会‘常回家看看’的，现在通讯这么发达，我们随时可以聊微信通电话。小尊说了，今年过年咱们全家去塞班岛度假呢！”

黄妈鼻子一酸，唏嘘起来。黄爸心疼老伴儿，冲俩孩子吼：“你们知道‘空巢’老人的生活有多糟心吗？过完春节就盼着下一个春节，看见邻居家儿女回来特别眼馋，这么大的房子叹口气都有回音，生病的时候就更想你们。我们在郑州你妈天天看北京的天气预报，新闻上北京有点儿什么事你妈都第一时间联想到你……”

说着说着，黄爸也说不下去了，陪着老伴儿一起伤心难受。听着听着，黄小尊和伍宝就觉得他们成了罪人。

回京只能暂缓。

接下来，伍宝和黄小尊经历了水深火热的三天：背地里，他们只能用手机处理一切工作事宜，没完没了地煲电话粥，口干舌燥，焦头烂额，只恨心有余而力不足。明面儿上，他们还得应付父母一哭二闹三咆哮的亲情策反攻势，从前在他们眼中交通巨堵、生活成本巨高、工作压力巨大的北京，如今在他们心里益发显得亲切可爱起来，因为那里不但有他们的汗水、坚持和梦想，还有自由、理解和许许多多的同行者。

三天下来，黄小尊和伍宝对二老的各种说服、感动、撒娇、撒泼、打滚都没有用，无奈只剩最后一招——开溜。他们打算悄悄地订机票，悄悄地拖着行李箱开溜。

黄家的早上六点钟，按惯例是黄家二老去跳广场舞的雷打不动时间。这天早上六点一刻，黄小尊和伍宝贼头贼脑地抱着行李箱，蹑手蹑脚地从卧室里溜出来，大气不敢喘地往门口挪动。主卧室的争吵声刺入二人的耳朵——

“都怪你没用，连儿子儿媳都留不住，跟你过了大半辈子，什么苦什么累都受过了，怎么熬着熬着就熬成了孤家寡人？这日子过着有什么意思！”

“你就会埋怨我，那俩小东西心思硬着呢，咱们就是跪在他们面前都没用！当初要不是你鼓励他大学考到北京，他怎么会被那花花世界迷了心窍？要听我的就在咱们身边上个大学、找个工作，现在哪有这些糟心事啊？”

“你还怨起我来了，你对我肯定早一肚子怨气了吧？既然这样，他们要走，你也走吧，你们统统都走，我一个人过清静！”

“走就走，这地球离了谁都照转！”

“既然走就走得痛快利落点儿，咱也别玩假离婚，要来就来真的，今天就去把手续办了！以后你跟刘晓莉、王桂兰她们跳舞就不用假撇清，可以想搂多紧就搂多紧了！”

“咱俩为这点儿破事折腾几百遍了？你要真不信任我，这日子还真就过不下去了，离就离，谁不离谁是孙子！”

老两口急火攻心话赶话，假离婚成了要真离婚，黄小尊和伍宝丢下行李箱直奔进屋拉架，黄小尊哄他妈，伍宝劝黄爸，俩孩子越劝和，俩老人越性起，索性拿俩孩子当庭外法官，翻出那些个陈芝麻烂谷子的账，从结婚头一年算起，谁第一次出口伤人，谁第一次挥舞拳头，谁摔了家里的电视机，谁喝醉酒夜不归宿……伍宝冲黄小尊丢过去一个哀怨的眼神：原来你家有这吵架闹离婚的革命传统，怪不得咱俩结婚半年就离了两回！

一个小时过去了，老两口的“旧账”才算到结婚第五年，黄小尊看看腕表，再不走就赶不上飞机了！

突然，伍宝起身直奔卫生间，一通干呕。黄爸担心地问：“伍宝这孩子是不是吃坏肚子了？”黄小尊仔细回想：“昨晚上她跟咱们仨吃的都是一样的饭菜，今天早上什么也没吃，就喝了一盒酸奶……”黄妈回过神来，一拍巴掌：“伍宝是不是怀孕了？”她赶到卫生间，伍宝脸色煞白正在漱口，黄妈上前低声问了她几句体己话，伍宝先是摇头，接着点头，然后又摇头，黄妈兴奋地冲卫生间外俩人宣布：“咱们伍宝八成是有喜了！”

全家人一通忙活，给伍宝倒水的、削苹果的、拿酸奶的，伍宝左手拿着酸奶，右手拿着苹果，可怜巴巴地问婆婆：“妈，如果我真是怀孕了，这孩子要不要生下来？”黄妈斥责：“瞧你这孩子，怎么说话呢，必须生啊！”伍宝试探着问：“您跟我爸这不是要离婚吗？孩子生下来要么没爷爷疼，要么没奶奶爱，多可怜啊！”黄海涛和卢丽萍异口同声：“谁要离婚？我们那是理性探讨、解决历史问题呢，只要结了婚就不许离，咱们黄家从来没有离婚这一说！”伍宝又问：“爸，妈，我们再不走真赶不上飞机了，我们也得回去理性探讨、解决一下工作问题。还有，北京的医疗条件比这边好一点儿，我现在这情况应该回去上医院检查一下吧？”黄家二老再次异口同声：“必须的啊，你们赶紧回去，我让你爸开车送你们到机场，北京的医院是比这边的条件好，检查结果出来记得来电话哈！”伍宝和黄小尊这俩苦命的内援终于胜利大逃亡。

机场过完安检，伍宝健步如飞，黄小尊心惊胆战：“媳妇儿，刚才妈一再嘱咐，你现在是非常时期，走路要稳当，不能乱吃东西，不能感冒……”伍宝打断老公的话：“呆子！我现在是正常时期，刚才那一出是我演出来的，电视剧看多了自然知道女人怀孕什么样，我要不出狠招，你爸妈根本没法摆平，咱俩插翅难飞！”黄小尊心服口服：“媳妇儿，你太演技派了，不拿个最佳女主角真可惜！”

飞机起飞。座位上的伍宝一副旗开得胜就等领奖的姿态：“黄先生，你那个三亿的项目可以说了吧？一年下来能分多少红利？”黄小尊咧嘴坏笑：“那个项目咱们回家就可以实施了，三亿小蝌蚪海选，优胜者能瓜熟蒂落得一大胖小子！”

“合着你三亿的项目就是‘滚床单’啊！”伍宝啐了老公一脸。

第5章

两家对垒

这天是个艳阳天，全家人吃完早餐，伍家平和余芳出门上班，梁天佑送乐乐上幼儿园，文秀英寻思着这么好的天不把该洗的洗了、该晒的晒了挺可惜的，于是便动手拆换乐乐屋子的床单被罩。伍宝来电，说她和黄小尊已经回京三天了，该处理的事处理得差不多了，她绘声绘色地跟老妈汇报公婆如何设计让他们回二线城市工作生活，公婆离婚如何弄假成真，她是如何用“假孕”摆平这一切的。文老太听完更忧心忡忡，她担心女儿假孕会惹怒公婆。伍宝胸有成竹：“我只是吐了几口而已，是婆婆一口咬定我怀孕的，过两天我让小尊给他们打个电话交代一下，就说医院查过了不是怀孕，是胃有点儿小毛病，这样就完事啦。”文老太叹息道：“唉！妈看出来了，你这对公婆都不是省油的灯，俩人一个比一个能折腾。你以后凡事多长个心眼儿，你这种爱就一盆火恨就一块冰的性格容易招人不待见。妈把话搁这儿，你公婆的事且完不了呢，这才刚起头！”伍宝一百个不相信，文老太知道多说无益，挂了电话，继续手头的活儿。虽知道儿女都长大了，她谁的忙也帮不上，但听着女儿跟公婆各种斗智斗勇，看着儿子像头驴一样为这个家整日拉磨，文老太担心完这个还得操心那个，一颗心日夜忧虑，人都瘦了一圈儿。

文老太接着拆洗主卧室的床单被罩，枕头下掉出一个厚厚的黑皮笔记本。她见过这个本子，是余芳的记账本，家里每个月吃穿用度的开支一笔笔都记在这上面，到了月底，入不敷出，余芳脸就拉下来两天；结余一些能转存定期，余芳就跟捡了金豆子似的脸上能开花。儿子一个月赚的钱都花哪儿了？儿媳是治家理财能手还是绣花枕头？文老太对眼前这个黑本本产生了强烈的好奇心。

不看还好，一看吓一跳。这本流水账上不但记载了每个月的水电燃气支出，吃喝、应酬、红白喜事随礼、乐乐的各种特长班学费，还记录了梁天佑医保外用的进口药、做理疗、吃补药等费用。她翻找出手机上的计算器，逐一数字累加，算出一个月的开支后，乘以十二，手机屏幕上出现一串小炸弹般的数字，文老太的脑袋立刻嗡嗡作响！她儿子每天起得比鸡早，睡得比狗晚，干得比驴多，一天到晚累得跟三孙子似的，合着不但要养老婆儿子，还得拿血汗钱养一个外姓旁人！一年下来就十来万，十年下来，二十年下来……那老头子估计越养越结实硬朗，她儿子倒是日忙夜忙先累趴下了！这臭小子活该，娶个正常家庭无负累的女孩多好，偏娶这么一个姑奶奶，带着姥爷出嫁！她姥爷也奇了怪了，有亲儿子不去依靠，一心一意要在这个家安营扎寨，这都什么事啊！

梁天佑进门跟文秀英打了声招呼，洗衣机旁的文老太压根儿没听见。午饭是梁天佑一个人吃的，他寻思着乐乐奶奶是不是哪儿不舒服，然后又望着手里的空碗，心里就糊涂了，自己是没盛饭呢，还是已经吃完刷过碗了？梁天佑仔细辨认盘子里的菜量，确定自己还没吃，就去电饭锅前盛饭。傍晚，伍家平和余芳进家门，桌上饭菜明显从五星级水平降成了简餐。文秀英说了声自己不舒服就回了屋，其间，伍家平进屋望闻问切一番，文秀英没怎么搭理他，乐乐进屋来关心奶奶，文秀英抱着孙子心里那个波涛汹涌啊，却无法言表。几乎一宿没怎么合眼，第二天一早，文秀英的左脸颊就肿了，心火太旺，牙龈发炎；第三天，文秀英发起低烧；第五天，文秀英在家里坐也不是站也不是，百爪挠心，这股子邪火憋屈得实在难受，她一跺脚，出了家门。

东三环上一地铁站口，文秀英出了地铁站，过条马路，来到梁山家。梁山家所在的小区里有条两岸垂柳成荫的人工河，绿化极好，外围一溜儿的展览馆、文化馆、剧院，文化氛围没挑。文老太听说这附近还有重点小学、中学和很出名的专科医院，这样的房子在北京城里绝对排得进中上等。住在这里的人即便不能全归到富人堆里，但怎么也扣不上穷人的帽子吧？

文秀英敲开梁家门，潘爱莲一口一个乐乐奶奶咋咋呼呼把她迎进去。文秀英放下一袋水果，借口路过上来认认门儿。潘爱莲给她倒了杯水，俩人边闲聊边参观。一杯水喝完，文老太把梁家的家底摸了个七八分：玄关一件翡翠摆件，带绿的；客厅里一台六十吋的液晶电视；厨房里摆着一台西门子双开门大容量的冰箱；衣帽间里潘爱莲的包包有十几个，其中一个文秀英认识，伍宝有个一模一样的——比巴掌大不了多少的一个黑色菱格包包，伍宝说是什么大牌经典款，一个要三万多块，她当时听到这个数字差点儿没背过气去，直骂伍宝败家、烧钱——欧式家具、高档电器把这个家填得满满的。文秀英想起儿子那个偏远、简陋的家，心如刀绞。

文秀英把杯子放在桌上，潘爱莲要给她续杯，文秀英拦住了，说她已经喝饱了，其实是看饱了、气饱了。潘爱莲以为老太太要打道回府了，谁知她一屁股坐下了，有的没的跟潘爱莲拉家常。

“她舅妈，你家这冰箱真好啊，再多的剩菜剩饭都装得下，不像我们家那个小不点儿，装得下乐乐的零食酸奶，就装不下剩饭剩菜，装得下鸡蛋、豆腐，就装不下苹果、鸭梨。”

“乐乐奶奶，我跟您一样，也喜欢这台冰箱，它是目前市场上容量最大功能最多耗电量最少的，梁山别的都不在行，选东西倒还挺合我心意的。”

俩人正闲聊，梁山进门，手里拎着几个高档购物袋。文秀英与梁山互相寒暄后，继续与潘爱莲回到原来话题。

“这沙发也不错啊，坐着不塌架，腰窝后头垫得也舒服，这是人造革的吧，平时好打理吗？”

梁山咂摸出文秀英这话里不对味，用眼神示意潘爱莲别扯这些，偏偏潘爱莲是个爱炫耀的女人，已经被勾起了兴头。

“哟，这您老就不识货了，沙发是牛皮的，头层皮，把您腰窝垫得舒服的靠垫里面填充的是纯羽绒，软硬适中、还原性好，两三个月喷一遍皮革护理液就打理好了。”

“嗯嗯，真是好东西，衣帽间里有个包包我看着眼熟，伍宝有个跟这差不多的，比巴掌大不了几寸，黑色的，伍宝说它叫什么奈尔，一个要三万多块！”

“是香奈儿，我就说我跟伍宝聊得来。女人嘛，就得对自己好一点儿。你们伍宝又年轻漂亮，还有大把时间把自己捯饬成大美妞，我呢，天天跟这俩冤家吃苦受累，一不留神就成豆腐渣了，再不对自己好点儿，梁山就该惦记外面的野花野草喽！”

文老太实在听不下去。这房早先是梁天佑的，拆改重建之后被他们霸占了去。梁天佑一手带大了梁蔻蔻，他们眼瞅着实在没什么油水可榨了，就把自己个儿亲爹踢给了余芳。梁天佑在余芳家住的这几年，梁家每个月的水、电、燃气、卫生费还是从梁老汉的退休工资卡上划出去的。见过啃老的，没见过啃得这么心安理得、狼心狗肺的！

文秀英话锋一转，一语双关：“她舅妈，你家这条件比我们家好了可不止一星半点儿，乐乐他太爷爷如果回来住这里，肯定比住我们家要舒服得多，人上了年纪，是该享几天清福了。”

文秀英这话如同往潘爱莲嘴里扔了个冰块，她膨胀的神智立刻从刚才的得意扬扬一通显摆迅速降温到初级戒备状态。

潘爱莲抖擞精神见招拆招：“乐乐奶奶，甭说您这么想，我早就跟老爷子提过多少次了。老爷子对乐乐是疼到心尖儿上了，一时一刻也离不开。再说，就是有心把老爷子给绑架回来，我这从头到脚一身的病，就是个中看不中用的废物，真没照顾他的能力。让老爷子给我端药送水的，我还怕折寿呢！”

文秀英话里有话：“我早看出来了，你是个孝顺的好孩子，余芳和伍宝加起来也抵不上你半拉！你只要有这心，我回去就劝乐乐他太爷爷，劝他回来长住不可能，住个三五个月还是能说动他的！”

潘爱莲一听有点儿急眼了，来者不善，这老太太不是来串门，也不是来挑理，而是来卸包袱的啊！必须二级戒备状态！

潘爱莲拿梁山当挡箭牌：“您是不知道，梁山那脾气，跟他爸从来就处不到一块，俩人没说几句话就急眼，回头再把老爷子气得血压升高、脑梗什么的就罪过大了。要说也不怪梁山，他生意一直没起色，不是被供货商坑，就是朋友借了钱不还，朋友来借钱的时候说得比唱得好听，等上门要债的时候连个人影都找不到。实在追得紧，他那帮狐朋狗友就拿冰箱、电视、家具、包包啊什么的填这坑。你说我都这把岁数了还跟他过这种闹心日子。梁山好面子，出门我们还得打肿脸充胖子，进门就是天天苦瓜拌黄连。也就是今天您来了，我不要这张脸了，跟您倒倒苦水，不然天天这么憋屈着，我早该进精神病院了！”

潘爱莲一口气说了这么多，文秀英就一句话等着她：“孩子，你家日子都过成这样了，我真得劝乐乐他太爷爷赶紧回来帮衬帮衬你们，怎么说他每个月退休工资还有几千块，他还能找找当年共过事的老领导老部下的儿女们，听说这些孩子现在当领导的也不少，总会给他点儿面子，你们这难关没准儿很快就过去了！”

卧室里的梁山冲出屋来，他在一旁看着老太太不好糊弄，潘爱莲越猴急越露出马脚，他必须出招了。今天要不把老太太这点儿心思就地摁灭，这事没完没了，往后不知道演变成什么样呢！

梁山冲潘爱莲一挥手，潘爱莲使出最后一招，笑脸送客。潘爱莲说自己差点儿忘了下午要去医院复诊，还要去一债主家催债，就不留老太太闲坐了，下次她专门备桌宴席请老太太上门好好聊。

文老太当然本着既来之则解决之的主意，她不想白来一趟："她舅舅舅妈，我今天来都来了，就不想白跑一趟，我把心里话掏出来搁这儿，乐乐他太爷爷是你们的亲爹，你们的家境挺好，两口子身体也硬朗，我实在想不出你们有什么理由不赡养父母！"

潘爱莲脸长了，梁山说话硬了："老太太，我敬您是余芳婆婆，说话给您留几分面子！你要这么说话我就不爱听了，我们自己家的事，你一个外人管得着吗？你有这闲工夫回去调教调教你那窝囊废儿子和争强好胜的儿媳妇，把你那豆芽菜小孙子喂成小老虎比什么不强啊？跑我们家撒野，你吃撑了吧！"

文老太一看，翻脸就翻脸，反正有理走遍天下："这事要在我们老家，你们两口子早就出不去家门、抬不起头了，人人都得往你们脸上啐唾沫星子！我是看在亲戚的分儿上来劝你们几句的，人在做天在看，小心遭天谴！"

潘爱莲怒了："老太太，你这不是路过串门的，你这是来掐架的！"梁山紧跟道："你跟她还废什么话？咱们庙小，留不下她这尊大佛，送客！"

梁家夫妇懒得跟文秀英掰扯那么多，潘爱莲半推半搡把文秀英推出家门，梁山拎起老太太带来的一袋子水果直接撂在门外。电梯门开，伍家平赶到，赶紧上前搀扶被推搡得趔趄跌倒的老妈，撒出塑料袋的水果蹦蹦跳跳着满地打滚儿、遍地开花，梁山没事人一样抄手转身进屋，潘爱莲一脸怒气骂骂咧咧正欲关门。

文秀英此时此刻看见儿子的心情，就跟伍家平十二岁与同学暑假偷偷跑去水库游泳差点儿溺水，回家扑进妈妈怀抱里的心情是一样一样的。文秀英带点儿哭腔问："儿啊，你怎么来了？"

伍家平一扬手里的盒子："余芳买了蔻蔻要的'胖子乐'瘦身茶，让我赶紧给送过来。妈，你怎么在这儿？这是怎么回事？疼不？看看摔着哪儿没有。"

潘爱莲一手扶着门把手，一手掐着腰，迅速抢答："这还用问，你妈是美其名曰过来串门的，实则是来打探'敌情'，一心要把你姥爷塞给我们，说白了，你妈是来'退货'的！"

梁山数落伍家平："家平啊，你别光顾着上班挣钱，得空带你妈上医院查查，她八成脑子有点儿毛病！一老太太不在家好好待着，跑我们家捣乱！这次就算了，再有下次，若是亲人来了有美酒，若是敌人来了，迎接他的有那啥哈！"

老绵羊才有硬犄角，尿人总有一根硬筋。此时此刻，此情此景，文秀英孩子般的一脸委屈，做错事般的无助眼神，胸脯起起伏伏的满腔愤懑，两手握拳的紧张激动，都像一记记高压电，瞬间击穿伍家平的心理防线，让他压抑许多年的对这夫妇俩的厌恶和愤慨在这一刻彻底爆发！

伍家平把老妈的胳膊、腿等关节处仔细检查了一遍，确认无碍，这才老鹰护小鸡般护住老妈，怒视梁山夫妇，朗声质问："舅舅，舅妈，我妈一个老太太，过门是客，你们看在亲戚一场的分儿上，也不能两口子一起，轰人的轰人，动手的动手，嘴里还不干不净骂骂咧咧的！像话吗？我妈如果有什么到与不到的地方，毕竟是长辈，你们大可以担待几分，回头从余芳和我头上找补回来，我们绝不说半个不字！”

潘爱莲没理翚三分：“家平，知道你们是亲娘儿俩，也不能这么不问青红皂白地上来就护短，光指责我们的不是。先问问你妈为什么来这里？来这里她都干什么来了？你妈来我们家上上下下、里里外外踅摸一圈，问长问短问东问西。我热情招待端茶倒水奉水果，满心欢喜地以为这是亲戚情分到了，能两好合一好相处成一家人。结果呢？好心当成了驴肝肺！你妈其实是来我们家探家底、翻老账来了，横鼻子竖眉毛地挑我们的错，口口声声指责我们不孝，不赡养蔻蔻她爷爷，非要现在就让我们去把老爷子接回来不可。我们被你妈唬得一愣一愣的，搞不清楚老太太这是唱的哪出啊！你妈到了总算说出来她的如意算盘了，我们家老爷子帮你们夫妻俩垫了房子首付、带大了乐乐、操持完了家务，等你妈来接印上任了，就把榨干了的老爷子踢皮球一样踢给我们了。哦，闹了半天，合着就你们伍家人算盘珠子打得精，就我们梁家人是被人耍着玩的大傻子，这还有天理公道吗？！”

文秀英越听这番话越着急，流着眼泪向儿子解释：“家平，不是这样的，妈没有这个意思，没有要撵走余芳她姥爷的意思。妈今天就是想来他们家看看，看看他们家到底什么情况，为什么会有今天这个局面。结果一看，他们家的条件那是好上加好啊，住得好，用得好，穿得好，吃得好，他们俩一个好吃懒做，一个不劳而获，凭什么就靠沾别人的光把日子过得这么舒坦滋润？我越想心里越憋屈，越想越觉得不公平。再想想你，从早忙到晚，单位忙家里忙，给领导、同事赔完笑脸回家还得给每个人赔笑脸，饶这样日子过得还是紧紧巴巴的，还落不着一个好，我这心里疼啊，堵得透不过气来。我就不明白了，他们日子过得好上加好的，为什么就多嫌余芳她姥爷一个？”

伍家平安抚过母亲，正色反击梁山夫妇：“舅妈你这么说就过分了！当初我跟余芳刚度完蜜月回来，你们就借口一大堆把姥爷推给我们不闻不问了，我跟余芳对二位有说过半句硬话、拉下一回脸色吗？这几年姥爷对我们的照顾，我们时刻不敢忘，一一记在心上，尽心尽力孝顺姥爷。今天我妈来这儿是有点儿意气用事，是有点儿任性，但也仅此而已，哪怕说到天上，也不过是一个老太太办了一回糊涂事而已。你们连一个糊涂老太太且担待不了，请问我跟余芳担待了你们全家多少回精明事和糊涂事？我们有这么急赤白脸动手往外轰过你们吗？你们但凡把手放在心口摸着良心想一想，这么多年来，你们一家三口回回空手上我们家，白吃白喝、嘴酸脸硬、话里有话都成家常便饭了。余芳每次都要叮嘱我见了舅舅要赶紧让烟，见了舅妈赶紧倒茶，蔻蔻看上什么让她随便拿去，你们家有什么杂活我一定要冲锋上前，对舅妈的甩脸色、说风凉话一定要装近视和耳聋，没话说就照死里夸你们家蔻蔻，夸得天花板都掉下来也不要紧……”

左邻右舍、走过路过的人越聚越多，伍家平的嗓门儿也越来越洪亮。

“余芳每次登你们家门都是买东西买到两手拎不动，进门就跟免费保姆似的抢活干；蔻蔻生日最厚最大的红包一定是我们给的；逢年过节礼品和礼金一样都不能少！余芳她人不在舅舅、舅妈屋檐下，依然要低头如此，不为别的，就为了姥爷的日子能过得顺溜舒心一点儿，能少看一点儿子儿媳的脸色，仅此而已！当然，我们全家照顾姥爷是心甘情愿的，没有姥爷就没有余芳，姥爷养了她的小，我们就得养姥爷的老，天经地义！”

围观人群响起掌声。文秀英觉得腰杆硬挺许多，她完全没料到平常有点儿窝囊的儿子关键时刻能好钢使到刀刃上，句句出彩；文秀英觉得脸上有点儿辣辣的，平心而论自己今天做的事是有点儿欠火候。

梁山和潘爱莲此时此刻有点儿接不上词儿对不上火的尴尬，英雄胜在见好就收，市井赖在没利就撤，潘爱莲拨拉开围观人群，拉着老公以着急办事为由，仓皇离去。文秀英倒在儿子胸前：“家平啊，妈老了，妈错了。”家平搂着老妈肩头：“妈，没事，都过去了，咱们回家。”

在这个有着瑰丽火烧云的傍晚，在这个行人匆匆的街头，伍家平搀扶着老妈，踯躅前行。文秀英不想急着回家，她还没整理好愧疚的心情去面对梁天佑。伍家平理解老妈，俩人去了一个能做出老家手擀面味道的面馆，一人一碗面，外加一瓶啤酒，母子俩对饮一杯，说了好多这么些年想说却总没机会说的话，母亲抚摸着儿子的手，第一次惊觉儿子的手掌比自己大好多厚好多，第一次发现，儿子真的长大了！不但能成家立业，还能保护家人！

华灯初上，伍家平母子俩回到小区，出了电梯，人还没进家门，就听到从家门里传来激烈的争吵声。一贯占尽上风、讨尽便宜的梁山夫妇，怎肯这次被一个老太太给戏耍得白白丢人现眼、颜面扫地。好事不出门坏事传千里，以后他们还怎么跟邻居低头不见抬头见？还怎么在这个小区装体面人？被伍家平母子俩这一搅和闹腾，他梁山在小区可就是“名人”了，名声尽失的“名人”。以后要想在小区业主群里发布点儿营销广告、拉客户、谈生意、找合伙人可就难上加难喽，这“窝边草”以后是没得吃啦！因此，夫妻二人越想越怄气、窝火，你们伍家人能跑到我们家胡闹，我们梁家人怎么就不能上你们伍家评评理？你们不让我们日子好过，我们也不能让你们舒坦喽！梁山和潘爱莲直奔伍家，一进门就把一肚子邪火发到了梁天佑头上。余芳听了半天才弄明白今天这档子事被添油加醋之后的来龙去脉，她对婆婆此举当然有很大的意见，当然要跟婆婆说个一二三出来，可婆婆不在家，她总不能对着空气发火训诫。让她更看不下去的是舅舅、舅妈的嚣张气焰和恶人先告状的嘴脸，尤其看不下去他们对姥爷的肆意指责、乱扣帽子，可怜的姥爷被他们的欲加之罪弄得先是一头雾水，然后是浑身长嘴也说不清楚，兀自气得簌簌发抖，眼眶发红。余芳是姥爷的“小棉袄”，眼见着自己最亲最敬的人受此欺负，她心疼之余更是怒火中烧，什么婆婆闹事，什么伍家平护短，去他的吧，这些都不重要，重要的是她得保护姥爷，她得捍卫这个家的尊严，她得以一敌二打赢这场家庭保卫战！

伍家平赶紧开门，客厅里，梁山脸红脖子粗地斥责老爸护短、偏心、老糊涂、从没当好过一家之长！潘爱莲掐着水桶腰尖着嗓门儿指责余芳从没把她这个舅妈放在眼里，一贯两面三刀行事，文老太今天这么干都是受她指使！伍家平一看这阵势，赶紧上前挡在姥爷身前，与梁山唇枪舌剑。文老太看到因为自己让两个家庭陷入敌对，又急又悔。潘爱莲吵着吵着着急了，伸手推了余芳一把，一直躲在角落里犹如惊弓之鸟的乐乐一看不乐意了，妈妈可是这世上最美丽最疼爱他的女神啊，谁都不许打妈妈！乐乐拎起一把玩具冲锋枪冲过来朝潘爱莲开火："不准打我妈妈！打我妈妈的人是坏蛋！打死你，打死你！"梁山急了，上前夺过乐乐的玩具枪高高举起重重摔在地上。"大人的事，你小孩子一边玩去！"心爱的妈妈被打，心爱的玩具被摔，乐乐受了惊吓，号啕大哭。文秀英赶紧抱起孙子百般哄劝。余芳心疼儿子，对潘爱莲言语间再不留一分情面。伍家平眼里喷火，冲上去要与梁山火力全开。

置身这混乱局面一隅的梁天佑抄起桌上的杯子狠狠一摔，用尽全力咆哮："滚！你们都给我滚！"所有人被骇住，惊恐注视着眼前这头老迈盛怒的雄狮。梁天佑做人、为官、处理家事很有自己的一套方法——以理服人、以情动人、以事达人。梁山夫妇和余芳只见他发过有数的几次脾气：一次是梁山当年自作主张辞职下海，卖走私水货被抓，雄狮爆发过一次；一次是长女、女婿，也就是余芳的父母车祸双双过世，梁天佑处理他们的后事，恨苍天不睁眼撇下余孤小芳，向天怒吼过一次；一次是老伴儿重病在床，梁天佑冲自己发过一顿脾气，怨自己没能力救治老伴儿，只能眼睁睁看着她备受病痛折磨。这一次，是第四次。

梁山夫妇默默离开，余芳拉着伍家平，文秀英抱着乐乐也先后离开。这个家只剩下梁天佑。他呆立半晌后哆嗦着起身，艰难地挪动步子，地板上洇湿一片，老人盛怒、伤心之下小便失禁了！他既为孩子们的贪婪、自私而愤怒，也为自己的老迈触目惊心！

经此一役，伍家与梁家基本处于不相往来的状态。文老太在余芳面前自知理亏，几次示好，想解释一下，均被余芳不冷不热地挡开了。文老太转而向梁天佑道歉，可她还没张嘴，他就洞悉一切地挥挥手："过去的就让他过去吧，咱们都是为了孩子。"

为了保全自尊心，为了不让孩子们担心，为了不让自己成为这个家的累赘，梁天佑暗地里自我调整，比如大小事都记小本子上，小便失禁的衣物悄悄清洗处理，每天让乐乐教他唱儿歌保持记忆力，吃药比吃饭都及时，去小区广场上练健身器材……即便如此，他还是有顾此失彼的时候，偶尔系错扣子，偶尔把饭烧糊，偶尔想不起钱包搁哪儿了。余芳和伍家平因忙于工作、孩子等事务未能觉察，倒是文秀英留了意，同情心渐起，觉得梁天佑的今天有可能就是她的明天，俩人针尖对麦芒的戾气不知不觉减了一大半。

一个月后，一个细雨蒙蒙天，梁天佑从早市买回几条非常新鲜的草鱼。他把鱼放到水槽里时，突然想起孙女蔻蔻最喜欢吃草鱼汆的鱼丸汤，小时候有次想吃没给做，小丫头哭得眼睛肿了两三天。想到这儿，梁天佑拎起两条腮红个头儿大的草鱼，直奔儿子家。

梁天佑虽然离开自己家多年，但他像藏宝贝一样留着家门钥匙，这个时间点儿，家里应该没人。自从上次两家吵架之后，互不来往，梁天佑想着他作为老人应该找机会缓和一下彼此关系，毕竟手心手背都是肉，他在这个世上最亲近的也就这么两家人了。

梁天佑开门进屋，把鱼放入厨房的水槽里，正要转身离开，听到蔻蔻屋内传来窸窸窣窣的细微动静。他侧耳仔细听了听，不对，是进来野猫了？难道是小偷？梁天佑提起屋角的拖把，深吸一口气破门而入，一个陌生男子背对着他，貌似正俯身在掐躺椅上蔻蔻的脖子！梁天佑举起拖把砸过去，男子“哎哟”一声惨叫，捂着后脑勺回头又惊又怒，是个年轻的男孩子。躺椅上的梁蔻蔻头发有点儿乱，衣衫也有点儿乱，脸上绯红一片，敢情男子不是在掐她脖子，而是在接吻！梁天佑冲男孩顿喝：“你叫什么名字？多大了？家住哪儿？你来这里蔻蔻爸妈知道吗？”男孩子愈加惊慌失措，结结巴巴答不上话，一跺脚，跑了。梁蔻蔻推了爷爷一把：“爷爷，你干什么啊！”说着追了出去。梁天佑心疼孙女没穿外套没打伞，他抄起一件孙女的外套，拿了把伞也追出门去。

起先，梁天佑还能看到孙女的红毛衣在眼前晃动，追着追着，红毛衣就消失了。再追一会儿，眼前出现好几件大红的、玫红的、橙红的毛衣，梁天佑奔着一件“红毛衣”穷追上去，一把抓住“红毛衣”的胳膊：“蔻蔻，跟爷爷回家。”“红毛衣”一回头：“你谁啊？有病吧？”不是蔻蔻。梁天佑四下张望，又朝着另一个“红毛衣”追去……

一连几个“红毛衣”都不是孙女蔻蔻，梁天佑实在跑不动了，他两手撑在膝盖上一阵喘粗气，心脏差点儿蹦出嗓子眼儿。一抬头，眼前是一条极其陌生的路，陌生到这路上的行人、栅栏、路灯、树木都是从未见过的，陌生到他怎么也找不到回家的路了！

第 6 章

悲怆的孤独游戏

余芳跟往常一样，六点半进家门。文老太跟往常一样，在厨房煎炒烹炸忙活着。伍家平跟往常一样，下班开车去幼儿园接了乐乐，父子俩在小区外的超市里采买了一些零食和水果，现在正守在电视机前看动画片儿呢。眼前的一切再熟悉不过，烟火，市井，家常，今天重复昨天，明天复刻今天，一年三百六十五天流水线般刻录上一遍，就是一圈年轮，一圈圈绕下来，新芽长成大树，大树苍劲成老林，就是一辈子。余芳觉得这就是她想要的生活，简单，踏实，满足。这样的日子最好就这么一直过下去，永远为期。

余芳换上家居服，边绑头发边踏进厨房，朝着灶台旁忙碌的婆婆请示分工："妈，今儿我干点儿什么？我刀工最近长进不小，要不我来切土豆丝？"文秀英照例往外哄儿媳妇，语气如常："你上了一整天的班，累得够呛，我这里全安置好了，没你沾手的分儿，出去，赶紧出去，锅热油旺，别沾一身油烟！"余芳犹在抗争，已被婆婆不由分说赶了出来。婆媳俩虽然肢体动作上看似是女子散打，但脸上都带着笑，其乐融融。这样亲密随和的婆媳关系，随手拍下来发到居委会，那就是模范婆媳标兵。末了，婆婆补上一句："芳芳，水槽里有几条草鱼，肯定是乐乐他太爷爷买的，今晚咱红烧一条，你看咋样？"余芳点点头："乐乐爱吃红烧鱼块，妈，您是掌勺大师傅，做什么菜，您最有话语权！"经婆婆这一提醒，余芳才发现，这么温馨有爱的居家画面居然少了姥爷！余芳随口问："我姥爷人呢？"婆婆转身回厨房："我一下午都在你刘大妈家帮她拆洗被套，到饭点儿回来就见着一空荡荡的屋子。"余芳走向客厅的座机，抄起话筒，被陪着儿子看动画片的伍家平打断："我下班回来就打过了，姥爷的手机在他枕头边唱红歌呢。等姥爷回来，你还得抓紧对他的'批评教育工作'，出门再不能忘带手机，到饭点儿必须回家。"乐乐一双毛嘟嘟的大眼睛连眨都不舍得眨地盯着电视画面，耳朵却能一心两用，头也不回插话道："就是，太爷爷不乖，扣掉他一朵小红花。"

一桌丰盛的饭菜做好了。

一桌丰盛的饭菜等凉了。

外出去棋牌室、小区广场、邻居家问询的伍家平形单影只地回来了，饿得跟小狼似的乐乐在奶奶的掩护下左一勺右一筷子干吃菜。余芳无可奈何一挥手："开饭。"乐乐欢呼雀跃上桌，伍家平盛饭，文秀英热汤，余芳拿个空盘子，把每盘菜给姥爷夹出来几筷子，夹着夹着，余芳故作随口问："妈，今天……从昨天到今天，您跟我姥爷没拌嘴闹什么小别扭吧？"正在盛汤的文秀英勺子一晃，溅到手背上几滴汤。余芳的话比汤汁更烫，她赶紧搜刮记忆存储器里能提取的所有信息，有一说一："芳，虽说勺子和锅沿磕碰是常有的事，可最近我跟你姥爷真没斗过半句嘴、闹过半点脾气。今天早上还是你姥爷送乐乐去幼儿园的。早饭后我收拾了厨房、浇了花、拖了地，就去小区广场找刘大妈赵大妈她们，让她们教我认路，学坐地铁。午饭点儿我回来看见水槽里多了鱼、灶台上多了青菜，但没见你姥爷人影儿，我一个人下了碗面条凑合了一顿。下午的事刚才都给你报备过了，一直没见着他人影儿，要是打从昨天算起的话，昨天早上……"伍家平打断了老妈的口头流水账："咱们能不能先安安生生吃完这顿饭？说不定饭吃一半姥爷就回来了，别老没事自己吓自己，没事也得让你盼出点儿事来！"余芳没辩解，她当然希望是自己想多了。这顿饭吃得除了乐乐吧唧嘴咿咿呀呀，其他人都食不知味，文老太吃了小半碗饭就撂下筷子回屋了。伍家平狠狠瞪了一眼余芳的后脑勺。

分针转了一圈又一圈，时针挪了一格又一格，乐乐已经睡着了，三双眼睛紧紧盯着的大门还是纹丝没动。文老太提议："家平啊，要不，你再给蔻蔻家打个电话问一声？"伍家平揉揉眼睛："刚才都打了两遍了，舅妈的声音跟吃了枪药一样：'老爷子找不着了你们就一会儿一个电话地催问，你家存折要是找不着了我们铁定是头号嫌犯！'再打我怕她一口吞了我！""你不打我打！"余芳来了牛脾气，结果依然碰了一鼻子灰。

这一夜，伍家平来来回回出去找了三趟，伍家静得掉根针都能炸起来三个大活人。三双布满红血丝的眼睛轮番审视那道大门，可大门绝情地纹丝没动。

第二天天刚蒙蒙亮，余芳再也坐不住了，她想起还有几个姥爷的老战友、老同事家可以去碰碰运气，遂嘱咐伍家平待会儿去单位请个假，开车按地址挨个跑上一遍。她今天也不上班了，她要沿着姥爷平日里的活动范围亲自走一遍，包括舅舅家。她不是不相信舅妈的话，可心里就是乱得很，哪怕白跑呢，也总比在家里傻等着强得多。如果还是没结果，那就必须报警了！

伍家平抄起车钥匙出门，文秀英一把拦住儿子："越是急事越得稳住心神！你等等，妈给你们打两碗荷包蛋，五分钟就好！"伍家平心疼老妈都这把岁数了跟着他们着急上火一宿没睡："妈，我不饿！"文秀英抓住儿子衣袖不撒手："你一宿没合眼，再水米没打牙地出门跑一天，你又不是铁打的！"余芳换上防风外套、运动鞋，收拾利落走到客厅玄关，见这娘儿俩拉拉扯扯，眉头不由得皱起来："妈，现在都火烧眉毛了，我们年轻，偶尔少睡一觉、少吃一顿没事！"文秀英仍旧不撒手："再急也不差这几分钟！你们都给我等着，吃完再出门！"余芳那点儿攻心头儿的急火没按捺住："妈！姥爷在咱们家住了这么多年，他从没整夜不归过，这次真的跟您一点儿关系没有？您看在我们急红眼的份儿上，能不能把实情说出来，我保证既往不咎，只要人平安无事，我绝不给您半点儿脸色看！"伍家平要拦没拦住，也急了："你急疯了？胡说什么呢！"文秀英当即松开紧扯儿子衣袖的手："我问心无愧！等找着你姥爷了，听他口供我任凭处置！现在不是说这些的时候，找人要紧，你们赶紧去吧！"

一道门槛，三人不欢而散。

一天，两天，三天，梁天佑杳无音信，余芳和伍家平该找的地方都找了，能去的地方都去了，但凡能想到的任何蛛丝马迹也都一遍遍核实过了，派出所不知跑了多少遍。余芳起了一嘴的燎泡，一双眼睛布满红血丝，看谁都是一副要吃了人家的表情。伍家平顶着一对深深的黑眼圈，烟抽得很凶，半夜睡着睡着突然从床上蹦起来，一溜小跑去开大门，然后灰头土脸地回床上继续做那半个残梦。夫妻俩每天强打精神去上班，下班后不是去派出所打听最新的寻人消息进展，就是去每一个梁天佑有百分之一可能性去的地方再转上一圈儿，再不就是听每一个有过类似经历的远亲近友讲述他们找到亲人的方法，依葫芦画瓢，满大街小巷贴寻人启事，启事末的“凡找到或提供有效线索定重谢”的酬金一涨再涨。余芳甚至偷偷跟着一同事的表妹去了一处幽深巷子里的破败小屋，满屋子的卷烟、檀香混合的烟熏火燎中，一地善男信女，案头端坐一雌雄莫辨的神秘大师，披头散发，眼睛微闭，口中念念有词，匍匐地下的有来问仕途的、问姻缘的、问财运的、问风水的、问任何你想要而不得知的一切的。余芳顶住这一屋子的乌烟瘴气，忍住快要被呛爆炸的鼻翼和肺泡，向屋内太师椅上那位不僧不俗的所谓大师虔诚地说明自己的来意。大师一问她一答，趁大师卜卦期间，她递给大师身旁弟子一个厚厚的“香火封”，须臾便得到大师金口玉言的指引——往余芳家东南方向五十五里开外，定能寻得！东南方向，五十五里开外，余芳和伍家平驱车赶到，那里是个废弃的蓄水库，余芳当即腿脚瘫软一屁股坐在地上，号啕大哭！

当晚，梁家的晚饭桌上倒是格外丰盛，酱猪蹄、扒猪脸、卤煮大肠、烤鸭、卤鸡爪、五香熏鱼等硬菜摆了满满一桌子。

在潘爱莲一声“开饭啦”的召唤下，梁山含肩摇胯地坐到餐桌主位前，挑剔地拿眼球巡视一遍菜色，洞察秋毫地开了口：“瞅这架势，敢情你把小区门口卤肉刘的熟食都给包圆了，今天赢了不少吧？”潘爱莲一脸得意地把一瓶二锅头“咣”地杵在梁山面前，答：“那当然了，今天又是‘三归一’！”梁山眼睛亮成了小灯泡，赶紧起身把潘爱莲按到椅子上，卖力地给她按摩颈椎、肩膀，讨好地问：“赶紧说说，今天赢了多少？见面分一半嘛！”潘爱莲拿起一只鸡爪津津有味地啃起来，“喊！你少做大头梦了！我今天赢的全部进项都贡献给这顿晚饭了，你能吃就多吃几块肉，爱喝就多喝几口酒哈！”梁山的手闻听老婆此言，像条蛇一样顺势下滑，“钻”进潘爱莲的左右裤兜一通乱翻，潘爱莲怕痒痒左躲右闪咋咋呼呼，比平时的蛮横劲儿横添了一分娇柔三分甜俏，惹得梁山的双手肆意在她身上的“山岭丘壑”处蜿蜒缠绕，极尽各种撩拨之事。潘爱莲的骨头已经酥了五成，啃着鸡爪的油手在梁山胸前胡乱推搡，那只无辜的鸡爪在四只手的博弈迂回之间时而变成了刀枪剑戟，时而变成了痒痒挠。

俩人正打情骂俏得不可开交时，家门被打开，梁蔻蔻两耳塞着耳机、“丧”着一张脸进了门。梁山夫妇二人赶紧各自收势，一个落座喝酒，一个整理衣衫。梁蔻蔻熟视无睹眼前这一幕，径直走进自己房间，几分钟再出来时已经卸去外套、背包，换上家居服，戴着耳机落座，犹如吃沙子般吃着潘爱莲夹到她盘中的各种肉食，仍旧“丧”着一张脸，谁也不搭理。

梁山跟几个狐朋狗友合开的商贸公司说白了就是个皮包公司，从自拍杆到空气净化器，从防霾口罩到便洁宝，进货渠道杂七杂八，手续证件敷衍应付。这家公司早就被工商局勒令关门整顿了，可他们阳奉阴违，还是什么来钱快倒腾什么。不知道是工商管理部门最近的整顿管理见了成效，还是小商贩们觉悟高涨联手抵制山寨伪劣商品，这俩月公司生意出奇冷清，囤了半仓库的货都快发霉了也无人问津。憋了一肚子闲气的梁山想从混迹于牌场、小进项不断的潘爱莲那里分杯羹、讨个烟酒小钱又吃了瘪，不知不觉就把闷头吃饭的梁蔻蔻当成了箭靶子。

梁山干了一盅酒，满上，重重放下酒瓶，深深瞟了闺女一眼，见闺女没反应，一把扯下梁蔻蔻的耳机，声如洪钟："这几天你在外头撞了什么丧？进家门连句爸妈都不会喊一声，天天摆着一张臭脸给谁看？老子把你养大成人，你妈把你捯饬得跟根水葱似的，告诉你，我们丁点儿不欠你的！先学会进家门怎么给父母请安问好再上桌吃饭！"

梁蔻蔻闻言起身欲离开饭桌，被潘爱莲一把按住，她横了老公一眼："才喝两盅就说醉话了？孩子上护校这几年每天面对器官标本、小白鼠、针管、针头的容易吗？好不容易熬到毕业，实习时候说得好好的那家医院突然拒收，她这么大个姑娘天天厚着脸皮出去找工作，天天被朋友圈里晒工作晒工资的同学刺激，孩子容易吗？对着你这张老树皮脸能笑得出来吗？"

梁山又干了一盅酒，强词夺理："就她不容易，就她有资格对所有人摆一张臭脸当大小姐！你们谁理解理解我啊，这个家吃的穿的用的都是我赚的血汗钱，就这几天生意不太好手头紧，供养不起你们这俩小姐太太了，你们就不拿我当一家之主了，不是给我脸色看就是拿话噎我，我惹不起还躲不起？好，她不走，我走，反正看着她那张苦瓜脸我也吃不下去饭！"梁山佯装起身离席，一抬脚，只听“咔吧”一声，他刚刚扯下的苹果耳机当即粉身碎骨。梁蔻蔻一见比死了亲爹还痛心：“这是爷爷给我买的原装耳机，贵着呢，你赔！你赔！”梁山一瞪眼：“我赔？我赔个屁！你瞅瞅你对亲爹这是什么态度？耳机我就踩了，怎么着吧？爷爷给你买的怎么了，信不信我把你的手机也给摔个稀巴烂！”

梁山嘴里说着，手上就开抢梁蔻蔻家居服口袋里的手机，梁蔻蔻也不是吃素的，推挡之间一个失手，修得又薄又漂亮的法式指甲在梁山的腮帮子上挠出两道浅浅的血痕！梁山的两臂加了几分力道，眨眼工夫稳准狠地把手机抢过来高高举起，梁蔻蔻突然面色大变刺耳尖叫起来，边叫边揪扯自己头发，扇自己耳光，声泪俱下：“梁山！你要敢动爷爷给我买的手机，今天我就跟你拼了！爷爷我该死！爷爷我对不起你！”

梁山高举在半空中的手卡壳了。

潘爱莲上前夺过手机，一把把闺女搂进怀里安抚道：“乖，不怕，不怕，你爸就这臭德行，发起酒疯来六亲不认，天王老子排第二，他得排第一。你从小到大见惯了他这副嘴脸，早就见怪不怪了，干吗今天跟你爸较这个真？不哭了不哭了，看把眼睛哭肿了明天可怎么见人？蔻蔻乖，妈知道你这是想爷爷了，所以有点儿小脾气。都怪你表姐拿着鸡毛当令箭，咋咋呼呼来这里大惊小怪找了好几趟爷爷，左一句你爷爷失踪了，右一句你爷爷出事了，看把你这个实心眼儿的孩子给吓掉魂儿了！宝贝乖哈，你放心，爷爷没事的，你爷爷都快七十岁的人了，什么大阵仗、大风浪没见过？还能在家门口把自己个儿给丢了？我们估计啊，他八成是跟乐乐他奶奶拌嘴怄气了，觉得在家憋闷得慌，悄摸出溜跑出去几天散散心，一来会会老朋友，二来给你表姐夫他们一家人一个教训，好让他们知错能改，绝不再犯。等你爷爷玩够了，等你表姐夫一家人急得火上房了，他自然会回家的。你小孩子家家的不用太惦记这事，别你爷爷没什么事，你先急出个心病来了。”

潘爱莲这番安抚之言一个字都没说到梁蔻蔻心坎上。爷爷失踪这件事她是当事人，更是罪魁祸首！她清清楚楚记得，事发当时她是怎么冲爷爷口出恶言、各种冒犯，是怎么满腔怒火用力推开爷爷，是怎么不管不顾追向她那刚刚处于萌芽状态的爱情，或者准确点儿叫疑似爱情，追向青春的迷茫之中。梁蔻蔻和男同学不欢而散后，垂头丧气回到家，她并不知道此时此刻，爷爷已经迷失在车水马龙的街头，找不到回家的路了。她只是担心和害羞，爷爷会不会把今天这事告诉表姐和老妈，她们会不会追问她那个男同学姓甚名谁，跟她是什么情况、什么关系，她们会不会追问她有没有吃亏。所以，那天的晚餐她一粒米都吃不下，心神不宁，忐忑不安，以感冒为由躲在自己的卧室里不敢出来。结果，她没等到老妈的会审和刨根问底，却等来了表姐夫伍家平和表姐余芳几次三番或登门或致电地找爷爷，她这才松了一口气，紧接着又悬起一颗心：爷爷为什么到现在还没回家？他是被我气糊涂了还是发生了什么不测？我要不要向他们坦白？表姐一直把爷爷当成心肝、眼珠子，要是她知道了是我把爷爷气走的，她会不会杀了我？表姐夫会不会把我扭送到公安局？我下个星期有两场面试，跟男同学有约会，还要去参加校友会，我的未来是不是要因为这件事而天翻地覆，从天堂跌入地狱了？不要，不要，坚决不要！爷爷那么大的人了，他一定能照顾好自己，一定会没事的，说不定再等一天他就回来了，说不定……没事的……一定没事的……

几天来，爷爷失踪这件事犹如一盘石磨重重压在梁蔻蔻的胸口，压得她食不下咽、夜不能寐，压得她犹如活在热油铁板之上备受煎熬。她不敢跟任何人吐露一个字，不敢接听家里的座机电话，再也无法做回从前那个任性、烂漫的梁蔻蔻。她变得紧张、惊恐、疑虑，她变得易怒、爱哭和自怨自怜，她感觉自己就像一只被吹饱了气的气球，任何一点儿尖锐的试探，都能让她瞬间爆破！

梁蔻蔻用力推开潘爱莲，面目狰狞地歇斯底里狂吼大叫："你们知道什么？你们什么都不知道！这一切都是我的错，都是我的错，是我把爷爷给弄丢的！"

梁山和潘爱莲闻言一惊。

梁蔻蔻蹲在地上，眼泪和乱发糊了一脸，她的心像被一万只蚂蚁疯狂啃食着，千疮百孔苦不堪言。小小年纪的她实在无力承受这样的压力和心魔，她已经被自己折磨得半疯半癫了，此时此刻的她一心只想把所有事情、所有罪孽一股脑儿统统吐出来，要杀要剐但凭处置，她承受不了了，只能豁出去了。梁蔻蔻呜咽着道出爷爷梁天佑当天怎么登的家门，目睹她和男同学一时情绪失控做出出格的亲吻举动；爷爷如何喝止男同学，男同学又羞又急冲出门外；她抢白了爷爷几句追出去，爷爷放心不下她也追了出去，这一追，爷爷失去了踪迹……

梁山劈手给了梁蔻蔻一巴掌："瞧瞧你做的好事，小小年纪就敢往家里招野小子！看我不打断你的腿！"梁蔻蔻没躲也没还手，把另一边腮帮子迎上去："爸！你打，你接着打！你们都不知道我这几天是怎么熬过来的，我不敢告诉表姐、表姐夫。我害怕爷爷回不来我就成了杀人犯！每个晚上我都躲在被窝里祈祷，白天出去一个人找了爷爷好几趟，走马路上恨不得来辆车把我给撞死……”梁蔻蔻说不下去了，号啕痛哭。梁山也打不下去了，掏出自己的手机正要拨号，潘爱莲一把夺了过去：“你是要打给余芳两口子吗？”梁山不耐烦道：“知道还问！赶紧给我，没准儿这点缘由对找到老爷子有帮助呢！”

潘爱莲高举手机，仰着一张视死如归的脸：“想要手机你先把我掐死！你怎么跟你闺女一样没脑子啊？我问你，余芳知道这件事后铁定会带着蔻蔻去派出所补录口供，咱闺女和那野小子这一对小混蛋就成了涉案嫌疑人，这个家往后的日子可怎么过？退一步讲，即便这事能掰扯清楚，咱闺女往家招野小子的事也捂不住啊，蔻蔻今年刚二十岁，一个姑娘家的名声、前途就这么被泼上污水你这当爹的脸上光彩啊？你的宝贝闺女还能嫁高枝儿钓个金龟婿吗？她将来要嫁个你这种浑不吝，我先找棵歪脖树吊死去！还有，老爷子如果真是命中注定有此一劫回不来了，你这通风报信就是笨蛋当恶人，找不回老母鸡还蚀了把米！如果老爷子能够平平安安地回来，余芳肯定拿这件事大做文章，到时候来我们家闹上一场倒还算小事，只怕她拿这个当借口把老头子给咱们送回来，你就真是搬起砖头砸自己的脚了！别怪我没提醒你，一个多月前，伍家平他妈上咱们家来兴师问罪的事你没忘吧？别记吃不记打了！”

潘爱莲越说越理直气壮，梁山越听越垂头丧气，他扭头喝问梁蔻蔻：“那野小子姓甚名谁家住哪儿？手机号多少？”梁蔻蔻抽泣着答：“爷爷找不到那晚我就给他打电话了，那小子忒孱，担心爷爷把这事告诉他们父母，早就坐高铁去南方他姑妈家避风头了！爸，妈，咱们现在该怎么办啊？”潘爱莲给闺女抹着眼泪：“别怕，天塌下来有妈帮你顶着！这事到此为止，你表姐再登门你当哑巴就成。咱们除了祈祷你爷爷早点儿平安回来别无他法。至于其他的，走一步说一步吧。”梁山抄起桌上的半瓶酒仰脖灌了一大口，擦擦嘴角的酒渍，哀鸣：“我的亲爹啊，你到底去哪儿了？！”

缺少了梁天佑身影的余芳家里，如同总也迎不来立春的残冬世界。余芳和伍家平每天早早出门，忙工作之余就是忙着打听有关姥爷梁天佑的一切消息，即便进得家门，不论是饭桌上、洗衣机旁、洗碗池边，夫妻俩聊的十句话有一多半是有关姥爷的，间或聊上几句伍家平他们银行内部的这次人事调整情况。伍家平原本对这次升职有七八成把握，但因为这半个多月以来他把大部分精力花在找姥爷上面了，工作表现难免大打折扣。余芳劝他别灰心，非常时期就得用非常手段，不妨找找领导的七寸，投其所好“曲线救国”。除此以外，他们夫妻俩在家说得最多的就是督促乐乐好好吃饭、少看电视、早点儿睡觉而已。文秀英能够感觉到余芳对她有意无意地带搭不理，一件家事她问上三句，余芳只答她一句；余芳搂着乐乐讲故事书，她削了盘水果凑过去，余芳一伸懒腰催促乐乐去早点儿睡；她拽着儿子伍家平问上几句梁天佑的消息，余芳听到耳朵里会唉声叹气闷声好半天；跳广场舞的那群老头儿老太太里已经有人开始风言风语传是她把梁天佑给排挤走的……

文秀英实在忍不住了，拉住儿子吐了两回苦水，伍家平劝解老妈，外面的闲言闲语由它去，她不理那些长舌老头儿老太太就是了。至于余芳的人品和性格，他作为丈夫还是有发言权的，余芳近来忙完工作就各处寻人，情绪很差，精神压力也大，绝不会因此怠慢婆婆给脸色看，但她精力有限顾此失彼也是有的。瞧着儿子处处替媳妇说话，女儿伍宝不是在青少年宫里教学生，就是在去商演的路上，忙成陀螺似的哪里有空听老妈吐槽。一来二去的，原本就对北京不适应、对这个家处处小心翼翼的文秀英就更加无所适从了。她自觉是这个家里多余的一个人，惊弓之鸟地认为梁天佑的失踪与她没有直接关联也有间接关联，至少儿媳余芳已经在心里这么认定了，她百口莫辩。白天，文秀英都是等伍家平一家三口出门之后，才打开自己的房门，在两室一厅的区域内溜达上两圈儿，算是放放风。小区里的广场舞团队和老年活动中心她是不去凑热闹了，她怕闲言闲语蜇得人心疼。虽然乐乐教了她好几遍，她还是记不住怎么打开客厅里的智能大屏电视寻找她喜欢看的韩剧，不看就不看吧，反正电视剧里的人物哭哭笑笑都与她无关，都不能像从前在自己家里那样陪着他们哭哭笑笑。文秀英到底还是像乐乐背古诗那样死记硬背住了几个必要地址，比如小区外的超市、地铁站、物业中心和乐乐的幼儿园。她晚上睡不着的时候就躺在床上死记硬背，她怕余芳嫌她一点儿用都没有，她怕自己成为儿子伍家平的累赘，她怕自己有一天也会像梁天佑一样迷失在偌大的都市丛林之中。

这个周末，乐乐老师给孩子们布置了一道去农业博物馆参观认知、了解农作物的家庭作业。星期天一大早，火烧屁股的乐乐吵吵嚷嚷着要出发，余芳翻遍抽屉找防晒帽、墨镜，文秀英把乐乐的水瓶和零食递给伍家平，伍家平随口道："妈，你来北京还没出去逛逛呢，今天跟我们一起去吧，顺路散散心也好。"文秀英摆摆手："你们好好玩，我就不跟着去添乱了。"余芳跟着附和一句："是啊，妈，咱们一起去乐乐更高兴，你也顺便散散心。"文秀英像被开水烫了一下，神情紧张地连连后退："我不去，我真的不想去！你们什么时候回来提前打个电话，我好准备做饭。"说完，文秀英快速进屋关门。飞毛腿乐乐已经在楼道里唤了妈妈喊爸爸，要多着急有多着急出发，余芳两口子出门直奔儿子而去。

等到家里彻底安静下来，文秀英才缓缓走出房门，收拾碗筷、整理杂物，时不时地对着一盆花喃喃自语："今天天气挺好的，你们要不要开开窗户呼吸一下新鲜空气？"或是对着奥特曼说："他爷爷啊，乐乐想你了，孩子们都想你了，甭管你为什么离开家，甭管你现在在哪儿，你赶紧回来吧，咱们家现在都没个家的样子了，你要出点儿什么事，我在这个家就待不下去了！"文秀英一边自言自语着，一边细致地做着家务。做完这些，如果还有空闲时间，她就会下楼溜达一圈儿，远远地躲着那群七嘴八舌的老头儿老太太们，听听风的声音，跟花草打个招呼，拎着家里的剩饭去无人的角落里喂喂流浪猫，回家的路上看到被人随手丢弃的空饮料瓶子就捡起来，垃圾箱旁扔的纸箱子、易拉罐也收集起来，堆到楼梯拐角的角落里，她寻思着秋天已经来了，冬天也就不远了，举手之劳收集这些废品，一来响应居委会的环保号召，二来攒多了卖几个钱，能给小区内的流浪猫狗们建几个简易窝棚。文秀英默默做这些有段时间了，梁天佑在家时挺支持她的，还帮她整理过两次废品，联系过废品站的人员，梁天佑这一离家，她越发连个说句闲话的伴儿都没有了。

文秀英不知不觉又想到梁天佑，她担忧地叹了口气，今天的活计不少，怕是没工夫出门溜达一趟捡点儿废品了。厨房收拾完了，客厅打扫过了，接下来该清洁卫生间了。文秀英拿着毛刷和洁厕剂仔仔细细清洁马桶，突然，一股温热水流从马桶座圈后方喷出，滋了她一身。她手忙脚乱去按便洁宝右侧那一排按键，水流停了，座圈开始加热了，文秀英又是一通乱按，水流再次喷出……文秀英先是被着实吓了一跳，后来觉得这东西挺有意思的，她来来回回按了几遍就找到了规律，哪个是温水冲洗，哪个是座圈加热，哪个是暖风烘干。文秀英望着便洁宝发了一会儿呆，自己坐了上去。她仔细辨认了一番按键上的文字和图案，轻轻按下冲洗键，当温热的水流接触到皮肤，她浑身一颤，紧接着大股大股的水流冲刷过她的身体。水流的温度比她的体表温度略略高一点儿，这带给她一丝丝暖意和前所未有的舒适，狭窄、洁净的卫生间带给她莫名的放松和安全感。一个久远到令她以为已经遗忘的画面突然清晰跳跃出来，寒冷的冬季，忙碌一天的伍家上下，每到晚上她都会给家人各打好一盆温热的洗脚水，家平脚汗多却是最不爱洗脚的一个；家宝女孩子家畏寒，她会给女儿那盆水里加几片生姜；家平爸喜欢水温烫一点儿好多泡上一会儿。不过他总是心疼她，让她先泡脚，泡到她颧骨红扑扑的时候，他拿起毛巾给她擦脚，再往盆里加点儿水他接着泡。走得最快的总是最美好的时光，文秀英从没像现在这样想念老伴儿，想念那些一去不复返的美好日子的点点滴滴，不知不觉间眼泪挂满了两腮。

就这样，当文秀英一个人寂寞孤独时，当她感到与余芳的婆媳关系紧张有压力时，当她想念老伴儿时，当她被小区的邻居误解时，当她对家以外的环境感到陌生和害怕时，她都会不由自主地把自己锁在卫生间里，按下便洁宝上的一个个按钮，从温热的水流、暖暖的座圈以及吹出来的暖风中寻找似曾相识的温暖、舒适和安全感。在这个狭窄密闭的空间里，在这个她一个人可以操控一切的孤独游戏中，她的孤独感得到了释放，她紧张、压抑、低沉的情绪得到了释放。余芳和伍家平当然无从得知这其中的秘密，他们只是看到她慢慢适应了这个家的一切：饭菜做得越发色香味俱全，家里打扫得更加洁净舒适，对乐乐的照顾愈发得心应手，她安于现状，她平静自在。

梁天佑的各种消息还时有传来，余芳和伍家平一次次奔赴一次次失望而归。文秀英的改变余芳历历在目，她为自己前阵子对婆婆的不信任和盘问，为这段时间以来对婆婆的疏忽感到过意不去。来而不往非礼也，她下班时会为婆婆捎上一包糖炒栗子，饭桌上会把婆婆爱吃的鱼肚夹给她，周六会让乐乐陪着奶奶睡上一晚。文秀英对余芳的若干举动差点儿受宠若惊，最高兴的当然是她们中间的“夹心饼干”伍家平了。

转眼又到周六，文秀英照顾乐乐吃过早餐，伍家平带着乐乐去了兴趣班。余芳走出卧房，文秀英赶紧捧上一碗红枣粥。余芳接过粥给伍宝打电话，约她晚上来家吃饭。她看出来婆婆想女儿了，只是含在嘴里不说。伍宝早就从老妈口中得知她们的婆媳关系破冰，为了表扬一下嫂子，更是为了带老妈出来逛逛，伍宝在电话里约了余芳下午五点半在步行街碰头，她下课直接赶过去会合，节目她一并安排好了，逛街、吃饭、做

SPA，她来买单。余芳推辞不过只得应允。

去了王府井，逛了世贸天阶，吃了九宫格火锅，伍宝带队进了她常去的一家美容院，她和余芳强行把文秀英按到美容床上，给她点了个面部补水护理外加背部推油的套餐。三个女人经由三位美容师的娴熟手法一番按摩，一个敷上黑色泥膜，一个敷上粉色泥膜，一个敷上绿色泥膜，小心翼翼翕动着嘴巴天马行空地聊天。

伍宝手机响，美容师把手机递给她，黄小尊带着哭腔的声音传来："你在哪儿啊？赶紧回来吧，咱家出事了！"伍宝连眼睫毛都没颤一下，淡定回道："咱家能出什么事？你要敢胡乱编个理由骗我回家给你煮泡面，小心我阉了你！"黄小尊气急败坏道："姑奶奶，都这节骨眼儿上了，我哪有心思跟你逗闷子玩？我那神一样存在的爸妈，连个招呼都没打刚刚空降首都机场了。我现在在去机场的路上，你赶紧回家预备接驾吧！"伍宝颤了颤眼睫毛，不以为意："瞎紧张个啥？他们一时兴起来北京看看长城、吃吃烤鸭也不是不可以的，你就好好陪他们玩几天，我配合你当几天的'五好儿媳妇'不就完事了？"黄小尊哀鸣："媳妇儿，你赶紧醒醒吧，他们俩这次不是来观光旅游外加探亲的，他们是拿定主意舍弃郑州的退休生活，前来我大北京当北漂父母的！噢，俩督军这一进村，咱俩这信马由缰的小日子从此就变成'监狱风云'啦！"

伍宝翻身坐起，仰天一声惨叫，脸上干涸的绿膜瞬间皴裂成若干阡陌纵横的盐碱地。真是活久见啊，空巢公婆摇身变成北漂父母，她的眼前冒出一串串比烟花还灿烂的小星星。

第7章

北漂父母

从空巢老人起义成为一对北漂父母，也是黄爸黄海涛和黄妈卢丽萍不得已而为之的最后一招。为了一家四口团团圆圆，为了这个家还有点儿家的人气和鲜活样子，为了儿子和儿媳能绕膝承欢，他们该用的不该用的招儿都用了，比如上一次，他们连假离婚这种损招儿、大招儿都使出来了，可还是被俩小猴子的假怀孕计谋给化解了个干干净净。当黄小尊事后在长途电话里“负荆请罪”告知父母伍宝怀孕是假的、是被逼出来的，他们对帝都北京是“死了都要爱”的一心一意外加无怨无悔后，黄爸一拍大腿：“好小子！敢情‘孙子兵法’就是被玩坏的！”黄妈一咬牙：“臭小子！将来你生了儿子不叫黄北京我跟你没完！”

说归说，闹归闹，可自打儿子儿媳逃回北京之后，黄海涛和卢丽萍的夕阳生活就彻底回归到从前的三无空巢状态：白天无聊、晚上无眠、节假日无人承欢。一晃半年过去了，黄小尊当初口口声声承诺的全家人塞班岛度假的空头支票成了死票，说好的休年假时回郑州小住也临时取消。两个月前卢丽萍练功时扭伤腰住院一周，住院第三天儿子的探病请安电话才打过来，等她出院一周后才收到伍宝寄来的药油和膏药！老两口看着药油和药膏一夜没合眼，他们思来想去一致决定：既然这俩熊孩子是盼不回来的，那咱干脆追到他们家门口，理直气壮闯入他们的生活，与他们的世界合二为一！咱们的夕阳红生活咱们做主！

二老花了一个多月的时间密谋这个北漂A计划，安排好家事、杂事，把家里的花花草草托管给亲戚，与物业和邻居打过招呼，准备好养老金和生活费，打点整齐行李——足足装了五个大行李箱，这才悄无声息地登机飞往北京，飞向儿子的家，飞奔他们的北漂新生活。

当伍宝气喘吁吁赶回家，绕过客厅那五只硕大的行李箱向公婆报到外加请安时，他们正带领着黄小尊威严地满屋巡视。婆婆冲伍宝一招手："你可回来了，赶紧过来一起看看吧，我们来晚了，让你们受苦了，以后你们的健康优质生活由我们俩承包了！"公公附和道："由此可见我们的这个决定是伟大的、英明的、正确的！咱们虽然来晚了，让你们受苦了，但毕竟还是赶过来了，以后你们就偷着乐吧！"黄小尊冲伍宝使了个眼色，俩人挤出比哭还难看的笑容来。

卢丽萍继续巡视，她打开电冰箱，惊呼："我的天哪！这是冰箱还是垃圾食品仓库啊？方便面、酸辣粉丝、罐头、果脯、咸菜……知道这里面含了多少防腐剂、人工色素、工业明胶和地沟油吗？你们这是慢性自杀知道吗？太可怕了，幸亏我们来了，不然真是后患无穷啊！"黄海涛照例一迭声附和，伍宝心说：敢问太后老佛爷，照您这么说，敢情全国一半“80后”、一多半“90后”、全部“00后”都在慢性自杀啊？！但伍宝嘴上却说：“妈，我平时也是这么跟小尊说的，可他油盐不进啊。我们俩平时工作一个比一个忙，累了一天下班回来我做两个清淡的炒菜、粥啊他也没胃口吃不下，小尊说他吃点儿酸辣刺激得还能开开胃多吃几口，既然您来了，冰箱、厨房和小尊的胃口以后我就统统交给您二老管理了！”婆婆的嘴巴暂时被堵上了。

几分钟之后，卢丽萍和黄海涛又找到了一个个新的突破口——

“小尊妈，你过来看看，儿子他们家的厨房怎么这么小，两个人转身都要磕碰哦，真不知道他们干吗拿这鸽子笼当天堂！”

“天哪！我真是头一次见这么迷你的厨房，这是儿童厨房吧？小点儿就小点儿吧，居然还泡了一洗碗池的碗，这要把多少霉菌吃进肚子里去啊？咱们要不赶过来一切都没救了！”

“看看这卫生间，站到马桶盖上能淋个浴就算宽裕的了，好怀念咱家的扇形浴缸啊。怎么一股难闻的气味？小尊，你们家有洁厕宝吗？千万记住，洁厕宝和84消毒液不能一起用，会死人的！幸亏咱们来了，不然他们这日子可怎么熬啊？”

“伍宝，这窗帘多久没换洗了？床上用品要用高纱支棉的，枕头套要用真丝的，鹅绒的枕芯还可以，这些生活必需品的钱一定不能省！把我说的话记到小本子上，洗衣机里不能存放脏衣服，会生很多霉菌的，漂洗后要用消毒液，洗过的衣服要在阳台上晒干，阳光是二次消毒！我们来得太是时候了，孩子们以后不用凑合过日子了！”

……

黄小尊和伍宝面面相觑，不知道的还以为黄家二老是世界卫生组织派来的卫生专员，来援救他们这对濒临死亡线的难民的！二老每句话后面必然后缀上一句“幸亏我们来了，不然这俩苦孩子可怎么熬下去”，不知道二老这句话是为了坚定自己留下来的信心，还是为了让他们识趣得自我洗脑，把父母的生活方式迅速取代他们原有的生活方式。

没容黄小尊和伍宝做过多的自我心理疏导，卢丽萍就发出最新一条指令：“小尊，你是不是突然看见爸妈高兴傻了、乐坏了？干吗傻愣着？赶紧把我们的行李箱搬进书房，书房里你们的私人物品要抓紧时间规置、整理一下，从即刻起书房就被我们征用了，这就是我和你爸的卧室了。伍宝，你也别跟个木头人儿似的杵在那里了，你给我们拿床被子出来，我们自带了床罩、枕芯和枕头罩，收拾的活儿交给你爸就行，今天从早到晚折腾了一整天，我也没什么胃口，你去厨房给我们煮点五仁粥，我带来了特产烧鸡和卤肉，今晚吃得简单点儿凑合凑合就行。”

伍宝用眼神向黄小尊发出“摩斯密码”：我的天哪！敢问“黄岛主”，你家太上皇和太后把书房给霸占了去，你叫我每天上哪儿练琴？你不摸方向盘、不听引擎声会急死，我不练琴会饿死啊！别跟我说先忍忍，这不是忍一时就能风平浪静的事，你家太上皇和太后这次来势汹汹，摆明了不是打“游击战”而是“持久战”啊，麻烦“黄岛主”明示一下，在咱家这一亩三分地上，我该怎么“我的地盘我做主”？我该怎么“合情、合理、合法地捍卫我的正当权益”？

黄小尊当然能读懂媳妇儿眼神里的所有内容，他丧着一张脸以眼神哀求：宝宝啊，我的心肝宝贝儿啊，求求你看在我的面子上暂且忍耐一下，哦不，暂且委屈一下、牺牲一下，毕竟我爸妈刚来，咱们好歹熬过今晚再从长计议。

伍宝用眼神发出凌厉的“小飞镖”：你连“里子”都没了还要什么面子？别怪我没警告你，我委屈得了一晚上，可委屈不了三天！你最好赶紧给我想出个解决问题的办法来，把你爸妈尽快“解决”掉，三天后你要实在想不出办法来，我就把你变成“办法”！对了，还有一件紧急要务，请问“黄岛主”，什么是五仁粥？有煮粥视频或者食谱速度发我！算了算了，你家太后要喝的养生五仁粥还是你亲自煮吧，你对我的厨艺还是比较了解的，这粥我倒是敢煮，只怕煮好了你们也没人敢喝！

黄小尊以身中数刀的惨状挺身扑向卢丽萍，紧紧抱住老妈的大腿：“我的妈呀！我的亲妈呀！求放过！都这么晚了咱不闹了行不行？我一闻到五仁粥的味道就全身过敏、出红疹子！咱家有八宝粥您喝不？这个八宝粥不光有八种谷物，还有莲子、红枣、银耳，味美香甜甜，保证您喝一罐今晚五十（岁）明早十五（岁），喝两罐今晚黄脸渣渣，明早貌美如花！”

卢丽萍怒眼圆睁：“熊孩子！你说谁是黄脸婆？”

伍宝抓紧时机打退堂鼓：“妈，您别跟他一般见识，他平时在家跟我斗嘴一直叫我黄脸婆来着，这是一着急说秃噜嘴了。小尊，你赶紧把行李拎过来，收拾的杂活儿别让爸干了，你都包圆了吧。爸，妈，我周末有个商演，酬劳够买60支棉纱的床上四件套和真丝枕头套了，为了达到您说的优质生活标准，我得赶紧回屋练会儿琴去。”

这一夜，总算兵荒马乱地蒙混过关了。

第二天一大早，新的矛盾像早上五六点钟的太阳，应时而生：找不到小区周边早点铺的黄爸与争分夺秒赖床睡懒觉的黄小尊展开了拉力赛，一个要儿子陪着下楼寻觅包子、油条和豆浆的踪迹，另一个求老子高抬贵手放过，容他再睡上半个小时，爷儿俩在床上和床下这一米之间展开拔被子比赛，屡战屡败的黄小尊一跺脚吱溜钻卫生间反锁房门坐在马桶上继续眯觉，黄爸也不是弱兵，从儿子背包里翻找出一串钥匙，挨个捅卫生间房门的锁眼儿，嘴里念念有词“芝麻开门吧”！

卢丽萍与伍宝之前的纷争比黄氏父子俩的博弈开始得更早一些。五点半，闹铃就把伍宝给喊醒了，她为了周末的商演能发挥出最佳水准，打着哈欠拎着小提琴打算进书房练琴。书房的门锁被她拧到一半，戛然而止，这才醒悟过来，从昨晚起，书房已经沦为太皇太后的卧房了！伍宝绕着房子转上一圈儿，硬着头皮钻进厨房关上房门开练，就着厨房灶台上冷肉剩饭飘来荡去的油腻味道，怀揣着一颗“清兵入关”的亡家奴之心，平时拉得蛮流畅华丽的这首《浪漫曲》，现在怎么拉怎么荒腔走板得媲美神曲《忐忑》！伍宝收弓子侧耳一听，从书房外侧阳台上传来抑扬顿挫的吊嗓子声音。这声音伍宝不陌生，她每回跟着黄小尊回郑州小住，天天都能听到，是宝刀不老的大青衣婆婆的晨练经典项目之一。这咿咿呀呀、啊啊咦咦的吊嗓子硬生生把伍宝的琴声给带跑偏了！

走出厨房的伍宝在心里狠狠问候了黄小尊十八遍，眼瞅着黄爸正猫捉老鼠地与黄小尊斗智斗勇，且轮不到她发功，她只得返回厨房，关上房门，抽出两张抽纸把耳朵给堵上，硬着头皮继续练琴。

第三天早晨，黄小尊等伍宝一出卧室门就巴巴地反锁房门回床上睡觉，被锁在卧室门外的黄爸无计可施，无法揪着儿子的耳朵命令他去楼下打豆浆。厨房里的伍宝站上一只矮脚凳，戴上新买的魔音耳机，蓝牙连接上手机里的器乐伴奏，小提琴往腮下一架，弓子一扬，面对着灶台上锅碗瓢盆等诸位“观众”，如痴如醉开始了一场疯狂小提琴交响演奏会！阳台上婆婆吊嗓子的基本功硬生生被带出来西洋歌剧的味道。黄海涛一听暗叫不好，老婆怕是要走火入魔呀！

第四天早晨，黄小尊故伎重施，早早准备好备用钥匙的黄爸开锁进入卧室，稳准狠地把儿子从被窝里揪出来，不但让他去买豆浆，附加任务去两条街外买酱肉包子，黄小尊头戴不锈钢奶锅万般不情愿出了家门。厨房里的伍宝打算继续开她的第二场疯狂小提琴交响演奏会，快她一步的婆婆按下播放键，阳台上随即传出堪比家庭影院音效的经典豫剧唱段《穆桂英挂帅》伴奏乐，婆婆字正腔圆中气十足地开嗓：“辕门外三声炮如同雷震，天波府里走出来我保国臣，头戴金冠压双鬓，当年的铁甲又披上了身……”在高保真音响的伴奏下，“穆桂英”的气场明显压倒了厨房里的“贝多芬”。

第五天早晨，黄小尊背着睡袋去了地下车库补回笼觉，厨房里的“贝多芬”和阳台上的“穆桂英”均遭到了登门而来的物业管理人员以扰邻为由的礼貌制止。

如果把“70后”的婆媳关系比拟成或有胜负、总有高低的猫捉老鼠游戏的话，那“80后”的婆媳就好比是经典动画片《猫和老鼠》里亦敌亦友、时而拍档时而对手的汤姆和杰瑞，“90后”的婆媳关系大致就是《疯狂原始人》的架构，一家几口，人人各有长短板，彼此之间互相制约互相吐槽，但谁也离不开谁，齐头并进是唯一的出路。以伍宝现阶段的修炼道行，她只能看明白与公婆相处只能智取不能硬攻的门道，先让公婆尝到糖衣炮弹的甜头，麻痹之后再软攻，让二老彻底放弃对他们年轻人生活方式的洗脑和改变，继而缴械投降。最好的结果是请二老打哪儿来的还回哪儿去，退一步讲，也能让二老为他们的奋斗生活做好后勤保障工作，提升一下小饭桌质量和居家环境。

伍宝和黄小尊已经被他们设计出的理想蓝图陶醉，他们有一百个理由为此搏一搏。第六天早上，伍宝主动偃旗息鼓去少年宫大楼的小提琴教室练琴，把家里宝贵的阵地留给了婆婆卢丽萍。卢丽萍当然乐坏了，儿媳妇这么懂事，投桃报李也该给孩子们做点儿好吃的犒劳犒劳，她命令俩孩子晚上早点儿回家，她与老伴儿要露两手厨艺让他们解解馋。

晚上六点一刻，黄小尊捧着饿瘪的肚子进门没多久，伍宝就拎着饿得空荡荡的胃回来了。黄爸热情招呼她：“伍宝啊，你回来得正是时候，赶紧洗洗手过来。”伍宝一激动：“爸，妈，今晚吃什么好吃的？”黄爸报菜名：“素三鲜饺子、虾仁饺子、牛肉大葱饺子，小菜有凉拌皮蛋、糖拌西红柿、蒜泥茄子。”伍宝一听，口腔里的唾液腺立刻旺盛分泌起来，空荡荡的胃战栗着欢呼呐喊：“让牛肉饺子、虾仁饺子撑死我吧！”

麻溜儿洗过手的伍宝往餐桌前一坐就傻眼了，饺子的确有素三鲜、虾仁和牛肉馅这三种，每种一小盆，可皮是皮馅儿是馅儿，婆婆和黄小尊正一个一个把它们合二为一呢。包饺子跟捏橡皮泥似的黄小尊一脸幸灾乐祸的表情：“宝宝，我刚刚跟你现在的表情一样一样的，早知如此咱还不如在外面餐馆点上三份饺子吃吃划算呢！”于是，伍宝在与婆婆据理力争、讨价还价碰了一鼻子灰之后，只得捏着鼻子坐到餐桌前，用她那调弦捏弓的纤纤十指捏起一个饺子皮，夹起一筷子肉馅填进去，一番捏揉撮合之后，放到篦子上一只只或“咧嘴”或“将军肚”的饺子。包满一篦子饺子后，黄小尊屁股上就跟扎了钉子，伍宝颈椎如同挂了哑铃，对于各有职业病的他们来说，为了填饱肚子上赶着找罪受，简直是脑袋有坑啊！

“饺子”徭役之后，黄爸黄妈接下来还带动伍宝和黄小尊做了手工面、鸡丝馄饨、八大蒸碗、家乡水席以及郊外烧烤等美食工程，对于做惯家务且无工作之累的黄爸黄妈来说，这是乐趣和享受，是有品质、有格调的轻奢生活，这是舌尖上的夕阳红生活，但对在外像奥特曼一样打了一天各种怪兽的职场男女来说，对下了班电脑里仍旧装了十件八件未完待办的公务杂事，手机里仍旧装了十几二十条没有处理完的工作关系微信的伍宝和黄小尊来说，和面、洗菜、刷碗、帮厨等工种统统都是没有加班费的恶意加班和剥削劳动力！

但这仅仅是个开始，黄爸黄妈不仅热衷于进行美食工程，还对居家环境要求甚高，他们要求儿子和儿媳每周要与他们一起进行一次大扫除，当天换下的衣物要当天洗，抹布、拖把不能有异味，垃圾食品统统被扔掉，黄小尊珍藏的限量版烈酒伏特加、珍藏版脱衣舞女郎玩偶以及被他视作心肝宝贝的古董老爷车车模，都被二老清理一空，从垃圾箱失望而归的黄小尊恨恨冲黄爸咆哮：“黄海涛！你知道我的玩偶多少钱买的吗？一万八！你知道古董车模一个多少钱吗？五千四！你赔我！不赔我就绝食！”伍宝闻言炸裂：“黄小尊！你个败家玩意儿，怪不得没见你往家拿回来过钱，敢情都这样打了水漂！那娃娃两千八我也不买！车模五百四我也不稀罕！你今年都二十六周岁了咋还这么幼稚？我真是瞎了眼嫁给你这么个吃货玩货外带缺心眼儿货！”事已至此，黄小尊伸头一刀缩头也是一刀，只能对他无孔不入无所不能的父母俯首甘拜下风。惹不起总还能躲得起吧，三十六计躲为上策！自此，黄小尊在4S店摇身变成“爱岗敬业”的先进员工，其他同事不愿出的偏远地区外勤，他自告奋勇；其他同事不乐意加班加点，他一拍胸脯拿下；其他同事不爱干的对外地客户的理赔业务，他大包大揽，真实原因只有一个，只要有理由可以晚回家、少回家，逃开父母的唠叨、洗脑和剥削劳动力，其他事那都不叫事！

黄小尊在家晃悠的时候还有他替伍宝分担公婆一半的火力攻势，黄小尊一旦不回家，她就成了公婆的唯一目标：“伍宝，别怪妈没提醒你，生孩子也要趁年轻，我可指望明年抱上大胖孙子，最好是三年抱俩。”“伍宝，我教你学几个拿手菜等你招待客人时会很有面子哩。”“孩子，别光顾着赚钱，身体要紧，来，跟妈一起拉拉筋，俗话说筋长一寸寿长十年。”……伍宝觉得从前那个她和黄小尊可以横着走、竖着睡、躺着吃的家就此一去不复返了，她要不学黄小尊出逃，就只有阵亡的份儿了。有样学样的伍宝拿着小提琴教室的授课表当挡箭牌，史无前例积极主动接了一大堆商演活动，她每天出家门时都背个口袋一样的大包包，平时的洗漱用品、化妆品、衣物之类的，燕衔泥一样一点一点地搬到小提琴教室的储物柜里，晚上在教室内支张折叠床就能对付一宿。想与黄小尊过二人世界了，伍宝就与他约在外面碰头，共进晚餐，携手看电影，然后躺在酒店标准间的大床上数星星，这对从前的欢喜冤家此刻俨然成了一对患难夫妻，为了属于“90后”那点儿不成熟的倔强，那点儿自私的个人空间，那点儿自以为是的自我主张，他们有家不回，得过且过。

没过几天，黄爸黄妈就咂摸出滋味来，儿子儿媳俱是闻鸡出门，披星戴月进家门，他们但凡多过问几句、干涉几下，这俩孩子索性出差的出差、不回家的不回家，忙碌的理由一个比一个理直气壮无法辩驳，想知道点儿子的近况只能在微信上关注他的言行。黄海涛问卢丽萍：“小尊妈，我怎么老觉得咱们是跑到北京来继续当空巢老人了？”卢丽萍眉毛一拧：“我还不信了，凭他黄小尊的道行还能飞出我的五指山！”

自此，黄小尊在微信朋友圈的每一条微信内容、每一张图片下第一时间必有卢丽萍的点赞和评论——黄小尊晒出一张他在簋街夜市和哥们儿吃小龙虾的照片，卢丽萍评论：“儿子，给妈带回来两份，一份蒜蓉一份麻辣。”黄小尊贴出他这个月在公司的绩效排名，卢丽萍评论：“三十二个赞！儿子你太棒了，咱们全家必须开个庆功会，饭店地址我选好了发你哈！”黄小尊发一条他和伍宝看电影的票根，卢丽萍评论：“昨天上映的那个港片不错，今晚你早点儿下班去买四张票，要中间位置的，你请我和你爸看电影，我们请你们吃大餐。”一次又一次，黄小尊不得不佩服老妈唱戏功力只能排第二，黏人功力排名第一！

黄小尊暗地里找伍宝吐槽，伍宝给他支着儿：“你笨死算了！这些麻烦都是你自找的，你不会不让你爸妈看朋友圈啊，听说过‘屏蔽’这俩字吗？”黄小尊依言而行，耳根子终于清净了两三天。两三天后，黄海波就给儿子发了条清理“僵尸粉”的测试微信，黄小尊捧着手机惊得下巴差点儿脱臼，只会耍笔杆子的老爸啥时候化身微信狂魔了？他赶紧把父母拉回朋友圈，挥泪与朋友圈内诸位兄弟姐妹说“再见”。

工作日早上九点，黄小尊来到公司打卡签到，迈进格子间属于自己的电脑桌前，刚刚打开电脑，同事递给他今天上午的维修接单，他认真翻看第一单的报告数据，门店导购经理陈一朵就挟着她一贯的浓香味道飘进来：“黄老师，您跟我去前面门店一趟，有客户指定要您为他们做选车导购。”黄小尊抬头深深看了她一眼，陈一朵，女，二十五岁，长了一张标准的网红脸，化妆技法也沿袭大热的网红风，车模身材，眼神明亮，伶牙俐齿，一对酒窝盛满了踌躇满志和自以为是。黄小尊斜了陈一朵一眼：“你来这里有两年了吧，懂规矩吧？卖车是你分内的活，修车是我该干的，还轮不到你指派我干这干那！”陈一朵对黄小尊的傲慢态度满不在乎：“黄老师，规矩是死的人是活的，我每天跟手下重复一百遍的真理就是，只要能把车卖出去，你就是规矩！”黄小尊对陈一朵的轴劲儿闻名已久，懒得与她磨嘴皮子，转身离开，陈一朵上前拽着黄小尊的胳膊就往门外走：“客户不等人，先把这车给卖出去，事后我随你处置！”黄小尊用力挣扎，陈一朵死死地把黄小尊胳膊卡在自己胸前，当黄小尊的肱桡肌和肱二头肌碰到她胸口两坨无敌柔软的部位时，所有力量登时化为乌有。

黄小尊被陈一朵生拉硬扯地拽进了4S门店二楼的贵宾休息室。陈一朵冲两位等候的客户热情打招呼。黄小尊的眼睛都直了，尊贵的客户黄海涛先生一身名牌休闲装，戴着金灿灿的劳力士躺在太空舱按摩椅内，已经巴适得随着强频率按摩节奏抖成了筛糠。尊贵的卢丽萍女士艳妆、华服，戴着一克拉钻戒边喝咖啡吃松饼，边跟当值的服务员讨论煮咖啡的技巧心得。黄小尊先是头皮一麻，接着眼前一黑，继而胸口如遭重锤，他终于明白孙猴子为什么跳不出如来佛的手掌心了——道行不够啊！他本以为自己秉承着三十六计逃为上策的计谋就能脱离父母对他生活的干涉和掌控，可逃得了和尚逃不了庙，足智多谋的父母居然追到他工作的地方，然而还不是以家人身份，而是更狠地用客户身份，他有一百个理由拒绝得了父母，可没有一个理由能拒绝送上门来的客户！

不明就里的陈一朵热情迎上去给两位尊贵的“客户”介绍黄小尊的职务、工作技能、专业水平以及特长，她两片薄薄的嘴唇瞬间就把黄小尊给夸成了一朵花，末了还补充道：“二位钦点我们黄技师为你们的选车顾问真是找对人了，他不但对每款车的配置、性能了如指掌，闭上眼睛从引擎声就能听出来一辆车的排量、型号、发动机的毛病来，你们买车以后的保养、维修认准他就高枕无忧啦！”卢丽萍和黄海涛听着陈一朵如此夸自己儿子，真真儿是心花怒放，通体舒泰。黄小尊深吸一口气把陈一朵一把扒拉开，气势汹汹大步上前与老妈面对面、鼻尖对鼻尖地对视并对峙了一分钟，突然，他膝盖一软，跪在老妈的脚面上，双手环抱住老妈的双腿，一脸乞求道：“黄主任，卢老师，求你们行行好别在这儿闹，闹得收不了场我以后在这里还怎么混饭吃啊？”

卢丽萍放下咖啡杯，气定神闲开了口：“黄技师，买车这么大的事谁跟你闹着玩了？我们真是来买车的，我们家的情况你比较了解，你帮我们认真负责选一辆，我们这就去刷卡付首付。”黄海涛补充道：“我们问清楚了，首付百分之三十，两年零利率，你不用帮我们选太贵的车，油耗低，驾驶简便，空间能坐得下一家四口，GPS功能能帮我们每天找到儿子看上一眼就行。”

陈一朵被黄小尊的出格言行吓了一跳，一边热情地安抚二位“客户”，一边拉起黄小尊：“黄老师，你这是干吗呀？虽说现在行情不好，卖辆车跟卖艺似的，但咱好歹也得有点儿节操，卖车不卖身啊！”黄小尊瞪她：“这没你什么事，你给我闪一边儿去，再开口小心我先把你给卖喽！”黄小尊冲黄海涛深深一鞠躬：“爸！您比我妈懂事多了，就别陪着她胡闹了，我们这里全都是进口豪车，闭着眼睛选一辆都得大六位数，咱跟谁置气也不能跟钱置气。我错了，全是我的错，走走走，你们给儿子留点儿脸面，咱们现在回家，我跟你们一件一件认错道歉写保证书去！”黄小尊推着老爸、拉着老妈向门店外走去，卢丽萍嘟嘴撒娇：“宝贝，宝马咱暂时不买可以，前天我逛商场看上一只钻石手镯你要买给我当是‘肉’偿！”黄小尊搂紧老妈往外走：“咱现在、立刻、马上就去买买买！”陈一朵跟一旁看热闹的服务员感慨道：“这一家三口可真会玩啊！”服务员摇头笑道：“电影院里看过《疯狂原始人》，今天在咱们店里看了一场‘疯癫一家人’！”

其实，黄海涛与卢丽萍来北京投奔儿子的初衷是不想当空巢老人，希望尽享天伦之乐，可随着儿子儿媳一次次的翘家不回，他们因为情感上再次失去寄托，生活无聊乏味，对子女缺乏信任和安全感，一点点开始主动索要，索要孩子们对他们的陪伴、关心和守护。既然一再索要落空，那就退而求其次地索要一件首饰、一张按摩椅、一次出国游的旅费，起初是想借此难为一下孩子们，提醒一下孩子们，可没想到孩子们宁肯大大方方花钱打发他们，也不肯花费时间、耐心陪伴他们。渐渐的，二老的索要从赌气、难为变成了理直气壮的“啃小”，他们的心思不外是，如果得不到孩子们的陪伴，那就让孩子们买来的东西陪伴，也算是有失有得，聊以安慰了。

从伍宝和黄小尊的角度来看，他们当然看不到父母这些“啃小”“亲情绑架”行为背后的故事，他们一心只想挣脱父母的束缚和过分依赖，他们过分留恋从前那种自由散漫的二人世界。这对“夹生”夫妻连自己的婚姻、事业和家庭都是走一步说一步，任性为之，哪有能力和心情去站在客观公允的角度反思问题、自我检讨呢？正因如此，“夹生”小夫妻和“北漂”父母之间，缺乏换位思考，缺少良性沟通，缺失情感互动，从而为他们以后的生活埋下了更多的隐患、更棘手的矛盾、更荒唐的冲突，以及更得不偿失的痛苦。

又是一个忙忙碌碌的周一，伍家平和余芳一大早就火急火燎地抢卫生间，狼吞虎咽地吃早餐，催促乐乐快点儿穿外套，一家三口风风火火出了家门，留给文秀英一个略显凌乱的空空荡荡的家。梁天佑依然没有回家，也没有什么确切的消息。一向唯物主义的余芳已经去庙里求过两次签了，均是大吉大利的上上签，这才略有宽慰。

文秀英把这个家里里外外收拾停当，习惯性走进卫生间，走向她心爱的“大玩具”抽水马桶，一遍又一遍进行着只属于她的孤独游戏，她那颗终日紧张、惶恐、不安的心，一点点得到安然舒展、释放、自在。

突然，大门一声响，有人走进来。文秀英竖起耳朵，莫非是乐乐的太姥爷回来了？她刚要起身，伍宝的声音响起：“哥，真巧，我一进小区就看见你抱着花盆撅屁股哈腰的巨丑背影了。咱妈已经在阳台上养了那么多花花草草，这个家的绿化程度可以媲美楼下的街心花园了。你这巴巴地抱回一盆子草不是多此一举嘛！老太太人呢？”

伍家平不耐烦地回复妹妹：“你先把大门关上，我抱着花盆腾不开手。你除了认识五线谱还认识什么？花盲一个！去去去，拿开你的手，别把它碰坏了，这是莲瓣兰，名贵着呢。说了你也不懂！我特意把你叫到家里来，就是因为这个时候家里没人说话方便，咱妈这个时间点不是在广场遛弯就是去菜市场了。说吧，你跟黄小尊这次又为了什么开撕？这是你们第几次闹离婚了？第三次还是第四次？我算术再好都数不过来了！”

伍宝的声音瞬间提高了八度：“该死的黄小尊，㞞货！又是他找你搬救兵的吧？瞧他那点儿出息，早知现在何必当初啊！我们俩的事你甭管，你就是想管也迟了，我们俩上周五去了民政局办的手续，一别两宽，各生欢喜。黄小尊现在已经荣升为我前夫啦！”

伍家平一蹦三尺高。“我真是服了你！你们俩是不是吃饱了撑的？我倒觉着你俩真是天生一对、地造一双，一对糊涂蛋，一双智障巨婴！你们今天离婚、明天复婚地可劲儿作吧。我才懒得管你俩这堆破事儿呢，我怕我管多了会爆血管加心梗，为了我儿子我也得好好活着。我找你来也就是跟你确认一下这事，顺便问问你今后的打算，然后如实跟咱妈汇报一声，我就完事了。你们爱咋咋地，我眼不见为净！”

伍宝威胁他道：“伍家平，你敢跟咱妈说一个字试试！你怎么损我、骂我都行，反正我习惯当耳旁风了，就是不准你跟咱妈说这事，妈要是知道我离了，被气出个好歹来你全权负责，看我能不能饶过你！话说回来，妈就是不气出个好歹，她天天在我耳朵边唠叨、碎碎念，不是我疯掉就是她疯掉，两败俱伤啊！咱俩把丑话说前面，别怪我没警告你，你有胆量告诉咱妈，我就有胆量结束小提琴教室，卖掉属于我的一半婚后房产，卷铺盖卷儿去上海打拼新天地去。上海的艺术氛围才是我们这些人的终极归宿，到时候我还得谢谢哥的成全！”

卫生间门外的两兄妹唇枪舌剑不亦热闹乎，卫生间门内的文秀英心像落入滚水的海蜇，刹那间抽搐成一团。她想出声骂醒伍宝，嗓子却被堵得严严实实的；她想冲出去给伍宝两巴掌，两条腿却灌满了铅。门外，伍宝气急败坏地声讨黄小尊这次的“滔天罪行”，他瞒着她刷爆了信用卡，把她这几个月以来商演收入的积蓄偷偷拿去给婆婆买了一只钻石镯子！她原本打算用这笔钱买只LV新款包包送给自己做生日礼物的，这下可好，钱没了，包包没了，生日礼物变成了钻石手镯“炸弹”，她要不跟黄小尊闹个天翻地覆她就不是伍宝！闹着吵着，她发现黄小尊不但刷爆了她的信用卡，他自己的信用卡早就透支到了上限，一查账除了他跟哥们儿胡吃海塞的，就是他斥巨资买车模、游戏玩偶的，最大的开支是他给黄爸黄妈买按摩椅、支付出国游团费的！这种挣一个花仨的男人谁敢要啊？这种超额透支到寅吃卯粮的婚姻谁敢闭着眼睛混下去啊？必须离，不然她就不是眼里揉不得沙子的伍宝了！黄小尊一开始还耐着性子哄伍宝几句软话，被伍宝一顿鼻子不是鼻子脸不是脸地臭骂，他那从小被宠坏的独生子女骄娇二气喷薄而出，腰杆儿一硬嗓门儿一粗，离就离，谁怕谁，反正也不是头一回了！这对欢喜冤家一路砍瓜切菜地办完手续，夫妻变为前任，就此分道扬镳。

文秀英浑身战栗地听完伍宝义愤填膺的叙述，听完伍家平对妹妹恨其不争怒其不惜的斥责加苦劝，听到他们谁也说服不了谁的离家而去，听到门外的世界重新回归沉寂。她死死盯着马桶里那一汪水，眼前浮现出种种不顺心不如意的儿女琐事、生活里的一地鸡毛，恨不得这水就此兴风作浪、旋涡乍起，把她囫囵卷进去，一去不复返，方是清静。

第 8 章

养老院里的秘密

自打伍家平捧星星般把那盆莲瓣兰捧回家后，余芳和伍家平对它的宝贝程度史无前例。余芳上网查阅资料后，严格地照本宣科给它浇水、日晒、擦拭叶片，从花草盲秒变辛勤园丁。伍家平当仁不让充当起护花使者，也就是兼职保安，一再叮嘱文秀英不要随意给它浇水、施肥，宝贝儿子乐乐好奇地拿水枪射击它两下，也被伍家平粗声粗气喝止，即便是他扬起巴掌假模假式地吓唬乐乐也未遭到余芳的喝止，由此可见这盆兰草在夫妻俩心目中的地位何等贵重。

其实也难怪，这盆兰草就是余芳和伍家平商量来去最终拍板的“投领导所好曲线救国”的必备神器！熬了两个大夜，余芳和伍家平分析来分析去，这次人事调整的决定权在三个人手里，初级审核权是他们信贷部门的张主任，他跟随张主任鞍前马后多年，功劳、苦劳都是大大的，信贷部每年内部业绩排名前三他伍家平功不可没，这次还是张主任授意他可以竞聘一下大客户部副主任一职，所以张主任这一关他肯定能安全通过。复核审议权在他们分行李行长手里。李行长与伍家平是老乡，李行长一个电话，甭管是公事、私事还是连老婆都不能告诉的秘事，伍家平都是随叫随到听凭吩咐。所以，李行长这一关，应该也是绿灯放行。最后的签字公示权在总行派下来的人事部许部长手里。他来分行调研没多久，五十来岁的清瘦铁面大叔，性格拘谨，不苟言笑，不喜应酬，在人事决定上他经常有力排众议的独特决定，也就是说大家都说好的人选未必能入得了他的法眼，他看好的人选会坚持到底。许部长曾经在例会上不点名地批评个别同志数次请假离岗去找亲属的行为严重影响了本职工作和银行业务，这话像地雷一样埋在伍家平心里，他竞聘大客户部副主任一职的成败关键就在许部长的一念之间了。

经过多方打听，伍家平得知许部长有两个心头好，一是品茗，二是赏兰。余芳帮他分析，就冲许部长每天茶杯不离手这一显著行为特征，估计全行上下连清洁、保安都知道他爱喝茶。他家茶叶的等级、品相乃至收藏量，外面一般二般的普通茶庄都难以匹敌，他伍家平纵使寻来好茶相送，也不过是人家藏品里的茶海一叶，掀不起什么涟漪，留不下什么深刻印象。赏兰这一个人爱好很小众，懂的人不多，送的人就更少，假使伍家平能觅来名贵品种相赠，不仅送礼送到了人家心尖上，以兰花清雅脱俗之品格以物喻人，也会让许部长改变之前对他抱有成见的不好印象。伍家平历来唯老婆命令是从，这次当然也不例外。他发动若干哥们儿帮忙苦寻，功夫不负有心人，终于找到这盆品种名贵、品相奇俊清秀的莲瓣兰，掏出血本，谢过哥们儿，捧心肝宝贝一样捧回家。每天他望着被老婆精心侍奉的兰花长高一点点，就觉得自己离实现的目标又靠近了一点点。

送礼神器是请回家来了，可要怎么送到许部长心坎上呢？伍家平跟余芳商量，择日不如撞日，随便找一个傍晚时分送到他家去完事。余芳鄙夷地批评他，许部长的家能是他随随便便说进就进的吗？如果人家家里有贵客、有要事，被他的突然造访给打扰了呢？如果人家家里有老人或者孩子讨厌被陌生人骚扰呢？如果此举惹恼了许部长，直接给他吃个闭门羹，或者翌日便把花捧到银行内部纠风办的办公桌上去，他伍家平岂不是要小老鼠上灯台——说个一二三出来！伍家平脑筋转了十八个弯又想了几招，均被余芳否定。最后，余芳想了个两全之策，还是择日不如撞日，他伍家平寻找或制造一个能与许部长单独聊几句的机会，顺着话头聊到家里这盆莲瓣兰，当然一定要说明这盆兰花是伍家平朋友弃养被他收留的，他一花草盲着实不懂如何侍弄这宝贝，他难过兰花也难过，如果许部长有垂怜之心将它收留，必然是一件成人之美、功德无量的善举。如此这般，许部长答应收留兰花，拿人手短，必然在接下来的评估过程中既往不咎秉公办理，如果许部长义正词严拒绝这盆兰花，那他伍家平也没有授人以柄，得以自保。伍家平搂着余芳“吧唧”狠狠亲了一口，“亲爱的，你就是我的莲瓣兰！”

说来容易做来难，伍家平光是等一个能与许部长单聊的机会就等了一个多星期，午餐时间许部长不是在办公室吃自带“温暖”牌盒饭，就是让人去食堂顺便给他打份饭，下班时分，他不是径直打道回府，就是约了人出去谈事、赴饭局，落单的机会一个没有。

功夫不负有心人，这天是个绵绵细雨天，许部长开着半旧的白色现代车出了办公大楼地库。伍家平远远尾随，白色现代并没有按回家路线行驶，而是在桥头旁的一个卤煮店门口停下来。许部长一改平日严肃拘谨的工作作风，下车朝老板一吆喝，拎张凳子坐在马路牙子上。不一会儿店小二端上一碗卤煮火烧，许部长甩开腮帮子大快朵颐起来。伍家平“手潮”技术差，等他宁停三分不抢一秒、瞻前顾后找到停车位小心翼翼停好车时，许部长已经稀里呼噜地快吃完了。伍家平故作偶遇地上前与许部长打招呼，同桌坐下，也依样要了一份卤煮，这种难得的单聊机会伍家平格外珍惜，为了追赶上许部长差不多要吃完起身走人的节奏，他压根顾不上烫嘴，更来不及品味软糯浓香的猪肠、猪肺以及浸饱肉汤的火烧的美妙滋味，满头大汗囫囵吞咽。

许部长起身，店小二上前收碗结账，许部长一掏裤袋，傻眼，钱包忘带了！店小二聪慧过人，冲伍家平一抱拳：“您二位刚才聊得挺热乎的，劳驾您喽！”伍家平这是正打瞌睡就碰上个送枕头的，求之不得掏钱包付了他和许部长的卤煮钱。许部长吃人嘴短，不好当即拔脚走人，没话找话应酬伍家平几句：“小伍啊，你也爱吃卤煮啊？这家店我吃了七八年了，特地道！有阵子不来吃就想得慌。”“你们年轻人好这一口的不多啊，怎么，媳妇今天不给做晚饭啦？”伍家平赶紧就着许部长的话头，顺势说出他这段时间请假多为了找姥爷的缘由，余芳父母双亡被姥爷养大的，说着扯着，他看到许部长眼神柔和、亲近许多。他赶紧扯出莲瓣兰的前因后果，当他绘声绘色说出老妈一天一次给莲瓣兰浇水，家里地方小把它搁置在窗台外暴晒，还要顽强承受儿子乐乐的吹泡泡、BB弹和遥控飞机的骚扰时，许部长心疼得都要眼冒泪花了。所以，当他向许部长提出能不能代为莲瓣兰找个有时间有爱心能好好照顾它的新主人时，许部长满口答应。伍家平心里窃喜，提议许部长这就跟他回家搬花，也好让兰花尽早得到照顾，他也好早日解脱。许部长居然从了，他果然是兰花的真爱铁粉哪！

伍家平与许部长各开各车一前一后来到小区楼下，停车，上楼，迎头撞上捡了满满一大鱼皮袋饮料瓶正往家拖的文秀英！老太太乐得连嘴都合不拢啦，她连连感叹着自己今天运气真好，2号楼的垃圾桶旁扔了一大堆啤酒、饮料、矿泉水的易拉空罐和塑料空瓶，这应该是哪家住户昨晚狂欢派对后打扫出来的废品，既没早一步也没晚一步，偏偏让她这有福气的人给赶上了，一个瓶子按一毛钱算的话，这些就够给那些流浪猫儿狗儿们买上两天的口粮啦！文秀英乐颠颠地归置好瓶子返家，硕大的袋子压得她又瘦又矮的身躯益发羸弱，一路上不时有路人、邻居冲她侧目打量，那眼神里有好奇、探究、恻隐或者嫌弃。已经完全活在自我世界里的文秀英对这些目光和嗟叹统统置之不理，该干吗干吗，她的乐趣她做主。

楼道口，文秀英与伍家平迎头撞上，乐开了花的老太太压根没看到儿子一脸纠结和躲闪的眼神，更没看出儿子与身后的中年男人有什么微妙关系，微喘着冲儿子开口："家平，你回来得正是时候，赶紧帮妈搭把手，今天收获太大了，宝贝儿们（指流浪猫狗们）今天有口福喽！"伍家平尴尬不已，上前搭把手不是，不搭把手也不是。他和余芳对老妈这个捡废品的嗜好早就颇看不下去了，以前就说过她好几次，不仅邻里街坊背后议论纷纷，万一她被猫狗们咬一口挠一下还得去打疫苗处理，何苦来哉？老妈不仅不听，倒反过来教育他做人要有爱心，要及时行善，她捡废品一来锻炼了身体，二来保护环境，三来照顾了小动物们，没妨着谁碍着谁，自己还乐在其中，何乐而不为？伍家平说不过老妈，只能听之任之。万万没想到，就在他大功即将告成的裉节上，老妈突然杀出来给他来了个措手不及。

伍家平犹在原地发愣的空当，许部长上前接过文秀英肩背上的鱼皮袋子，扛在自己肩头，虎下一张脸冲他开口：“愣着干吗，还不赶紧前头带路！”伍家平这才恍过神来，赶紧上前要接过许部长肩头的袋子，被许部长坚定拒绝。伍家平只得前头带路、按电梯、开门，许部长背着袋子与文秀英闲聊。许部长冲伍家平时是虎着脸，对着文秀英就变成了大丽菊：“大妈，您每天都要去捡这么多废品吗？伍家平的工资够您吃香的喝辣的了，您都这把岁数了，他还让您自力更生啊？”文秀英虽然摸不清许部长和儿子是什么关系，但看他不嫌脏不嫌累地替自己扛废品，就知道他是个心眼儿实在的好人，这使得她与陌生人的那道一米警戒线自动消除。听到他对儿子有所误会就赶紧解释：“哟，您这可就误会了，我儿子可是个孝顺孩子，他对我那是好得没挑！我捡废品就跟其他老头下棋、老太太跳广场舞是一样一样的，是个爱好，人老了没用了，天天闲得发慌，没事就找点儿事干呗，这日子也好打发啊。”

文秀英与许部长越聊越投机，伍家平悄悄擦擦额头的汗，轻舒一口气，好在这场“三岔口”有惊无险，前嫌尽释。进了家门，文秀英热情给许部长让座、沏茶，她热情地跟许部长介绍着他们家一家几口人的近况，夸赞着儿子是个好儿子、好丈夫、好爸爸、好职工，文秀英笨拙、质朴的夸赞透着一个母亲的护犊之情和小城妇女的质朴，时不时引得许部长哈哈大笑、点头赞许。聊到后来，文秀英口口声声要留许部长吃晚饭，她要献出自己的拿手绝活来款待眼前这位和善耿直的儿子领导。许部长一看时间不早了，催促伍家平赶紧把兰花交给他。伍家平奔赴阳台，从高高在上、无人能触及的角柜顶端小心翼翼搬出花盆。他口袋里手机响了，派出所来电，说是在邻市发现疑似梁天佑的踪迹，需要与其家属进行细节核实。

伍家平这一个电话接完，就听得客厅里传来闹哄哄的吵嚷声。他抱着花盆赶过来，余芳拿着一张账单怒气冲冲跟文秀英争执，许部长苦口婆心两头劝和。伍家平不知道发生了什么事，正如余芳不知道眼前的许部长就是关系到她老公这次升职与否的关键人物一样，伍家平只能硬着头皮喝止余芳："余芳，住嘴！你怎么能用这种口气跟妈说话？"余芳把账单甩到伍家平眼前："你看看你妈做的好事！咱家这一个多月就用掉了一百多吨水！不知道的还以为咱家开澡堂、洗车行呢！咱们把家交给你妈，她却不知道在家搞什么鬼。我怎么问她也不肯说这水用哪儿的，这不急死人嘛！"伍家平脸都急白了："余芳，住口！家里有客人！这些小事回头再说，可能是抄表员抄错表了呢！"许部长帮腔道："我真得替大妈好好说你这个儿媳妇几句，大妈多不容易啊，天天帮你们带孩子做家务，还这么有爱心地捡废品照顾流浪猫狗。你们摊上这样的老人是你们的福分，做人要惜福啊。这一百多吨水费肯定有问题有误会，慢慢解释清楚不就完了，至于这样急赤白脸地大呼小叫吗，我都替你们臊得慌！”余芳冲许部长开火：“你就是楼下超市送米送面的刘师傅？还是物业负责维修的老王？你哪怕是我们小区的保安队队长呢，我们家的家务事也轮不到你插嘴！你只知其一不知其二，我婆婆来这个家才半年，乐乐有了靠山学会跟我顶嘴对着干了，上个月我姥爷离家出走至今下落不明，这个月又整出一百多吨水费，真不知道以后还有什么稀奇古怪的事等着让我焦头烂额呢。我每天从早忙到晚，不图别的，就图有个安生太平的小日子过，我的要求过分吗？这事要搁你们家，你肯定比我蹦得还高急得还红眼呢！别站着说话不腰疼，哪儿凉快哪儿待着去……”

余芳说出这段牢骚时，伍家平几次要拦没拦住，他拦腰抱起余芳往里屋走，余芳八爪鱼般手脚挣扎，挠了伍家平的脸踢翻了茶几上的兰花！许部长心疼地俯身抢救兰花，文秀英掏出一卷脏兮兮皱巴巴的零票要赔偿，被余芳气急败坏一手打掉。被逼到死角的伍家平终于爆发，把余芳按到沙发上，朝她屁股上结结实实揍了几巴掌！“兰痴”许部长顾不得蹚这家乱糟糟的浑水，一心一意解救兰花的他用塑料袋迅速兜好兰花和花盆里的土，他急匆匆出门时冲伍家平撂下一句：“伍家平啊伍家平，一家不平何以治事业奔前程？你好自为之吧！”

许部长出门前这句话无疑宣告了他对伍家平个人能力以及事业前途的评判，伍家平心下惶惶然，这次升职他是百分百没戏了！其实，冷眼旁观的局外人都能看明白，这一百多吨水费只是压垮骆驼的最后一根稻草，伍家平、余芳和文秀英这一个多月来已经被梁天佑的失踪给折腾得筋疲力尽心力交瘁，每个人在尽己所能地撑下去，撑得很辛苦，撑得快要爆炸了，任何一个带尖儿长刺的小小外因都能轻而易举刺破他们的底线。余芳是在冲婆婆发泄，但她何尝不是在冲自己开火？伍家平是打了老婆，但他何尝不巴望着谁能痛痛快快给他一通老拳？每个人都是施暴者，每个人都是受害者。生活就是这样，欢笑有时，眼泪有时，我们都得去一一接受，一一消化。

一个星期下来，十分自责的文老太大部分时间都躲在自己的小屋里，废品不敢捡了，冲水马桶不敢碰了，对余芳是能躲就躲，能回避就回避。余芳那天说出口的气话，她一句也忘不掉，不时在耳边回响。余芳的心理防线轰然坍塌，姥爷下落不明，伍家平升职泡汤，最最让她伤心的是，结婚这么多年以来，伍家平第一次动手打了她！当晚余芳就发起低烧来，半夜里烧得说胡话一会儿喊姥爷一会儿叫乐乐。伍家平看着家里两个女人一个病恹恹的，一个恍恍惚惚犹如避猫鼠般，心头万般滋味，又着急又懊恼又愧悔，只能咬牙强撑着应付单位的工作，带好乐乐，对病中的余芳赔尽小心照顾着，等夜深人静时自己摸黑坐在客厅，自斟自饮一杯，黯然睡去。

这天下午，独自一人在家的文老太抑制不住心里的孤苦，神思恍惚间踏进卫生间，朝着那个充满魔力的冲水马桶走去，一遍遍玩起她的“孤独游戏”，当温热水流接触到她的肌肤，她抑制不住地浑身战栗，渴望已久的温暖、舒适和安全感让她一点一点放松下来，自在下来。

不知过了多久，大门处传来窸窸窣窣的开门声。文秀英起身整理衣裤，侧耳听了听，有放重物的声音，脚步声由远及近在客厅里徘徊。文秀英边洗手边扬声问：“家平，回来了，今天咋下班这么早？”门外没有回应。文秀英走出卫生间，赫然看见梁天佑站在餐厅整理两大袋子东西。她以为自己眼花，使劲儿揉了揉眼睛，不错，正是梁天佑！梁天佑穿了一身她从未见过的深色便装，晒得黑黢黢的，人反倒结实了不少，脸也胖了一圈儿。他先朝文秀英开了口："乐乐他奶奶，有日子不见，全家人都好吧？"文秀英鼻子一酸，语无伦次："好个鬼！你去哪儿了，怎么连个电话也不打回来一个？咱们家这天都要塌了你知道吗？乐乐想你都害病了。不行，我得赶紧给他们一个一个打电话去，你就在这儿好好待着，哪儿也不许去！"

一个小时不到，伍家平、余芳带着乐乐悉数赶回家中，余芳和乐乐一头扎进梁天佑的怀里哭哭笑笑，上下打量，问东问西。伍家平赶紧跟派出所打电话汇报情况，文秀英进厨房各种忙活，誓要把梁天佑爱吃的饭菜都做一遍。

梁天佑打开他拎回来的两个大包裹，一样一样东西往外拿：十八街麻花、泥人张彩塑玩偶、金丝小枣、果仁张的各色点心，还有一只五彩斑斓的沙燕风筝，惹得乐乐眉开眼笑爱不释手，惹得大家眼泪掉下来，敢情老爷子这一个月零二十一天是跑了一趟天津卫啊！

梁天佑隐去了离家那天他与孙女梁蔻蔻的一段隐情，只告诉余芳等人当天他是跟着几个不太熟的棋友跑到京郊看高手赌棋去了。回来路上他接到一个家住天津老哥们儿的邀约电话，他没多想就转车去了天津，其实也就几十分钟车程。见到老哥们儿的梁天佑想起要给余芳、伍家平打个电话报备一下，一摸口袋手机丢了，家人的电话号码他一个也想不全，拨打几次不是打到陌生人手机上就是空号，还有两次拨出了国际长途里一串叽里咕噜的外国话。

梁天佑起初打算在老哥们儿家玩一两天叙叙旧散散心就回来，没承想这老哥们儿不但带着他好吃好喝，还把他带到了天津蓟县郊外一个农家三层的木楼。这是一群跟他们有着类似生活经历，目前均处于子女工作特忙或在外地工作的落单老人的一个据点，他们给这个三层木楼取名“乐活大院”。这个大院的主人姓张，比梁天佑年轻四五岁。张院主几年前经当地村委会同意，从这处宅基地所有人手里租赁来建设了大院。如今，这里已成为天津老年群体组织活动、互助养老的基地。这个热闹时期多达数百位老人，年节期间也有数十位老人的乐活大院里，经常举办各种文艺演出、著书立说、摄影旅游等文娱活动来丰富业余精神生活，还有自发组建的一些艺术工作室、健康工作室、DV工作室、茶艺组、模特队、话疗室等各个小组，大家还会定期组织一起去山东、海南等地候鸟游，玩得不亦乐乎。梁天佑跟着老哥们儿在这里如倦鸟归林，如鱼得水，每天的日子都过得满满当当很充实，让他忘了没有老伴儿陪伴岁月的凄清、女儿和女婿遭遇车祸离世的抱恨遗憾、儿子梁山好吃懒做浑浑噩噩混日子、孙女梁蔻蔻懵懂危险的青春期，以及余芳和伍家平艰辛谋生的不易。直到前天清晨，他从乐乐哭着喊着找太爷爷的噩梦里醒来，头脑异常清晰，思家之心殷切。他赶紧踏上归程，回家的路不在他脑子里装着，都在他脚下丈量着，他准确无误地风尘仆仆归来，仿佛他这一个多月并未出门远行，只是花了一个多小时出家门上了趟菜市场。

姥爷平安无恙地归来，不但马上治好了余芳的低烧，还给了伍家平一把就坡下驴的梯子，让他得到一个极力表现弥补过失的机会。余芳见他一副极力讨好的样子，以及对姥爷的殷勤照顾，之前被他几巴掌打出来的委屈、记恨之心一点点消弭融化掉。夫妻二人旧事不提，在姥爷面前又做回从前那对上孝顺老人，下疼爱孩子的中坚恩爱夫妻。

余芳和伍家平对梁天佑的话半信半疑，虽几番旁敲侧击循循善诱，姥爷嘴里的细节或有出入，但过程大致如此没有更改。他们又按照姥爷纸条上抄录的天津老哥们儿的电话打过去致谢，对方的叙述跟姥爷的交代出入也不大，余芳和伍家平只得姑且听之任之。

姥爷的回归不仅让余芳放下了心里的磐石，更让她信心满满部署了很多计划庆祝姥爷这次有惊无险的离家历险记。他们一家五口要一起迎接接下来的新生活。余芳计划去星级酒楼定一个好彩头的“吉庆有余”全家福宴席，请来梁山一家三口和伍宝，大家一起给姥爷洗尘接风。她知道，姥爷虽每每提起梁山都是恨铁不成钢的痛心疾首模样，但他毕竟是姥爷的独子，随着姥姥和母亲的离世，最亲最近的家人也就是他们这几个人了。姥爷嘴上越讨伐这个不争气的儿子，其实心里就越放不下他。接风洗尘之后，余芳还计划着等周六周日，他们一家五口要去北戴河轻轻松松度个假，她和伍家平为了这个家每天忙得跟陀螺似的，上次举家出游是什么时候她都记不起来了。姥爷的这次离家事故（余芳虽无证据，但她打从心底认定姥爷的离家不是一时兴起或意外，而是另有隐情）让她醒悟过来，工作是做不完的，前程是奔不完的，与家人朝夕相伴的每一天才是应该格外珍惜的。姥爷就像熟透的柿子，说不定突然哪一天就会从枝头坠落，永远地离开这个家，她从未像现在这样害怕过，害怕她最亲的姥爷离开她，再也不回来了。所以，余芳还打算以后每个月底全家都要出游一次，她要赶紧给姥爷选一部老年专用手机，不，买两部手机，婆婆和姥爷各一部。对于与婆婆那天的争执，她虽然嘴上硬着但内心是有愧疚和不安的，她是太累压力太大了，她并不是刻意针对婆婆。她无法做到完美，七情六欲心魔杂念也会让她偶尔狰狞和丑陋。做个五好媳妇，她还需要很多时间和历练。余芳就这样为自己开脱着，为这个家打算着。当她在深夜枕畔对伍家平说出以上这些所思所想时，伍家平抬胳膊把她卷进自己的怀里，用滚烫的胸膛温暖她理解她。

第二天晚上，酒楼豪华包间内，余芳夫妇带着梁天佑、文秀英和乐乐赶到时，梁山夫妇早已先他们一步来到包间。夫妇俩人一见梁天佑俱是一惊一乍表演浮夸地对老爷子各种嘘寒问暖望闻问切，夸张地倾诉了思念、担忧之情，捎带还埋怨了余芳夫妇对老爷子的照顾不周。余芳压根没把舅舅和舅妈的话放心上，问他们蔻蔻怎么没来。潘爱莲称蔻蔻去参加同学生日会还没回来。梁天佑心知孙女不敢来见他的真实缘由，帮着潘爱莲打哈哈遮掩过去。大家正闲话间，伍宝拎着两大盒补品进门，先给梁天佑请安问好，献上慰问品，然后一屁股坐在文秀英身边，没心没肺跟她打招呼。文秀英没拿眼睛瞧闺女一眼，这种场合她也不好理论闺女和黄小尊离婚的来龙去脉，只低声嘟哝一句：“甭理我，我没你这不省心的冤家对头！”就起身坐到圆桌对面乐乐身边椅子去了。一桌子凉菜上齐，美酒斟满，大家举杯，伍家平作为代表致辞，这第一杯酒为姥爷接风洗尘。大家举杯一饮而尽，梁天佑示意服务员为大家酒杯再次斟满，他举杯开了口：“我借这第二杯酒谢谢大家的心意，也为自己这么大岁数办了次荒唐事跟你们道个歉。还有，我要在这里宣布一个决定，从今往后，我要去养老院过日子。这个决定跟任何人无关，你们都应该知道，只要我决定了的事，是从不会更改的……”

如果说宴席之上的第一杯酒是蜜汁味道，这第二杯酒就是芥末加苦瓜味道，一口入喉当即把大家给呛炸窝了，在座诸人都问梁天佑为什么由此决定，都力劝苦拦。余芳急得眼泪都掉下来了，潘爱莲脸红脖子粗地指出公公这样做是摆明了要让街坊四邻和亲戚朋友们戳她脊梁骨！只有乐乐和文秀英这一老一小还算淡定，小的一脸懵懂地吃肉肉，老的不温不火做观众。接风宴席成了鸿门宴，饭桌上梁天佑以一敌众的口水拉锯战进行了一个多小时后，不欢而散。

不顾家人的重重阻拦劝说，梁天佑还是去了一趟民政局，在工作人员的从旁协助下，他选中了一家名为“我爱我家”的民办养老院。一来是因为以梁天佑目前的个人情况还不符合申请入住公立养老院的资格，二是现在的民办养老院在硬件软件配置上比较优良，相关部门监管力度到位，入住手续简便，配备多种特别护理选项，唯一的缺点就是收费不算低廉了。

梁天佑在家暂住的日子进入倒计时，余芳几番问询、劝阻均告失败后，狠狠心咬咬牙跟姥爷进入了冷战阶段，这是她穷途末路之后的釜底抽薪之计，希望能借此逼迫姥爷改变决定。

趁余芳和伍家平上班不在家的空当，文秀英帮梁天佑洗干净了应季的一应衣服鞋袜，替他打包好了行李箱。在把这些交给他时，文秀英最后一次劝阻道："芳芳她姥爷啊，你不能太狠心，孩子们都离不开你。以前咱俩斗嘴的日子挺有滋有味的。你不在家这段日子可把余芳给熬苦了。别人你不心疼，乐乐和余芳你还能狠心撇下？你如果是因为我要离开这个家，我可以跟你保证，以后但凡我要再跟你吵一次架，我收拾东西回老家！"梁天佑赶紧解释："乐乐奶奶，你别瞎想。我知道，我离家这段日子，余芳这孩子不懂事，肯定给你气受了，你看在她没爹没妈是个苦孩子的分儿上，原谅她吧。我会跟她说清楚这事跟你丁点儿关系没有！你是乐乐的奶奶，家平的妈，余芳的婆婆，这个家就是你的，你能往哪儿去？我去养老院不是跟谁置气，就是想过几天清闲自在的日子，想自私一回。这趟天津之行把我的心思给闹活泛了，你别笑话我就行。"文秀英叹了口气："我看出来了，你有苦衷，左右不外是你怕拖累孩子们成为他们的包袱。你的苦衷能不能跟我说说？兴许不去养老院也能解决问题呢。"梁天佑嘴唇有点儿哆嗦，他一把握住文秀英的双手："乐乐奶奶，我把乐乐和余芳都托付给你了。以前咱俩之间和余芳的不懂事都是我的错，我给你道歉。你替我好好照顾孩子们，他们还小，还得经过九九八十一关历练呢，咱们这把老骨头还得继续替他们保驾护航！"两位老人就着客厅飘窗前单薄的冬日暖阳，你一言我一语喃喃诉说，说的全是对孩子们的牵挂，对彼此的理解，对衰老这一残酷现实的无奈接受和嗟叹。

梁天佑离家去养老院这天，伍家平开车，全家人一路护送，唯独缺了余芳。她是故意借口单位忙请不下来假而远远避开的。她目前还是无法接受这个事实，无法面对姥爷的弃她而去。伍家平替姥爷办理好所有入住、缴费手续，文秀英替他整理床铺归置衣物，乐乐领着太爷爷在养老院小礼堂跟众多老人们度过了一上午的欢乐见面会时光，三人与梁天佑依依惜别。回家路上，车后排座椅上的乐乐欢腾了一上午，随着汽车的颠簸不一会儿就偎依在身旁奶奶的怀里打起盹儿来。司机伍家平瞅准时机跟老妈诉苦，他这次升职不但落空，同事们背地里都在风传他们夫妇虐待老妈让她捡废品自给自足、把姥爷丢到养老院的各种八卦传言，他差点儿被同事们的唾沫星子给淹死！当然，银行内部是有一点儿捕风捉影的传闻，但没伍家平说的那么严重，他这么说就是想老妈改"邪"归正，改掉捡废品的嗜好，别给他添堵。文老太心软嘴硬："我捡废品妨碍谁了？我照顾那些猫猫狗狗不是罪过不是恶行吧？等我老得啥都干不了我也去养老院跟乐乐他太爷爷做个伴儿去！你们年轻人整天挂在嘴边上的就是'我的生活我做主'，我们老年人的生活为什么就不能自己做回主？你那些嚼舌头根子的同事们最好永远都不会老，等他们老了以后就能体会我们这些老年人的苦闷和心思了！"母子俩一路激辩，等乐乐醒来时，母子俩默契地各自噤声。

一周时光转眼飞逝，这是梁天佑入住养老院的第一个星期，任凭伍家平怎么与余芳商量着周六要去看看姥爷，都被余芳冷着脸拒绝了。拒绝归拒绝，她为姥爷准备的生活用品和药品倒是一应俱全，只多不少。如此这般一连几个周六，都是文秀英和伍家平带着乐乐去探望、陪伴姥爷，余芳独自守家。等伍家平带着老妈和儿子探望回来后，余芳会情不自禁竖着耳朵倾听他们谈论姥爷的近况，每顿吃多少饭，交了几个棋友，学了一首什么新歌，被褥够不够暖……

入冬的料峭寒意和西北风把每一天的日月都肆虐得晚起早落，一溜小跑地过一天少两晌。小雪节气这天，老天爷果然应时应晌地洒起了雪花，一开始还是小打小闹，渐渐的就有棉絮满天飞的恣意腔调。乐乐爬上椅子就着窗玻璃上的哈气画奥特曼，文秀英望着窗外的雪片叹口气："家平出差回不来，不知道乐乐他太爷爷屋里的暖气够不够热。谁把棉鞋和棉帽子给他送去？人老了不抗冻，这要冻出个好歹来多受罪啊！"她话音刚落，余芳在门口喊："妈，我出门一趟，午饭别等我。"随着大门的关合声，文秀英走到客厅发现茶几上她准备好给梁天佑送的厚毛裤、棉鞋等物已经不翼而飞，她狡黠一笑，"这孩子随我，嘴硬心软！"

漫天雪片击垮了余芳最后的心理防线，她拿起婆婆准备好的包裹直奔养老院。下了出租车踏进养老院大门，她就开始感觉这里的一草一木一砖一瓦都让她别扭、不顺眼甚至嫌恶。门卫拦住余芳例行询问并让她做来访登记，她阴着一张脸，写字的力道划破了登记簿纸张；院落里枯树上缠绕的彩灯泡和粉色假花让她觉得俗不可耐；楼道里铺的防滑红地毯让她觉得刺眼；因为天气不好只能在楼道里散步、闲聊的三五成群的老人们也让她感觉压抑；有挂着胸卡穿着制服的工作人员上前问询，她也冷冷避开。她对这里的一切都无法建立好感，无法适应和接受，谁叫这个鬼地方夺走了她心爱的姥爷！

梁天佑看到头顶雪花、拎着硕大包裹走进房间的外孙女余芳，一脸的惊喜外加心疼，又是给她掸雪又是倒杯热水让她焐焐手。姥爷一迭声追问她乐乐的咳嗽好点儿了吗？家平怎么没来？梁蔻蔻的工作问题落实得咋样了？她一入冬就犯畏寒的老毛病有没有再犯？她要对婆婆好一点儿……

余芳起先尽量抑制住情绪，眼见姥爷一脸的关切，他每一句话里都是对家人的记挂都是对这个家的放心不下，她在心里重复了一千遍一万遍的话终于脱口而出：“姥爷，我求你了！跟我回家吧！你心里到底有什么疙瘩咱们回家慢慢解开，只要你现在跟我回去，以后我什么事都听你的！”姥爷摆摆手，摇摇头。余芳急了：“姥爷，这么多年我从未提过我爸我妈，今天我就以我爸我妈的名义求求你，求你跟我回家吧！”这话一下子就击中姥爷的心脏，他倒退两步，“别说了！这儿就是我的家，姥爷欢迎你有空来坐坐，你要再提你爸妈再提回家，以后你就不用再来这里了！”余芳激动起来：“为什么？这到底是为什么？你还是我的姥爷吗？你还拿我当最亲最近的孙女看待吗？”姥爷的情绪也激动起来：“我就想在这里过几天清静日子这有错吗？我凭什么一辈子就得当牛做马伺候你们一家三口？你连你妈的一个脚趾头都比不上，你赶紧给我滚！”余芳口不择言起来：“我妈漂亮、孝顺、能干，她当然比我好一百倍。别以为我小不知道，那一晚要不是你因为舅舅跟人合伙走私被抓的破事一个又一个电话催我爸妈，让他们从驻地连夜赶回来，我爸妈怎么会摊上一个疲劳驾驶的大巴司机？怎么会在高速上撞到油罐车被活活烧死？你把我养大了又抛弃我，我已经没爸没妈没姥姥了，你要不跟我回家就赔我爸妈来！”梁天佑抬手给了余芳一巴掌，哆哆嗦嗦一指门口：“你给我滚！我没你这白眼狼孙女，我再也不想看见你！”余芳哭着奔出门外。

盛怒与巨大的悲伤把余芳从头到脚烧成一块火炭，她哭着下楼，冲出养老院大门，冰窖般的雪花世界瞬间给滚烫的她降温祛火，烙铁般的额头清凉下来，熊熊烈火的心头冷静下来，内心住着的小恶魔仓皇逃遁，温良的理性得以回归。雪地里的余芳停顿片刻，突然觉得自己不能就这么走掉，今天的姥爷明显失态异常，如果就这样走掉了还没到家她就会后悔就会在心里咒骂自己。

余芳原路返回，迈进屋门时看到的一幕让她触目惊心，姥爷艰难地抓着桌角伫立，脸色难看，浅灰色的运动裤从上到下濡湿了大半，拖鞋与脚下地板均有水渍斑斑，情绪异常激动的他小便失禁了！余芳瞬间明白了，姥爷为什么坚决离家住进这里，姥爷刚才为什么失态为什么要骂走她，一切问题的答案都在这里！姥爷觉察到自己健康状况的恶化，心知肚明自己正一天天丧失生活自理能力，去养老院是他唯一不拖累孩子们的选择！

千言万语如鲠在喉，余芳一个字也吐不出来，她上前拥抱姥爷，姥爷用力推开她："别，脏，我去洗洗……"余芳不管不顾，用尽全力与姥爷紧紧拥抱在一起。

第 9 章

中艰夫妻也有春天

农历新年历来是中国人最重视的传统节日，这个新年对余芳全家人来说，过得比以往更隆重。乐乐一放寒假，余芳就让伍家平把姥爷接回家来，她把姥爷每种处方药的服用时间和剂量都记在本子上，手机设置闹钟到点就督促姥爷吃药。为了不让姥爷难堪，她买了一大箱成人纸尿裤，以备不时之需。姥爷剪头、修脚、泡桑拿的差事伍家平统统包圆了，每天下午他和乐乐一起带着姥爷去小区广场上晒暖儿遛弯儿。文老太决心要把这个年过得热闹红火，拿出绝活做了年糕、炸酥肉、炸丸子、卤煮以及各色蒸碗，光是饺子馅就准备了四种，馋得乐乐天天围着厨房滴溜溜转。天天有家人和美食陪伴的梁天佑心情舒畅胃口奇好，一个农历新年过下来，他就胖了七八斤，脸圆了一圈儿。

初八正式上班，余芳不得不把姥爷送回养老院。但凡她有一点儿空闲或是婆婆做了好吃的好喝的，她必定一趟趟往养老院跑。即便是在工作时间，只要养老院办公室来个电话，无论是通报姥爷有个头疼脑热，还是告诉她姥爷擅自离院晚饭时间仍未归，她必定撂下手里的活儿跟同事打个招呼就往外跑。一次，两次，N次……余芳在单位的早退、迟到、上班时间开小差现象越来越频繁，图书盘点、录入乃至交接等业务均出现了纰漏，终于被领导看不过去叫到办公室，劈头盖脸训了一顿，当月奖金扣除，写份检查，以观后效。余芳自从工作以来，还没遭遇如此境地，以她要强的性格，当然不肯跟人诉苦博同情，心下委屈是难免的，幽怨是挥之不去的。她又不是靠购物、旅行、逛吃逛吃来发泄减压的伍宝，凡事含在胸口心下，日复一日，抑郁胸闷情志不舒，两肋之下偶有隐痛之感。她没太当回事，只去药店买了两盒缓解疏导的药吃了，草草了事。

比余芳更抑郁怨闷的是文秀英。儿子升职一事被她无意搅黄，在理智上她坚信自己没做错什么，但从情感出发她替儿子感到惋惜和不平。她知道自己一个外地老太太帮不上什么忙，但她一直鼓励儿子再努力一下再坚持一下，是人才总能派上用场的。儿子的事急不来，但女儿的事却不能不急！年前年后趁家里没人的时候，她打电话几次把伍宝叫来，就差大刑伺候了才让伍宝招供出她离婚的原因来。气急败坏的文秀英先礼后兵，先苦劝后威逼，几次三番督促伍宝把黄小尊叫过来赶紧去复婚。伍宝是兵来将挡水来土掩，用尽各种借口敷衍老妈，得过且过地做她的单身贵族。

这天傍晚，伍宝在小提琴教室上了一整天的课，送走最后一班学生，铁打的女艺术家即刻浑身散了架，恹恹地交代了助教几句当值注意事项，就拎起包包出门了。等电梯的时间，伍宝掏出手机准备找找附近美食。离婚后她一个人的午餐和晚餐都靠手机里这些APP帮忙指引解决。伍宝打开手机，赫然看到有九个未接电话，一个房屋中介的，一个商演经纪人的，一个老妈的，其余六个全是黄小尊的。她的大拇指比大脑反应快了0.03秒，惯性点了下黄小尊的号码，电话拨出几秒迅速被挂断，她自嘲一句："伍大小姐，您已经不是黄夫人了，没有义务随叫随到。"

伍宝话音刚落，黄小尊的电话再次追来。伍宝迈进电梯，听任来电铃声唱个不停，丝毫没有接听的意思。她一路踩着来电铃声出电梯进车库，左拐，右转，来到一辆红色甲壳虫车停泊的车位前，开锁上车。突然从车后蹿出一个黑影，直奔伍宝而来。伍宝吓得一声尖叫，拎起包包砸向黑影，黑影抱头躲闪。"别打了，是我！你要谋杀亲夫啊！"伍宝并没住手，反而打得更凶。"黄小尊，你能不能换个高大上一点儿的出现模式？再这样偷偷摸摸一惊一乍的，小心哪天我把你的狗脑子给打出来！"

黄小尊被伍宝打得拿甲壳虫车当掩体迂回躲闪，他边躲闪边研究这车："亲爱的，你真不愧是特级技师的亲老婆，颇得我的真传啊，选车的水准我给你打八十五分。甲壳虫的复古车型、品牌文化跟你挺配的；2.0T直喷涡轮增压发动机的优点是提速快、噪音小，适合急性子、浮夸的你；这车配置了定速巡航、ESP电子稳定程序、外视镜电动加热、弯道照明雾灯、防眩目内后视镜、自动双区空调、前排座椅加热和前后驻车雷达……"

伍宝根本没心思听他这通炫技，喝止道："黄小尊，你还要不要脸？第一，咱俩离婚了，我是你前妻！第二，为了庆祝离婚快乐，这车不过是我闭着眼睛选来送给自己的一件礼物而已！我算是活明白了，女人嫁给一个生活品位、经济能力、心智发育等各方面都比自己low几个档次的男人，就等于是自甘堕落加上自虐。离婚就是胜利大逃亡，就是重获新生，就是瞬间提升自己的生活品质！我如果还跟着你瞎混日子的话，别说买车了，买个车轱辘我都得二十年分期付款！第三，你找我到底有什么事？没事的话闪一边去，好狗不挡道！”

黄小尊被伍宝的伶牙俐齿给揶揄得差点儿背过气去，眼见着伍宝趾高气扬上车绝情绝义要离开，他这才想起此行的目的，一咬牙扑到甲壳虫的引擎盖上，隔着风挡玻璃冲前妻笑脸哀求：“老婆，哦不，前妻大人，伍老师，宝宝美女，今天是我爸妈结婚二十九周年纪念日，俩老顽童在家忙活了两天做了一桌子的满汉全席，命令我接你回家开‘爬梯’呢！我爸妈压根儿不知道咱俩离了，你说这个时候跟他们说这事算是十恶不赦吧。因此，所以，务必，劳驾您跟我回家接着演出恩爱戏吧。”

伍宝踩着油门放下手刹，车子轰满了油一蹿一蹿往前拱，引擎盖上的黄小尊被甩得着实招架无力。伍宝很受用地看着狼狈不堪的黄小尊，落下车窗探头答复他：“你肩膀上长的是人脑还是猪脑？刚离婚那会儿为了平稳过渡，也为了耳根子清静，咱俩达成协议暂且纸里包住火。接下来正赶上过年，为了家泰民安，我才配合你经常回家露个脸蹭顿饭的。掐指一算咱俩离婚快仨月了，这过去的过不去的也该过去了吧。实话跟你说，我哥嫂我妈都知道这事了，我也没有陪你继续演戏的必要了，你要真想接着演，就唱独角戏吧！”

伍宝说完，一踩油门一打方向，黄小尊从引擎盖上滑落，甲壳虫倒退着掉头，从岔道驶向出口，绝尘而去。黄小尊冲着甲壳虫离去的方向得意一笑，“嘴硬有什么用？真够绝情你就从我身上轧过去，还不是乖乖撤退放你老公一条生路！诸葛亮还七擒七纵孟获呢，你逃不出我的五指山！”

甲壳虫一路畅快夜跑，在一家房产中介公司门前停下，伍宝泊好车入内，十几分钟后一个中介热情地把伍宝送出来。甲壳虫驶向第二家房产中介公司，过了一会儿，工作人员陪着伍宝走出来。伍宝与黄小尊的婚房当初是黄爸黄妈掏的首付，他们小夫妻按揭月供，离婚时伍宝深明大义把房留给了黄小尊。黄小尊敬她是条敢爱敢恨的女汉子，整个朝阳区也找不出几个像她这样不拜金、不拿婚姻当提款机的自强女，所以离婚后第三天他就后悔了。可伍宝这边也并不好过，毕竟买房不像买车那么短平快，尤其是在房价如天价的首都北京，要找一个毗邻小提琴教室周边的小户型性价比公寓，着实不是件容易事。

伍宝从第三家房屋中介公司垂头丧气走出来时，一抬头，阴魂不散的黄小尊居然撅屁股弯腰地半蹲在甲壳虫车旁边，细致认真地擦拭着一只后视镜！伍宝气急败坏冲上去质问他到底想怎样，黄小尊从后屁股兜内掏出一瓶矿泉水递给她，“现在的房介公司鱼龙混杂，我不放心你的安全。谈完了吗？谈完了咱回家吃饭。”伍宝一跺脚，冲黄小尊摊开手：“拿来！五百块！”黄小尊没明白过来：“什么就五百块啊？”伍宝赌气道：“饭不能不吃，但也不能白吃，五百块陪吃费拿来！我现在已经没有回家陪你父母吃饭、赔笑、陪聊天的义务了，但我有靠陪吃赚钱的兴趣，做不做这笔生意随便你！”黄小尊看到伍宝满脸的认真，不敢不从，赶紧掏出钱包扒拉半天，“宝宝，我钱包现金余额不足，支持在线刷卡或者货到付款吗？”伍宝打开车门，“你微信转账我！”黄小尊得令屁颠屁颠打开副驾驶车门，甲壳虫朝着家的方向驶去。

当伍宝拿到五百块“陪吃费”跟着黄小尊回家，在黄爸黄妈面前、在一桌子的美味佳肴面前半真半假秀恩爱时，她哥伍家平已在银行信贷部张主任的办公室里，大气儿都不敢喘地俯首帖耳伫立了三个多小时，任凭大班椅里坐着的一位气质御姐对他各种拍桌子、瞪眼睛、飙难听话。张主任捧着一杯星巴克拿铁咖啡和一盒西点进屋，这是他差遣手下跑去三条街外买回来的。张主任赔着殷勤笑脸劝气质御姐孙岩喝点儿吃点儿，有气慢慢撒，他背过身去一边冲伍家平使眼色一边请示孙岩天色已晚，伍家平无论如何都应该请吃晚餐继续赔罪。

这件事的来龙去脉还得从三天前说起。

三天前，正在信贷部当值的伍家平接到在外地出差的张主任的指示电话，说当天会有一位叫孙岩的大客户去他们部门办理信贷手续。孙岩是一家餐饮连锁企业的老板，餐厅主营新派西餐，在北京有四家分店，外地有十几家分店。她原本与别家银行有信贷合作，是张主任费了不少力气才挖过来的。孙岩公司的信贷资格、账面审核、信贷记录和信用调查均一一通过并被评定为A级特优客户。张主任命令伍家平无论如何要接待好这位大客户，落实各项贷款条件以及贷款手续，贷款发放后的管理，以及督查贷款执行和按期回收的任务也一并由他负责。张主任一再强调，做成这笔业务，他们部门第一季度的业绩指标就提前完成了。伍家平把张主任的每一句嘱咐都记在心上，迅速处理完手头的活儿，静等这位传说中的A级特优客户闪亮登场。

没等多久，孙岩何止是闪亮，简直是亮瞎眼地如约登场。银行前台人员引领她走进VIP接待室。戴墨镜、穿黑衣黑皮鞋的保镖兼司机替她拎着爱马仕包包。卷发、戴粉红镜框、穿粉红衬衣、颇具伪娘气质的林助理谦恭地为她拉开伍家平对面正中的一张高背椅。她不怒自威、气场强大地款款坐下，抬起拇指在鼻翼下轻轻一抹，林助理会意地掏出一支进口保湿喷雾，对着她脸部周边的空气一通猛喷。伍家平趁机偷偷打量了一番孙岩，一头干练又不失妩媚的梨花短发，一套纯素色但立体裁剪出色的职业套装，把她衬托得胸是胸、腰是腰，脸上一副墨镜始终没有摘下来过。伍家平猜测，拥有这样姿色和气质的女人大多数都像电视剧里演的，是靠女色资本上位赚钱的吧。她一直没摘下来的墨镜仿佛在告诉每一个人，她不是昨晚“嗨皮”过度留下遮不住的黑眼圈，就是被暴脾气的土豪老公辣手摧花了。想到此，他嘴角掠过一抹轻蔑浅笑，却没逃过孙岩墨镜后那双鹰一样犀利的眼睛。

伍家平与孙岩的林助理开始办理信贷业务手续，孙岩全程冷眼旁观，只在林助理向她请示时言简意赅地吐出几个字。伍家平手机响，是老妈文秀英打来的。伍家平知道，老妈如果没什么要紧事是不会在他上班时间打电话来的。伍家平走出接待室接听，电话那头的文秀英着急求援，她下楼扔垃圾回来才发现家门钥匙没带，在这春寒料峭的天气里，她上身穿一件单薄的毛衣，下身着一条加绒针织裤，脚上一双软胶拖鞋，在空荡清冷的楼道里冻得着实够呛。此时已是下午四点钟，但文秀英实在熬不到孩子们下班回来，敲邻居家大门也都是空空无人，只得硬着头皮跑到物业那里给伍家平和余芳打电话。余芳的手机打了三遍没人接，伍家平成为她最后的希望。伍家平听着电话里老妈的声音明显带着哆哆嗦嗦的颤音，连声催促他赶紧回来。他知道口袋里没钱又不认路的她不论是去小区外饭馆儿还是来银行找他都是不现实的，再出点儿其他岔子就更添乱了。伍家平简短安抚过老妈，让她原地待着，他尽快赶回去。

回到接待室的伍家平办理业务的速度明显加快，几次催促孙岩的林助理赶紧确认并签字，按工作流程还需要另外的业务员复核签字，不停看表的伍家平省略了这一步骤继续往下进行。通常需要一个多小时才能全部完成的工作量，伍家平节省了一半时间搞定。孙岩坐进白色卡宴车，司机平稳舒缓给油起步慢加速，伍家平开着白色飞度车猴急超车差点儿剐蹭到卡宴的左大灯部位，不管不顾向着前方路口处还有八秒就要跳转为红灯的交通指示灯奔去……

三天后，孙岩带着林助理、司机以及法务顾问风风火火踏进银行信贷部张主任办公室，指名道姓要找伍家平算账。原来伍家平当天一心二用忙中出错，把人家借贷的两千万手误为两百万！贷款利率因为本金的差额也连带上浮好几个百分点！张主任没想到自己极为倚重和信任的伍家平竟会出这种小儿科的纰漏，火冒三丈地把伍家平叫进办公室狠狠训了一顿。张主任以为自己发飙整治了下属，孙岩就应该消消火气卖他个面子，让伍家平把前天的借贷账目给平了，重新做一份新的借贷计划，金额、还款时间和利率均按之前说好的，把人民内部问题消化在信贷部内部，这样也算拨乱反正。没想到孙岩还记恨着头次见伍家平时他那轻蔑的一笑，记恨着他对她不卑不亢敬而远之的傲然态度，死活不肯按张主任说的补救措施接招，死活要向总行投诉伍家平的这次失职行为。她存心等着看来日被惩处的伍家平还能不能再对她露出那轻蔑的笑容。伍家平深知处罚自己事小，可一旦背上记过处分就意味着信贷部上下所有人员的本季度奖金结结实实打了水漂，意味着信贷部今年与先进集体和头等年终奖无缘，他不能因此拖累全体同事，那他的罪过可就大了！

张主任和伍家平是心有灵犀一点通，他们一个唱红脸一个唱白脸，一个动之以情晓之以理，一个据理力争诡辩三分，直到把林助理说得柔肠百结找不着北，没了主意。孙岩可不是好糊弄的，一看自己的得力心腹都被这俩铁嘴钢牙给说得要扛着大旗去投诚，恨得牙根痒痒摘掉墨镜亲自上阵，一通拍桌子猛批，大有把这主任办公室给掀个底朝天的意思！伍家平只能收敛锋芒故作沉痛之态，以期让孙岩消消气，张主任端来咖啡和西点，指望着她能吃点儿喝点儿灭灭火。

孙岩不依不饶，亮出当日办业务手续的底联存根，拿出手机拨打了银行投诉热线，一点儿余地不留地罗列了伍家平几大罪状和罪证。张主任眼看大错铸成再无回旋余地，一甩袖子走人了。孙岩达成所愿就等着投诉接待员来验明物证了，此时的伍家平反倒无所顾忌没什么可怕可担心的了。他懒得搭理裤袋里那只响个没完没了的手机，破罐子破摔地步步上前紧逼孙岩咆哮：“这下你满意了？这下你痛快了？你到底经受过多少人间险恶才能有如此狭隘的报复之心？貌美如花、心如蛇蝎说的就是你这种女人吧？你这种奇葩女人不会有男人敢爱，更不会有家人敢围着你转。你就是再开一百家餐厅也注定做个冷血无情的孤家寡人！”孙岩抬手给了伍家平一巴掌，旁边的林助理看得像吞了个青柠檬腮帮子直抽抽，五官大挪移。孙岩冲伍家平怒斥：“你是什么东西？也配教训我？像你这种大排档货色我都懒得多看你一眼，好啊，你这是跟我杠上了？我最近生意做得太顺正闲得无聊呢，姑奶奶我好好消遣消遣你，让你知道什么是大路不平有人铲，什么是替天行道！”

伍家平的手机一直顽强地响着《欢乐颂》，他和孙岩虎视眈眈对峙着。终于，他喘着粗气接听手机，他刚才狂躁的狮吼奇迹般转化为温和的男中音：“妈，我单位还有点儿事，你们不用等我吃晚饭，我加班完就回家，先挂了。”挂了电话的伍家平不顾林助理的阻拦，把手机挥舞到孙岩面前，一副要吃人的表情：“我给你办错了业务，该罚。你刚刚打了我一巴掌，我却没地方投诉你去，这种不公平不过是我们这种大排档货色每天要应付的艰难生活内容之一。作为一个大排档角色，我们没有优先权，没有话语权，犯点儿错就该被十恶不赦地拉出去毙了，做好了不过是天生的奴才胚子！”孙岩也不示弱：“别一副叫苦连天的楚楚可怜样，你没能力自强、壮大，凭什么要求别人给你VIP待遇？做错了就得认，错了不丢人，错了还欲盖弥彰才丢人丢到姥姥家啦！刚刚给你打电话的是个女人吧？跟三天前办业务时给你打电话的是同一个女人吧？你们这种大排档货色就是这样没出息，没学会土豪赚每一笔钱都像赚条命的拼劲儿，倒是在外面包小三儿养女人的垮劲儿一看就会！”伍家平眼珠子都红了：“既然你提到这个电话，我就跟你掰扯清楚。是，这两个电话都是同一个女人打给我的。这个女人对我很重要，重要到我那天给你办业务都一心二用，巴不得你头疼脑热腿抽筋取消这笔业务，我才能赶紧赶到她身边，给她把家门打开，好让她不再薄衣单衫地在零下几度的楼道里冻得嘴唇发青浑身哆嗦！这个女人给了我生命，给了我前半生的美好时光，就在刚才还担心我是不是在回家路上出了什么状况！她几年前没了丈夫，如今在我家里连个像模像样的卧室都没有，她每天要看全家人的脸色过日子，她如果知道今天的事会跑到你家苦苦哀求的。这个女人，不知道什么是爱马仕，出家门几站地就会迷路，她不会教训人，不会替天行道，不会抬手就打哪怕一只流浪猫狗。可在我这种大排档货色的心中，她比心胸狭隘、龌龊的你美丽一百倍！善良一千倍！圣洁一万倍！”伍家平越说越激动，手舞足蹈一副要修理孙岩的架势，孙岩毫不逊色势均力敌。林助理一看傻眼了，不论于公于私，作为助理还是作为一个旁观者，他都必须拉架啊。他奋不顾身冲上去拉一个扯一个，不料被一旁的高背椅绊了个趔趄，拉架的力道翻转成推波助澜，稳准狠地把孙岩推进了伍家平的怀抱，俩人脸贴脸、嘴对嘴，四手交缠，作为旁观者和推波助澜者的林助理，知道这是误打误撞，刚进门的银行内部投诉接待员目睹此情此景一脸震惊，二位到底是要闹哪样？！

周五的下班时间，伍家平进地下车库刚走到自己车前，就被几个从黑暗角落里迅猛蹿出来的墨镜黑衣人给架上了一辆黑色保姆车；几乎与此同时，卷发、戴粉红镜框、穿粉红衬衣、颇具伪娘气质的林助理敲开了伍家平家的大门。只有文秀英一人在家，林助理自称他是伍家平的同事，因伍家平在银行跟一蛮不讲理客户发生口角和肢体冲突，急需文老太跟他去银行帮忙解围。文秀英一听急火攻心，跟着林助理就上了楼下停着的一辆白色轿车。

黑色保姆车和白色轿车驶向近郊一处有山有水有美酒佳肴的度假山庄，恭候他们多时的居然是孙岩！今天的孙岩只略略化了个淡妆，束条马尾，之前闪得人眼睛疼的钻石首饰一件没有，穿一件米色羊绒衫配一条牛仔裤，看见文秀英进包间门亲自上前搀扶，一口一个阿姨叫得格外亲切。伍家平使劲儿揉自己的眼睛，这是那个一瞪眼睛就能吃人、一跺脚就堪比四级地震的孙老板？她这是唱的哪一出？

在这顿堪比国宴标准的宴席上，孙岩拿出了撤销投诉的文件，把公司财务的开户行改迁至伍家平他们银行，并指定由伍家平负责他们公司今后与银行所有的业务往来。不仅如此，有几个关系铁瓷的生意伙伴公司的银行业务她也正在帮伍家平竭力争取拉过来，这摆明了就是给伍家平送业务绩效、送年终奖、送提升机会啊！伍家平惶恐至极，自己这是何德何能？孙岩借点酒意一番倾诉，她当年出国留学的学费全靠寡居的老妈兼职几份工作才得以供养，老妈一直骗她说学费是早逝老爸留下来的积蓄，要她一切不必操心只好好学习便是。等她学成归来，老妈已经是胃癌晚期，半年后过世。子欲养而亲不待的伤痛一直让孙岩耿耿于怀。事业型女强人的感情问题往往像烟花，华而不实稍纵即逝，一直靠自己凭本事打拼到今日田地的她，见伍家平以为她靠姿色靠男人发家就想出手惩治他一二，没想到二人不打不相识，反倒引出来文秀英这段隐情。当孙岩从伍家平嘴里听说了文老太的故事后极为触动，她觉得文老太才是伍家的定海神针，伍家的老宝贝。这次初见，孙岩觉得文秀英与自己老妈无论从外貌、性格乃至谈吐之间都有很多相似之处，她徒生要认文秀英为干妈的心愿，以解自己积郁多年对亡母的未了心结。文秀英生怕高攀人家自然几番推辞不受。比孙岩小四岁的伍家平倒是对眼泛泪光的孙岩多了几分惺惺相惜之意。这顿饭吃下来，步出度假山庄酒店的孙岩揽着文秀英肩头极尽撒娇、讨好之能事，拎着打包饭盒跟在她们身后的伍家平倒像个局外人。

伍家平和文秀英进得家门，乐乐第一个扑上去雀跃迎接，虽然小家伙已经吃过晚饭，但看到爸爸拎回来的一大盒精致点心和几种美味菜肴，还是馋猫般缠着奶奶一起去餐桌旁大快朵颐。

伍家平把今晚的事简单跟余芳做了个汇报，当然，孙岩的美貌、前倨后恭的态度以及对他工作上给予的诸多帮助，伍家平口头汇报时能省则省，能简要就简要。他并没做贼，却搞不清自己为何要没来由地心虚。他实在没啥可说的，就把孙岩要认文秀英当干妈的来龙去脉，还有她对老妈打从心底涌起的那种亲切感和亲昵劲儿跟余芳说得绘声绘色。满腹心事的余芳听得心情益发沉重，居然还泛起几圈酸溜溜的涟漪。她的婆婆，她老公的亲妈，凭什么要跟一个毫无生活交集的陌生女人这么投缘？这女人是不是有什么私心猫腻要从一个老太太下手？养老院的姥爷、单位里领导对她的虎视眈眈，乐乐的教育问题已经压得她喘不过气来，她从未像现在这样忽视过伍家平的喜怒哀乐，他该不会是在外面有点儿什么心猿意马了吧？

余芳来不及多想，趁着文秀英被乐乐缠得无暇分身，拉着伍家平进卧室，把自己揣了一晚上的心事和盘托出。又到交水电费的日子，余芳下班后赶到物业发现，婆婆早早将上个月的高额水费给缴存了，并且多预付了三百，用作下个月的水费垫支。一向勤俭节约的婆婆为何在水费上如此淡定，出手阔绰？她从物业那里得知，别家一家七八口人的一个月水费都不及她家半个月的多，这多出来的水费到底流淌到哪儿了？她觉得婆婆一定有什么事瞒着他们！余芳越想越觉得此事蹊跷，她有个大学同学的老公是心理医生，她把婆婆的日常表现和巨额水费的事替换成隔壁邻居大妈的故事，在电话里陈述给大学同学的老公，对方告知她这位“邻居大妈”的这些症候很符合老年孤独症的临床反应，建议她尽快告知“邻居大妈”的家人，带病人去医院做相应检查，千万不可掉以轻心。谢过对方挂掉电话的余芳，心头五味杂陈，她突然觉得她一点儿都不了解婆婆，她不仅亏欠姥爷也对不起婆婆。听完余芳的叙述，伍家平狠狠猛抽了自己两巴掌，余芳心疼地拦住他。他把老婆紧紧搂入怀中，絮絮叨叨说：“咱明天就带妈上医院。求求你，看在我的面子上，以后对妈好一点儿。我就剩这一个妈了，她要有个什么好歹，伍宝会掐死我，我爸会从骨灰盒里跳出来掐死我，我自己站到板凳上也会掐死我……”伍家平每说一句，余芳就用力点一下头，再用力一点儿抱紧他。这对中艰夫妻徒然觉得肩头的担子更重了，重得他们只能拼命抱紧对方，寻找依靠，互相取暖。

翌日，伍家平和余芳借口带文秀英做健康体检，连哄带骗地把她诓到了医院。一整套检查做下来，医生告知伍家平老人的确得了老年孤独症，好在只是初级阶段，除了按时服药、定期到医院复检之外，家人对老人的关心、帮助和开导能起到重要作用。伍家平恍然大悟老妈平日里那些不合群、少言寡语、自我封闭以及经常躲到卫生间里的诸般行为，不是性格古怪，而是病症表现。夫妻二人商量，由伍家平负责监督老妈服药，告诉老妈这些均是保健营养药即可，以免给她带来不必要的心理负担。按照医生指示，他们决定一个月至少陪着文秀英出家门游玩散心一次。乐乐一直是奶奶的开心果，负责逗奶奶开心，教奶奶唱歌、跳舞、做游戏。余芳对家里水费的去向大致明白了七八分，她没有当着婆婆的面点破，而是在小区附近给婆婆办了张按摩理疗卡，一来借助按摩师之手帮助婆婆健康得到改善、恢复精力，二来也让婆婆卸下心理防备，在外人面前有个倾诉闲聊的对象。余芳对婆婆喊出口的那声“妈”也不再只是一个称呼，她开始主动关心了解婆婆，婆媳关系第一次步入平稳缓和期。

一天，伍家平下班，到小区地库停好车出来，正碰上老妈在垃圾箱旁戴着塑胶手套翻拣废品。文秀英撞见儿子头一耷拉转身就走，伍家平疾步追上，破天荒地从老妈手里接过废品袋，挺直腰杆陪老妈继续捡废品，老太太心头涌过阵阵暖流，抬头一看，料峭枝头的迎春花已经悄悄含苞待放！

不仅仅是春回大地，余芳和伍家平这对中艰夫妻也迎来了属于他们的春暖花开：文秀英在与孙岩的一次约会中，无意间向孙岩倾诉了一直耿耿于怀的心结——许部长因她对伍家平有所误会，因此影响了儿子的前途。孙岩皱着眉头听完，打了几个电话，含笑安慰干妈这事包在她身上。

在孙岩的穿针引线下，在区级中老年广场舞大赛活动的后台，文秀英结识了许部长的老妈。许部长老妈一身花红柳绿地跳完舞蹈刚下场，就接到文秀英献上的一束鲜花表示祝贺，一并接到的还有文秀英向她解释清楚伍家平与许部长之间的误会，希望儿子从此能在工作中受到公正的待遇。两位老人都是为人母的身份，也都明白为人母的心情，两个老姐妹越说越投机。许家老太太不但拍着胸脯保证回家好好跟儿子掰扯清楚这件事，还主动问询文秀英的爱护流浪小动物组织接不接受她的加入申请。

还是在孙岩的一力安排下，林助理搀扶着文秀英走进银行营业厅，提出好几条方便中老年储户办理业务的“便老措施”，得到伍家平同事及部门领导的热情接待，此举打破了之前在银行内部流传的对伍家平诸多不公平不客观的闲言八卦。文老太从中找到了参与感，与几个邻居老姐妹一起张罗着给儿子的同事们做了一顿“妈妈饭”，由戴黑超、穿黑衣黑皮鞋的保镖兼司机开车送到了银行内部食堂，这顿小米粥、葱花油饼、黄焖鲫鱼、妈妈红烧肉的爱心工作餐吃得大家频频点头，吃得伍家平眼泛泪花。文秀英趁机向大家宣传爱护、救助流浪小动物的意义和公益活动。再踏进银行大门的伍家平能够明显感受到同事们的笑脸和善意，他的工作能力和出色业绩得到了领导的极大肯定，一切渐渐朝着向好的方向前进着。

一直阴阳怪气的梁家在这个春天里好不容易也能有朗朗笑声传来，梁蔻蔻的工作问题终于得到解决，目前在一家三级甲等医院做实习护士。在潘爱莲的多方积极游说下，有个麻友给梁蔻蔻介绍了一个开宾利、戴劳力士、出入五星级酒店的“高富帅”相亲对象唐璜，梁蔻蔻已经与他见过两次面，进展非常顺利。潘爱莲做梦都被人民币砸醒，笑声听起来都是钱串子在当当作响！

在这个貌似全地球人民都迎来春暖花开的美好季节，似乎只有伍宝还停留在漫长的冬季里，不仅她的婚姻是寒冬，她整个人从眉毛到眼睛也是一副寒意凛然，从头到脚更是裹得厚厚的，像只总是遇到倒霉事的小鼹鼠。

这天下班时分，伍宝接到了一个自称姓马的男中介电话，马中介是从某房源网站上看到伍宝发布的租房需求信息，他手里一客户有套完全符合伍宝要求的小公寓，因其正在办移民手续急需转租或出售，如果伍宝有意向现在就可以去实地看房谈合同条件。伍宝一听眼睛都亮了，她为了选套合适的小公寓两条腿快要跑断了，这自动找上门的好房子当然不能错过！

马中介发来房源地址，伍宝一看离她的小提琴教室也就三站路，紧邻地铁口，附近有购物中心、影院和医院，小公寓一室一厅一卫，16楼A座，既能俯瞰夜景还能远离马路噪音和灯光污染，根本就是为她量身打造的新家啊！伍宝的甲壳虫车今天限号，她拦了辆出租车立刻赶过去，在小区门口的树荫下与马中介接上了头。

马中介跟伍宝说的话大致跟其他房产中介差不多，也是把自己手里的房源夸得天花乱坠。伍宝虽不全信其说辞，但也听得心花怒放。伍宝要求直接上楼看房子，马中介说户主比她早到一步，人车皆在地库里等着，希望三方先见面谈谈大致条件，如果条件出入不大再上楼看房。伍宝一听这要求也不算过分，就跟着马中介进了地库。小区地库分为1、2、3号区间，每个区间之间有一条甬道相连，马中介带着她进了最为偏僻的3号车库，穿越甬道拐进一条狭窄、昏暗的幽深过道。马中介无声无息的运动鞋脚步与她尖锐的高跟鞋声音形成鲜明对比。马中介越走越快，伍宝越跟越慢。她突然觉得有点儿不对头，这样的环境、氛围和场景，不是出现在惊悚电影里就是出现在悬疑大片里，不怕一万就怕万一，伍宝突然浑身一哆嗦。暗暗从背包里掏出两样小物件攥在手心里，接着翕动拇指点触自己手机里的来电音乐，然后按暂停键，佯装接听："喂，老公，你到小区门口了啊。什么？还带了三个好哥们儿一起来看房？好的好的，我在2号地库的甬道里，你们赶紧过来吧，别让马中介等着急了。"马中介突然转身，他那张鞋拔子脸在昏暗光线下瞬间幻化成鬼脸蝴蝶，他狰狞一笑："演！你接着演！这里根本没有手机信号，我试过N次了，能把电话打给你的不是你老公，应该是好色鬼！"

马中介说着就朝伍宝扑了上来。伍宝还真是条汉子，明明吓得要死，嘴上还能不依不饶："你是抢劫犯还是杀人犯啊？识趣点儿赶紧滚蛋！我被警校开除过，空手道九段，打断过我老公三根肋骨，你再敢往前一步，我让你生不如死！"马中介双手掐上了伍宝的脖子，伍宝抬手朝马中介面前一晃，马中介捂着眼睛惨叫起来，接着整个过道响起刺耳的警笛声。原来伍宝手里的两件宝贝一个是防狼喷雾一个是迷你警报器，她接商演无数，见识过各种江湖场面，终日随身携带的这两件宝贝今天终于派上了用场！

伍宝趁机朝着马中介裤裆狠狠踹上一下"断子绝孙脚"，马中介捂裆鬼哭狼嚎。伍宝转身朝来路撤退，没跑两步就被一高大黑影拦住去路，马中介命令黑影："大个儿，小心，这娘儿们有辣椒水！抓住她！人和钱包归你，我就要她身上的零件，拆下来一件一件卖！”黑大个儿听令扑上来，伍宝虚晃一下朝他喷出防狼喷雾。已经有了防备的黑大个儿轻松躲过伍宝的偷袭，一个小擒拿就将伍宝的脖颈死死扣住。马中介肿着眼睛、趔趄着追过来，给了伍宝两巴掌，扯过她的香奈儿包包。黑大个儿掏出匕首迫不及待剥洋葱般剥扯伍宝的衣服。伍宝拼命挣扎只换来两个歹徒得意的狞笑……

突然，一团白色粉雾喷向伍宝和两个歹徒，从白色粉雾中穿越过来一个毫不魁梧但奋勇向前的苗条身躯。他举起灭火器砸向黑大个儿，回身腾空跃起踹向马中介，可惜他身手太不矫健，这一脚踹空，整个人重重跌在地上。

伍宝惊喜大叫：“怎么是你？你怎么来了？”赶来英雄救美的不是别人，正是黄小尊！他掐指一算上课的伍宝今天限号开不了车，巴巴赶来接她下班。等他赶到青少年宫大门口时，远远看到伍宝上了出租车，他出于好奇一路跟随，眼见着伍宝在此下车跟一陌生男人谈得热火朝天。黄小尊打翻了心里的醋坛子，误以为伍宝来会情夫的他咬牙切齿盯梢意欲捉奸，不料他这把妒火在危急时刻还派上了用场，从歹徒魔爪下解救出伍宝。

歹徒既然被称之为歹徒，当然身经百战不是好对付的。马中介和黑大个儿迅速从防狼喷雾、断子绝孙脚和灭火器的袭击中缓过劲儿来，一个围追一个堵截，伍宝与黄小尊背靠背、心贴心做起一对“史密斯夫妇”：黄小尊替伍宝接下黑大个儿踹过来的一记窝心脚，伍宝替黄小尊挡下马中介的铁砂掌，黄小尊抱紧黑大个儿的大粗腿的同时，还用身躯抵挡马中介的疯狂进攻，他命令伍宝赶紧趁机逃出去，请求外援。伍宝听了黄小尊的话拔腿就跑，她眼角余光看到黑大个儿举起匕首刺向黄小尊胸膛，她的心脏一疼，什么都来不及想就扑上去，用她全身上下最犀利的武器——牙齿，死命咬住黑大个儿举起匕首的那条臂膀，任凭黑大个儿用另一只手抓住她的头发死命往墙上撞，仍是“咬定青山不放松”。鲜血从伍宝额头流下来，染红了黄小尊的双眼，他捡起灭火器朝黑大个儿砸去，任身后的马中介给了他一刀，又一刀，他连头都没回一下！终于，刺耳的警笛声引来了保安，引来了见义勇为的群众……

伍宝和黄小尊被送入医院，伍家平和余芳后脚赶到。伍宝做了额头包扎、全身检查以及CT扫描，幸无大碍，不必住院观察和治疗。警察叔叔赶来做笔录时告知伍宝，那两个靠设局暴力抢劫妇女财物的惯犯已被抓捕归案，接下来移交司法机关审理该案，会有公正严明的审判结果等着他们。

伍宝配合警察叔叔做完笔录的第一件事不是跟着余芳出院回家，而是满医院找黄小尊。余芳沉痛地告诉她，黄小尊因那两刀都扎中要害部位，失血过多正在手术室抢救。伍宝魂飞魄散直奔手术室，手术室外红灯亮起，值班护士把伍宝拦在门外。伍宝一边痛哭一边咒骂自己，余芳告知她黄小尊进手术室前一直念念不忘一个心愿，就是要与她复婚，如果黄小尊能活着从手术室出来，伍宝能满足黄小尊这个心愿吗？伍宝哭着拼命点头：“答应，我统统答应，只要他能活下来，我以后就是把结婚证书吃肚子里也绝不提离婚二字！”

伍家平推着轮椅上的黄小尊从手术室旁的拐角后面走出来。黄小尊挨的那两刀一刀扎在大腿上，一刀扎在屁股上，虽无性命之忧但仍需住院治疗。黄爸黄妈失魂落魄匆匆赶到，黄小尊告诉二老，他和伍宝是在去见他客户的路上遇到劫匪拦路抢劫的。伍宝为了救他被劫匪撞成了三级脑震荡，额头缝了五针，差点儿被毁容，全身多处擦伤、挫伤。黄爸黄妈不疑有他，径直把他们对伍宝的待遇从儿媳妇升格为儿子救命恩人的VIP级别。伍宝也想不出还有其他更好的方法对公婆交代此事，只得跟着黄小尊撒谎过关。

黄小尊出院那天，伍宝跟他一起做贼般溜去民政局，臊眉耷眼地办了复婚手续。回家路上，马路两旁绿化带里，玉兰花还没谢尽，杜鹃花依旧如火如荼，桃花绽放在枝头，杏花含苞笑春风，还有许多叫不上名的花儿朵儿努力积极地在枝头争艳闹春，伍宝和黄小尊看到，属于他们的春天虽然姗姗来迟，但还是来了。

第 10 章

学奴危机

走得最快的总是最轻松的时光。春去夏至秋，人们才从桑拿天里的蒸煮烤焖模式中胜利大逃亡，又一头扎进秋老虎的怀抱，秋雨让秋老虎的余威退去，便可尽情享受这一年当中最为舒适、惬意的金秋时光了。

中秋节过罢，余芳就陷入深深的焦虑之中。在读幼儿园大班的乐乐即将面临幼儿园升小学的择校难题，这是这个小小少年面临的人生第一个重大课题。可孩子尚小，压根儿闹不明白重点小学与非重点小学有什么差别，片内生与片外生与片皮鸭之间有什么不同。他关心的是当他津津有味看《少儿百科全书》时不会被妈妈打断，喝令他去背英语单词；他在意的是妈妈是否允许他再看上两集《火影忍者》；他惦记的是晚饭餐桌上奶奶有没有给他做糖醋排骨、油焖大虾，所以，幼升小的课题还是交给妈妈去操心比较合适。

余芳跟伍家平不止一次讨论过这个问题。乐乐幼儿园的班主任不止一次提醒过余芳，乐乐这孩子的基础知识面广、逻辑思维缜密，是个当学霸的好材料，作为家长一定要为孩子选择一所启发式教学的小学，师资硬件一流，不死读书、不填鸭式教学、不扼杀孩子的求知欲和主动思考兴趣，选择这样的学校对乐乐的学习成长是助益良多的。余芳赶紧请教班主任给推荐几所符合这样条件的小学，班主任爱才心切，给余芳列了一份重点公立和私立小学的名单，把每所小学的教学特点、模式以及教学成绩也简单罗列了出来。余芳捧着这张名单从头到尾看了一遍又一遍，越看越火大，越看越牙疼，因为名单上的几所公立重点小学的学区均没有划到余芳家这里，也就是说作为片外生的乐乐若想进入重点小学，只能参加一次私立学校自主招生的考试。即便这关顺利通过，接下来还有一笔六年一次性支付的学费和其他名目的各种费用在向余芳招手，费用在几万至几十万不等。于是乎，余芳每天除了忙工作、探视姥爷、照顾婆婆的病情、关心老公的喜怒哀乐之余，还要像挤牙膏皮一样挤出时间督促儿子抓紧时间学习，像盲人摸象一样，上网找论坛、翻帖子，问遍身边一切能跟择校这事沾边的同事、朋友、老同学，乃至连同事、朋友、老同学的人脉关系都要地毯式搜索摸排一遍。

令余芳没想到的是，第一个跳出来反对她这么干的不是别人，居然是她亲爱的老公、乐乐慈爱的父亲伍家平！伍家平一开始对余芳关于乐乐幼升小问题的碎碎念权且当作耳旁风，眼瞅着老婆愈演愈烈，势头越来越激昂，不但把乐乐的动画片给停了，画报、闲书给锁了起来，还让没完成她布置的学习任务的乐乐去消防通道里罚站！不仅如此，余芳对外的交际应酬陡然暴增，有去年把孩子成功送入重点小学大门的小区邻居们，有重点小学的老师，还有自称有重点小学人脉关系的朋友以及朋友的朋友们。余芳被这些人煽惑得都快魔怔了，时而摩拳擦掌，时而暴躁焦虑，时而患得患失。伍家平只得跟老婆大人三令五申，重点小学不是成功神器，百度搜索一下现如今活跃在各行各界的成功人士有几个是出自这些重点小学的？成功需要的是宽松的成长环境、持之以恒的学习过程和轻松乐观的心态，外加一点儿时机和运气。伍家平拿他自己举例，他从小到大没上过任何培优课外辅导班，没读过任何重点学校，没出国深造过，还不是靠着自己的努力和好心态一路顺风顺水在北京谋生谋爱、娶妻生子，过得比上不足比下有余且心满意足。余芳一听伍家平这话就怄得冒火，男人三十多岁正是野心勃勃成龙成凤的黄金时代，偏偏他一开口就是一副离退休老干部的腔调，明显是受到了姥爷的影响。乐乐可千万不能被这爷儿俩给带跑偏了，一个幼升小的竞争就如此激烈，将来的高考、出国留学乃至职场的竞争惨烈程度就可想而知了。她不知道乐乐的将来是成龙还是成虫，但她知道现在自己能为儿子做的一切努力和供给，一样都不能少！余芳与伍家平多番沟通、争执均未达成统一战线，姥爷跟伍家平是一个战壕里的盟军，婆婆根本搞不懂这些，在前无战友后无援兵的情况下，余芳只能选择孤军奋战。

乐乐进入幼儿园大班第二学期时，余芳经过“海选”“复选”“决赛”等一系列严肃、认真的横向考量与主观测评，最终选中了一所综合“性价比”最优的目标小学，乐乐只要能如愿考入这所小学，顺利进入被外界一致公认最具潜力价值的小五班，那他将来进附中、考北大、去哈佛可以说就是按部就班，都不是事儿了！

在余芳这位“严师”的督导下，乐乐每天要做海量的习题，背海量的生字、单词，为即将到来的入学考试做足一百二十分的准备。他渐渐有了驼背、假性近视的毛病，全家每个人都要随时随地监督他的坐姿和看书姿势。文秀英心疼孙子小小年纪就遭此磨砺，常常趁余芳不在家时偷偷让乐乐出去玩一会儿，用她的话说“犯人还有个放风时间呢”。伍家平虽不满余芳的做法和想法，但也无可奈何，只得教导儿子要理解妈妈的一片望子成龙之心。乐乐倒是非常懂事地表示理解，只是当伍家平听到从他小小胸腔里发出来的非常成人化、压力感的叹息声，难免心下恻恻。功夫不负有心人，乐乐在入学考试中超水平发挥，考试成绩优异，余芳捧着成绩单感觉到特别欣慰、骄傲，认为这是老天爷送给她的一份大礼包！

没过几天，第二份“大礼包”就送到了余芳手里。由于今年升入小学的孩子比往年多，招生名额格外紧张，好多和余芳一样望子成龙的家长由于住房、户口不在重点公立校学区，而纷纷带着孩子拥入重点私立学校，使得本来就价格不菲的私立校学费更加水涨船高，基建费、教育基金等各种收费项目算下来，六年要一次性支付二十万元的学杂费！这个炸药包把余芳炸得差点背过气去！一个跟她情况差不多的家长点醒了她，重点小学十年前跟十年后相比没增加几个，但孩子的人数暴增了何止十倍！为了争抢稀缺的教育资源，为了不让自家孩子输在起跑线上，家长能拼的只有加价加价再加价了，你舍不得掏这个钱，立刻就有人愿意加价、翻倍去抢占这个名额，等你反应过来回头找补，后悔药都被抢光了！余芳不能等，孩子的前途和未来更是不能等。

余芳抱着这个价值二十万的“炸药包”回家就冲伍家平“炸”开了。她其实也不想“炸”，如果说乐乐考试成绩太差压根儿没过分数线的话，她也就认命了死心了。可乐乐考试成绩优异，接待老师对乐乐的肯定和喜爱，以及乐乐幼儿园班主任的话言犹在耳，这些砝码合力加重了余芳必须攻坚择校费、凑够二十万的必胜之心。她知道，姥爷这么多年以来把所有工资和积蓄都花在了她、乐乐、梁山和梁蔻蔻身上，她买房和舅舅买房姥爷均赞助了一部分钱，姥爷就像一块被他们轮番榨干的菜籽饼，再无半点儿积蓄。一想起这些，她就觉得自己和舅舅其实是一路人，都是问心有愧的啃老族，所以择校费这事她叮嘱伍家平不许跟姥爷提起半个字，免得姥爷帮不上忙愈发干着急。婆婆文秀英呢，不必张口也知道她拿不出钱来，她是没有工作无收入来源的家庭妇女，小城单职工家庭的收入本来就没多少，如今月月指望着靠亡故公公的工资卡过生活。他们当年买房和伍宝买房公婆尽己所能多多少少地支援过，她再向婆婆张嘴岂不是故意为难她？余芳是不敢指望舅舅梁山能慷慨解囊的，一来他不当家，他连他们家的钱袋子的边儿都没沾过；二来舅舅近来生意不顺，在外面欠了一屁股的鸡零狗碎债，自顾不暇。再说她和伍家平划拉出来的能张得开嘴、伸得出手相借的朋友们，统共就那么几个人，他们哪个不是拖家带口、上有老下有小、屁股后还挂着房贷车贷的中艰族？借个万八千儿的没问题，借个几万、十几万的确实是难度系数10.0！

余芳把全部家底都凑出来也就五万来块现金，房贷是压在他们头顶的最大一座山。俗话说生个孩子穷三年，眼瞅着乐乐刚刚跟贵得离谱的进口奶粉、营养品、尿片、玩具挥手告别，又迎来了四处伸手要钱的特长辅导班。姥爷和婆婆的看病吃药也是一笔不小的开支。乐乐长个子、补充脑力一定要吃好喝好，家中顶梁柱伍家平为了奔前程的人际应酬花销必不可少，她也需要几件体面衣服和包包来偶尔满足一下女人的爱美之心。这样算下来，虽说她和伍家平的月收入过万，但仍是捉襟见肘勉强度日。这五万块也是她从牙缝儿里、手指头缝儿里、地缝儿里一分钱一分钱抠搜出来的。

让余芳没想到的是，伍宝和黄小尊从文秀英口中得知了此事后，片刻工夫没耽误地赶来，给余芳送来了两万块钱。余芳捧着这钱感慨道："关键时刻还得靠自家人啊！"伍宝反倒脸红起来："乐乐就我这么一个姑姑，我就乐乐这么一个侄子，论理我应该多拿出来点儿才是。你们也知道，我为了跟小尊赌气，跑去贷款买了辆'甲壳虫'，把手里的积蓄折腾光了不说，还得月月养车、还贷，这手头一下子就紧张起来。平日里我花钱大手大脚惯了，小尊的爸妈又变着花样地'啃'我们，我们俩东拼西凑了这两万块，你们千万别嫌少，不够的咱们一起再想想办法。"

两万加上五万，再加上其他几个朋友的慷慨解囊，也就十万出头，距离二十万这个数字还差一半呢，而且时间不等人，缴款期限一周，过时不候。急成了热锅上蚂蚁的余芳，左腮牙床肿了，嘴角起了一圈燎泡，一双眼睛布满红血丝，看谁都像人民币。伍家平看着心中不落忍，忍不住劝慰老婆："你就是着急上火把自己给烤熟了，差的这十万块钱也不会从天上掉到咱家来。当初我就劝你别太钻牛角尖，你非不听。见过当房奴、孩奴、卡奴的，咱这是上赶着当学奴！咱们已经尽力了，顺其自然吧，强扭的瓜不甜！”余芳眼睛一瞪，复又赶紧一吸溜嘴，捂着因表情剧烈而牵扯到的嘴角溃疡伤口，反唇相讥：“你这是安慰我呢还是打击我呢还是数落我呢？我问你，什么叫学奴？为了孩子上个重点学校一出手花几百万买个十平方米学区房的主儿那才叫学奴，学奴是你想当就能当的？咱还真没这资格！什么叫顺其自然？顺其自然不是不作为者两手一摊拿来敷衍了事、得过且过的挡箭牌，而是竭尽所能之后的不强求。我问你，你尽全力了吗？你什么招都试过了吗？”伍家平两手一摊：“我该借的都借了，能拿出来的都拿出来了，这要不叫尽力的话，你说什么叫尽力？”余芳一撇嘴，又疼得倒吸一口凉气：“我告诉你什么叫尽力，你问张主任开口借钱了吗？还有你妈那个大款干女儿，你张开嘴伸出手了吗？放着这两个现成的财神爷你不去拜拜，天天对着一群扫地僧烧香，能化到缘吗？！”伍家平眉毛拧到了一起：“乐乐又不是没学可上，是你非要舍近求远，扔掉自己手里攥着的，死乞白赖非要去讨人家手心里攥着的东西！天塌了？地陷了？你干吗非要逼得我在单位抬不起头？在外人面前尊严扫地？咱家日子本来过得就够不容易的了，偏偏你还瞎折腾，这日子能有个好吗？！”伍家平这话犹如把一面涨满的风帆撕裂一个大口子，全太平洋的台风都刮到这里来了。余芳忘了这个家里隔壁房间还有儿子和婆婆，不管不顾与伍家平开撕，从她当初的下嫁，到供房的艰辛、生儿子养儿子的种种不易，再到自己这么多年为了这个家受到的种种委屈、牺牲，接着声讨伍家平的消极处世态度，不作为的历史记录以及窝囊废的性格。伍家平也不示弱，责问余芳现在怎么变得越来越泼妇，越来越强词夺理，越来越可怕，因为余芳的咄咄逼人他现在害怕回家，她就像个炸弹，随时随地都有可能爆炸，不但把他炸得体无完肤，把这个家也炸得没一寸安宁。

与他们一墙之隔的小卧室里，乐乐被父母震天吼的吵闹声吓得拱进奶奶怀里，文秀英像老母鸡般守护着孙子，用双手替他捂紧耳朵，她的一双耳朵却清晰听到隔壁卧室传来阵阵嘶吼："这日子没法儿过了！""过不下去就离婚！""离婚就离婚！""谁不离谁孙子！"为这嘶吼伴奏的是尖锐刺耳的摔东西声、哭泣声，沉闷的推搡拉扯、纷乱脚步声。

第二天早上，伍家平醒来，看到床头静静摊着一份离婚协议书。薄薄的两页纸，瞬间犹如两片犀利刀锋，将他削了个粉碎。伍家平捧着这份离婚协议书，呆坐了一个上午，其间他没听到手机一遍遍响，没听到老妈担心的敲门声，没想起来还有班等着他去上，没感觉到烧红了屁股的烟蒂烫不烫手指。

第三天晚上，余芳跟乐乐挤到一张小床上。

第四天傍晚，天早早就黑透了，晚高峰时间下起了冰雹，倾盆而降，砸到地上的冰雹足足有红枣那么大。伍家平进家门时余芳已经招呼乐乐和婆婆开始吃晚饭，她是有意错开与伍家平面对面的针尖对麦芒机会。他的衣服全湿透了，可余芳明明记得他车上是有备用雨伞的。余芳忍着什么也没问，文秀英是想问不敢问，乐乐是看到糖醋排骨就没什么想问的了，因为排骨已经把他的小嘴巴给堵上了。湿漉漉的伍家平把一个湿漉漉的手提袋撂到余芳怀里，什么也没说。余芳打开手提袋，是一摞摞的红色的百元大钞，一共十摞，十万块钱。余芳问：“这钱哪儿借的？”伍家平嘲讽地一撇嘴角：“偷的，抢的。”他说完看都没看余芳一眼，进屋换衣服洗脸去了。晚饭桌上的气氛一点儿不比窗外的天气缓和，余芳一张冰块脸，伍家平一张要吃人的脸，俩人谁也不再开口说句话，文秀英小心翼翼嚼着嘴里的饭，如同嚼着沙子。

自此，乐乐顺利进入了这所私立的重点小学就读一年级。余芳绝口不再提那张离婚协议书的事，而是一如从前尽心尽力做一个贤妻良母。伍家平也没有再提及离婚协议书的事，但是他却跟以往有所不同了，他在其他家人面前还是从前那个标配暖男，但在余芳面前倒是变得一天天强势起来：他会挑剔余芳做的饭菜咸了淡了；他对余芳有意的撒娇讨好修复关系视而不见，带着一身酒味回家的次数越来越多；他甚至开始挑剔与余芳不得不做的那件家务活乏味无趣，嫌弃床上的余芳像条硬邦邦的咸鱼，当他带着酒意攻陷余芳的身体时，温情蜜意不再，而是疯狂的讨要和发泄。这时候的卧室通常是幽暗的，伍家平身下的余芳是紧闭双眼竭力配合的，他扭曲变形的脸上写满一个男人的屈辱和敢怒不敢言，还有连他都不自知的恨意。

乐乐没有辜负父母的厚望，在学校认真听讲，回家头一件事就是写作业；入学一个月后他是第一批光荣加入少先队的；两个月他以绝对高票当选为班长；第一学期的期终考试，他取得了年级排名第三的优异成绩。捧着这张优异成绩单的余芳，比捧着任何灵丹妙药都灵，胸口不闷不堵了，两肋不酸疼不岔气了，同事的工作她都想抢过来做，跟婆婆聊天聊得心花怒放，总而言之一句话，人逢喜事精神爽！紧接着，家里又接二连三添了几件喜庆事，含金量最高的喜庆事是伍家平因为今年业绩出色成为银行信贷部年终奖冠军得主，拿到沉甸甸、厚墩墩的一笔年终大奖。不仅如此，张主任还跟伍家平透露了小道消息，过完农历新年银行内部就有一次中层人员调整，凭他的业绩，这次十有八九能走马上任信贷部副主任一职，行长、副行长已经找张主任谈过话了，他们一致认为伍家平稳重、能干、不骄不躁，是块有培养前途的好材料。伍家平听到这个消息，犹如打了一针强心针，恨不得马上出门跑个马拉松才过瘾！不仅伍家平拿了年终大奖、升值在望，姥爷的健康状况也有所好转，主动提出过了腊月初八就回家准备过大年，这下可把余芳给高兴坏了。

伍家平拿到五万块钱年终奖回家当晚跟余芳商量，要把这笔钱还给他借了十万块的债主，先还上一半是一半。余芳不同意，她觉得这才五万块钱，反正凑不够十万块一次性还清，不如再拖一拖，能眼睛不眨一次性借出十万块的债主肯定是不差钱的主儿。年关将至，之前借给他们择校费的朋友们打过好几次电话或委婉或直接地来催要过借款，她统一回复人家等伍家平的年终奖发下来，一定年前登门还钱致谢。这几个朋友跟他们是多年的老交情，余芳理解他们，若不是家家情况都跟他们差不多，都是上有老下有小的中艰夫妻，谁也不会为了这几个钱一次次张嘴催要。还完这几个朋友的三万块钱，余芳打算着给乐乐配置一台学习电脑，给伍家平换换他那部用了好几年的老掉牙的手机，给婆婆添一张乳胶床垫会睡得舒服一些，姥爷今年在家过年的时间足足有一个多月，采购年货的数量和花样上都要丰盛一些，还要预备出过年给孩子们发的压岁钱、串门的礼品钱，这样一算，这五万块钱估计还不够应付呢！余芳跟伍家平保证，过完年他们一起咬咬牙，争取明年上半年，至多到明年年底，一定把伍家平借的那十万块钱给还上。伍家平皱着眉头听完老婆算的这笔人情账和过年流水账，听完老婆的保证，独自咬咬牙，把想说的话咽回去，另外吐出一句："听你的，不早了，洗洗睡吧。"

有了伍家平这句话垫底，余芳就开始张罗着腊月初八这天要办个小派对。地点她选好了，是她一同事的弟弟开的一家儿童主题餐厅。她让同事跟弟弟打过招呼，预定好一个超级大包间，定制花样繁多的自助餐菜品、各色蛋糕、饮料，一来为取得优异成绩的儿子鼓劲加油，二来庆祝姥爷回家过年，三来答谢曾经给予过他们帮助、资金支援的朋友们。因为是N个家庭的聚会，孩子们多，姥爷也喜欢儿童餐，所以选在这样的地方，孩子们有的吃有的玩，大人们有的吃有的聊，算是一举多得。

腊八这天说到就到，天气虽然依旧冷彻骨，倒是很赏脸地给了一个大大的艳阳高照，让冬日里习惯吸雾霾的北京人能溜达出家门的都宅不住了。伍家平一大早去养老院接回姥爷和他的行李，到家没多久接了个单位电话就出门了。他跟余芳约好了中午在餐厅碰头。余芳从早上忙活到中午，给姥爷收拾行李、整理床铺，帮婆婆做早饭，吃完早饭婆婆收拾碗筷她收拾儿子乐乐，给乐乐从头到脚换了一身新衣服，又挤了点儿她的啫喱膏给乐乐的头发造了个型。接着她把自己梳洗打扮一番，就催促婆婆和姥爷也要各自换上一身精神抖擞喜气洋洋的衣服。她眼瞧着婆婆从头到脚太素净，回屋拿出自己的一支口红强行往婆婆嘴唇上抹了一圈，就这她还嫌不够，还要给婆婆扑层粉底，婆婆吓得赶紧拉着乐乐下楼了。

余芳带着两老一小出门打车，路上有两个地方略微小堵，十一点多赶到了儿童主题餐厅。朋友们陆陆续续在十二点前后赶到。菜已上齐，小朋友们在室内游乐场玩得不亦乐乎，大人们就着落地窗前的灿烂阳光聊得其乐融融。余芳给伍家平拨了好几个电话，一直没人接听。余芳看看腕表，总不能就这么继续干等着让大家伙儿集体饿肚子啊，她拿起一支麦克风，清清嗓子，向大家宣布派对开始。她致感谢词致到一半，口袋里手机响了，是银行张主任来电："你们家伍家平出事了，快想想办法吧！再晚就来不及啦！"余芳只觉得一股强大电磁流瞬间炸了麦克风，炸了她的耳朵，炸得她四分五裂。

情况紧急，时间有限，张主任只能在电话里长话短说。他是好心给伍家平家属通风报信来的。伍家平利用职务之便，窃取某储户的个人信息资料私自进行复制，利用储户个人资料和信用值向银行进行低息借款，也就是说伍家平利用自身职务之便，左手借，右手贷，一进一出把借贷款项据为己用。借款额度为十万元，借款期限为一年。年底银行系统进行内部查账，查处了一批"坏账""呆账""死账""疑账""虚账"等，伍家平做的这笔"李鬼账"属于其中一种，银行有关部门已经向公安局报案。半个小时前，伍家平被警察带走！张主任与伍家平共事多年，凭他对伍家平为人处世的了解，他怎么也不敢相信伍家平是个以职谋私的贪污犯，他觉得这其中一定有什么蹊跷。爱才且心善的张主任急切希望余芳赶紧想办法解决这件事，不然伍家平的下半辈子就彻底毁掉啦！

余芳没想到伍家平当初拿回家的十万块钱是这么个以身犯险的来路，没想到这半年以来老公心头压着如此巨大的一块磐石，更没想到她的任性和自以为是把他给送进了警察局！懊悔、害怕、焦灼、担忧像几千条虫子啃噬着她的皮骨血肉，除了哭泣以外，浑身战栗的她说不出一个字。

张主任的来电透过余芳手头的麦克风，传到了在场每一个人的耳朵里，余芳的失态和悲痛更加证明了这件事的真实性。大家手足无措面面相觑之际，文秀英艰难地举步向前，走到余芳面前，悲愤交加开口："芳芳啊，咱们婆媳相处这么久，我从来不敢在你面前说句重话，给你个脸色看，不是因为我怕你，而是我怕你拿我儿子、孙子来撒气！今天当着大家伙儿的面，我必须为我儿子说上几句公道话。我儿子是什么人大家伙儿都知道吧？在别人家怕老婆至多叫'气管炎'，在我们家伍家平怕老婆那都成了'肺结核''肺癌'，怕出病根来了。他有今天这个下场的罪魁祸首就是你！"梁天佑想上前劝解几句，到底没挪动步子，今天这事非同小可，他生怕自己一开口就是火上浇油。其他人就更不好劝了，人家的家事，婆媳之间，从何劝起？

余芳拼命摇头，结结巴巴辩解："妈，你听我说，不是……不是我，我真的不知道……不知道家平会这么干，我没有逼他，我……"文秀英颤声继续斥责她："你天天拿乐乐的前途逼他，拿二十万择校费逼他，他借不来钱你就跟他吵跟他打，跟他闹离婚，离婚协议书你都交给他了，换作今天在场你们任何一个人，遇到这样的媳妇这样的事，你们该怎么办？你们能怎么办？”文秀英流下泪水，接着说道：“那一天，我儿子在卧室里握着那张离婚协议书跟个木头人似的一动不动的，电话来了他不接，我叫他他不应，我跟他说：‘儿啊，妈知道你委屈，心里难受，家里这会儿没人，你要想哭就哭出来吧，哭出来心里会好受一点儿。’家平他一点儿反应没有。等我中午端着饭进他屋时，他把自己蒙在被子里头，把脸埋进枕头咬着毛巾哭湿了大半个枕头。我陪着他一起哭，他哑着嗓子问我：‘妈，当个好男人好老公怎么就这么难？我要是永远不会长大该有多好啊！’”文秀英哽咽着说不下去了，现场的人多半红了眼圈、湿了眼眶。

余芳急了，冲到打开一扇窗户的落地窗前，抬起一脚跨到窗栏外，指着窗外四楼下的空地信誓旦旦：“妈，我向您保证，我绝对没有要跟家平离婚的意思。那张协议书是我吓唬他的，我也是实在没办法了。您是家平的妈，我是乐乐的妈，天下当妈的心都长得一样一样的啊！家平如果救不出来，我也不活啦！”梁天佑快步上前，怒视余芳，嘴唇哆嗦了半天。余芳望向姥爷的泪光眼神里，充满了渴望他理解、庇佑和信任的内容。姥爷突然抬手狠狠给了余芳一记耳光，这一耳光的力道之大，当即把余芳打倒在地，嘴角流血。在场众人目瞪口呆，尴尬、震惊至极，走也不是留也不是，劝也不是不劝也不是。

一墙之隔的室内游乐场中，乐乐带领着三四个小伙伴儿玩得格外开心、满足，笑容灿烂。少年不识愁滋味。

隔天清早，余芳在家中餐桌上看到了婆婆留下的一张纸条，就一句话：“我去想办法救家平。”

农历腊月二十这天，天空阴冷得随便拧一把便能拧出来冰水，就是死活憋着不肯洒下来一片雪。早上十点来钟，文秀英在她表侄的陪伴下迈进银行大门，大厅值班经理当然知道文秀英是谁，连忙迎上去问候一二，同时也没忘了向保安递眼色，她生怕文秀英是因为伍家平的事来此捣乱滋事的。文秀英可怜巴巴地向值班经理请求："闺女，我知道你为难，我不给你添乱，我就是来找你们行长还钱求情来的。你要不为难的话就帮我给行长递个话，你要为难的话我就在这里等，绝不影响你们正常工作。"一旁的表侄是个二十五六岁的壮小伙儿，还没开口眼圈先红了："大姐，求你行行好，我叔已经不在了，我婶急得好几天没吃一口饭没合一下眼了。我哥家平是个好人，求你念在你们同事一场，帮帮我这可怜的老婶儿吧。"值班经理是个看韩剧都能哭肿眼睛的软心肠低泪点女子，她闻言已经开始抽搭鼻翼了，叹口气道："唉，你们跟我来。"

值班经理把文秀英和表侄带到了一间接待室，让他们先等一会儿，有同事送进来两杯热水。过了半个多小时，李行长、许部长还有其他三位随行人员来到接待室。许部长与文秀英是旧相识，他向文秀英一一介绍每一位领导。当文秀英得知李行长是这里最大的领导时，二话不说，上前朝着李行长跪倒就拜，李行长和许部长赶紧搀扶她起来。文秀英回手撕开自己的外衣和裤子，李行长和许部长吓得赶紧松手弹开。他们脑海里不约而同闪现出炸弹爆炸的恐怖画面。文秀英撕开的外衣下从胸口往下一排排裹着厚厚的黑色塑胶袋，黑色塑胶袋外面用宽面胶带结结实实缠了一圈又一圈，硬生生缠成了"天蚕盔甲"般的一个浅黄色的透明硬壳！人群中有人窃窃私语："自制炸弹？这是要与咱们同归于尽的意思？”有胆小者已经往门口开溜。表侄从随身挎包里掏出一把明晃晃的裁缝剪刀，麻利地在文秀英身上从上到下开剪，一个个黑色塑胶袋藕断丝连地坠落地板上，文秀英逐一拆开，里面是一摞摞的红色百元钞票！

表侄跟在场诸位领导解释，文秀英是腊月初九中午回到老家保定，她找到能联系上的所有亲朋好友们，把伍家平的事跟大家简单叙述一遍，恳求大家帮她一个忙——卖房！按市价估值，文秀英和故去老伴儿的这套房能卖到五十多万，可卖房不是卖菜，找房介、挂网上售卖，跟一个个买主看房、讨价还价，银行办按揭，房产评估等手续十分烦琐，或落空或成交的变数都是合理存在的，能顺溜卖出去一套房少则三五个月多则一两年。文秀英可等不了那么长时间，救儿如救火啊！她跟各位亲戚交了个底价，她的房只卖三十万就行，越快给钱越好，能帮忙卖掉房子的亲戚她给三万块劳务费酬谢。

一个星期后，文秀英的房还真让一个买主看上了，房子的面积、户型以及房龄都算中上等，价位却如此便宜，跟半买半捡的差不多。买主本来还想趁机压价，听了文秀英卖房救儿的事之后被感动了，一口价成交。双方办完过户手续后买主当场给了文秀英二十万，剩余的十万房款等半个月后凑够了就打款给她，立字为据。文秀英要给表侄三万块卖房劳务费，表侄不但不要，反而陪着她北上，就是担心她和这笔钱的安全。

李行长等人听完文秀英表侄的叙述，表情复杂均沉默无言。文秀英向诸位一遍遍苦苦哀求，伍家平这次是犯了错，她愿意替儿赎罪，伍家平拿了银行十万块，她愿意以二十万偿还，只求能放儿子回家，给儿子一次改过自新的机会。人群中再次出现一阵骚动，有交头接耳的，有低声议论的，有叹息的，有吸溜鼻涕的。许部长秉性耿直，不吐不快："李行，可怜天下父母心，法律大于人情但也体恤人情，要不，咱们再开个会议议？"李行长点点头，临出门前双手握住文秀英的手："保重！"他咽回去的想跟文秀英说的后半句话是，她让他想起了已经过世的老母亲，可怜天下父母心！

农历腊月二十三，千家万户张罗着大扫除、备年货、吃灶糖、祭灶等。从看守所大门内走出来胡子拉碴的伍家平，才几天工夫整个人看上去就老了好几岁。等候多时的文秀英上前一把抱住儿子，她笑得很甜很暖，伍家平哭得很难看："妈！我错了，我该死！"文秀英朝他背上轻轻拍了一巴掌："大过年的不许乱说话，不吉利！跟妈回家，妈给你包饺子吃！"黄小尊接过伍家平的简单行李，拍拍他的后背以示安慰。伍宝跳下车冲过来朝着伍家平胸口一通乱捶。"你快把妈给吓死了你知不知道？你这一进去咱家的天就塌了你知不知道？从小到大你都是咱家的模范生，捣蛋惹祸的事由我包办，你干吗抄袭我的风格啊？记住，你是伍家平，伍家的平安符！以后有这种事你交给我，我鬼主意多得是，随便想一招都比你的灵……"伍家平把老妈和老妹揽进怀里，三个人狠狠抱成一团，哭哭笑笑。

念在文秀英及时交回全部涉案款项，伍家平这次属于初犯，平时的工作表现和业绩还是值得肯定的，伍家平的单位对他撤销起诉，保留停职察看等内部纪律处分。法律体恤人情，但他做错的事，必须承担责任并改过。

伍家平等一行人驱车回家，走出电梯就看到家门口围了一堆人。客厅里，梁山指着余芳的鼻子臭骂她长着一张菩萨脸其实揣了一肚子坏水一肚子阴谋论！潘爱莲已经把家里砸了个一塌糊涂，此时正盘坐地板上鬼哭狼嚎，梁蔻蔻冷眼旁观之余玩着手机，乐乐捧着粉身碎骨的玩具伤心痛哭。伍家平冲进去跟梁山理论，这才得知姥爷因为家里出了这么档子大事急出病来，血压居高不下，余芳今天没有去接伍家平，就是因为她要陪护姥爷去小区医疗站打点滴。她看着姥爷挂上吊瓶一路小跑去给乐乐买早餐，等她把早餐送回家嘱咐乐乐好好吃饭再折返回来，姥爷人不见了！闻讯赶来的梁家夫妇指责余芳先是把老公折腾进局子，接着使手段赶走姥爷，步步紧逼她到底安的什么心。伍家平挺身而出，指责梁山夫妇不赶紧找姥爷在这里浑闹是几个意思，梁山反唇相讥他一个贪污犯有什么资格指手画脚，早就窝了一肚子火的伍家平与强势惯了的梁山干脆口角与拳脚齐飞起来。潘爱莲一看梁山吹起了战斗的号角，立刻起身抓住余芳头发就开撕，文秀英和伍宝岂能眼睁睁看着潘爱莲在自己家里撒泼闹事？母女俩围住潘爱莲撕扯起来。黄小尊一心拉架，拉不住这个也劝不住那个，自己的腮帮子上倒躲闪不及吃了好几拳。原本观战的梁蔻蔻本能地冲上去护母出手，乐乐同学也不是吃素的，虎啸一声，扑上去环抱梁蔻蔻大腿狠狠咬了一大口！

这场混战激战到难分难解的白热化程度时，奋勇保家卫宅的文秀英猝然面部抽搐，直挺挺倒下去……

第 11 章

踉跄登场的中艰爱情

文秀英这一小中风猝然倒下，伍家平全家上上下下全乱了套，恰又赶到新年将至，别人家家户户是煎炒烹炸、饺子就酒，伍家是顾头顾不住脚，一派兵荒马乱。幸亏当日送医院救治及时，文秀英才脱离了生命危险，目前仍在住院治疗中。住院期间，停职的伍家平是陪护主力，余芳和伍宝抽空过来替换他。几天下来，定时吃药、按点儿打针、做检查、打饭、喂饭、倒尿盆、擦洗身体等一系列陪护内容每天重复循环无休无止，家中生活也乱成一团糟，下班进门没有现成热乎饭可吃，孩子没人给带，家务没人给包揽，就连想喝口热水也得现烧！余芳和伍家平这才深深感觉到，平时这个不起眼的老太太帮了他们多少、给予了他们多少，家有一老如有一宝啊！

这家医院的脑科住院部躺着接受治疗的小中风患者文秀英，内科住院部正一溜小跑着当实习护士的梁蔻蔻。

梁蔻蔻奔跑的原因是，她刚刚被一名病患家属给骂得无地自容、临阵脱逃。梁蔻蔻当值期间81号床一个老年肺炎患者突发激烈的痰堵症候。病患的儿子是个四十出头的壮汉，他瞧着老父亲被痰堵得脸色大变、上气不接下气，俯下身去为父吸痰。他虽有孝心可不得专业要领，徒劳无功，只得按下呼叫器，当值护士梁蔻蔻闻声赶来。因该患者同时患有心肌梗死和心内血栓等病症，不适宜用振动排痰机吸取患者喉部浓稠痰液，梁蔻蔻一时慌了手脚，不知如何是好。毕竟是个年轻姑娘，做实习护士不过几个月，专业素养、经验与心理素质俱在“实习期”，她一咬牙一闭眼，俯下身打算直接来个口对口人工吸痰。谁知当她的嘴巴刚刚触碰到老人的嘴巴，老人一通剧烈的猛咳来袭，他浓重的口气、身上的汗酸味扑面而来，呛得梁蔻蔻挺起身子连连倒退。病患的儿子一看不乐意了，一边为老爸舒缓胸口一边问责梁蔻蔻：“怎么了？嫌我老爸脏啊？他再脏也是我爸，也是你的病人！你是护士吗？知道什么是人命关天吗？都这个时候了你还矫情啥？快点儿啊，赶紧吸啊，我爸要有个三长两短我要你全家陪葬！”病患儿子瞧着老爸的难受模样急得火冒三丈，梁蔻蔻被他骂得连连倒退。病患儿子一瞧梁蔻蔻这架势气不打一处来，上前拉扯她企图强迫她赶紧给病患老爸吸痰。梁蔻蔻哪见过这种阵仗，早吓得花容失色魂飞魄散，什么南丁格尔、护士信条早忘到九霄云外，她本能地踢了病患儿子的小腿迎面骨一脚，趁他抱腿号叫之际夺门而逃！

走廊拐角处，受惊兔子般狂奔的梁蔻蔻结结实实撞上了一个“白大褂”，以及“白大褂”手里的厚厚一摞资料。梁蔻蔻手忙脚乱捡拾资料，向他道歉，病患儿子追上来不依不饶，“白大褂”热心拉架问到底是怎么个情况，病患儿子话没说完，“白大褂”冲他们怒吼：“病人这么危急，亏你们还有闲心吵架玩！”

81号病床前，病患因痰堵已造成面色暗红、呼吸困难、双手弯曲僵硬，有护士正在给他做雾化吸入，但症状无明显改善。“白大褂”上前简短告诉病患自己的意图和需要他的配合，将患者头偏向一侧并略向后仰，捏紧患者的鼻孔，深吐一口气俯下身去……门外旁观的梁蔻蔻只觉得胃部一阵翻涌，她捂嘴奔向卫生间。

一夜之间，这个妙手仁心的“白大褂”成为全院萌妹子护士们心目当中的男神，当然，除了梁蔻蔻之外。梁蔻蔻根本不用打听，便能从护士站那些天天把“白大褂”挂在嘴边的年轻女同事口中得知“白大褂”的信息：林依木，男，1993年生人，医学院应届毕业高才生，本院内科实习医生。身高（目测）：一米八五；体重（目测）：七十八公斤；最喜欢的饭菜（医院食堂师傅告知）：红烧肉盖浇饭；最喜欢的明星（从他电脑屏保得知）：网坛美女莎拉波娃；家世不详；情感状况不详；疑似情敌：医学院女同学们以及医院全体三十岁以下女医生、女护士。

当其他女护士一有空闲就津津有味谈论林依木时，梁蔻蔻只能在心里冷笑三声，报以一句“呵呵”。是的，“痰堵事件”后，护士长把梁蔻蔻叫去痛批了一顿，勒令她给病患及其家属道歉。令梁蔻蔻没想到的是，病患的儿子居然主动跟她道歉，并提议就此化解此事。他说是林依木救了他爸，也跟他说明了事情原委以及双方责任。他后来仔细想了想，自己对一个还没满实习期的小姑娘是态度过于蛮横，要求有些过分及为难了。林依木此举，反倒把梁蔻蔻架得里外都不是人了，她从心里讨厌他，讨厌他的爱出风头（为患者吸痰），讨厌他的爱管闲事（仗义劝谏），讨厌他那张帅气得根本不像医生的脸，甚至连他身上那件白大褂也一并深深讨厌。

就这么一路讨厌着讨厌着，梁蔻蔻后知后觉地发现，她的梦里全是飘来荡去的白大褂。她看到主任带领的查房队伍里有林依木身影时，自己会格外注重仪容仪表以及工作表现。林依木来病房跟病患沟通病情时，她抓个理由就会迎上去在他周围晃悠。提高业务学习时，只要有林依木的身影出现，她场场必到。她以前只是讨厌林依木，现在，她连自己都深深地讨厌起来，因为，她懊恼地发现，自己喜欢上了林依木。

梁蔻蔻发现自己喜欢上林依木后不遗余力去做的第一件事，就是求证他的感情状态是否是单身。这跟上学时解一道三角函数题没什么区别，只要你想知道答案，一定不难找到解题思路和方法。如梁蔻蔻所愿，林依木目前是单身王老五一个。梁蔻蔻给自己买了件新衣服、一双鞋子外加一个包包以资庆贺。庆贺什么呢？庆贺她终于遇到了令自己心动的黑马王子，预祝她追求林依木马到功成。对，她清清楚楚告诉自己，现如今的好男人比动物园的大熊猫还稀缺，等待林依木穿越人海爱上她的概率估计比她被雷劈中的概率还要小，那种制造电梯偶遇、假装书店邂逅、俩人恰好喜欢同一首歌的桥段太过酸文假醋，爱一个人又不是什么丢脸、见不得人的事，干吗不主动表白？相爱就拥抱，不爱就拉倒，人类文明在日新月异地进步，“90后”的爱情观当然不可与“70后”的文艺腔爱情、“80后”的套路化爱情同日而语了。梁蔻蔻就是梁蔻蔻，她爱谁是她的事，她不会为难别人也不肯委屈自己。

梁蔻蔻说到做到。她快下班时找到林依木，一本正经问他有没有时间下班后聊点儿事。林依木被她一本正经的样子给唬住了，按时赴约。在医院附近的咖啡馆里，梁蔻蔻认真告诉前来赴约的林依木自己很喜欢他，希望两人可以交往一段时间试试。如果双方对彼此均感觉良好可以升格为正式男女朋友，如果有一方没有感觉或感觉不好，他们可以退回从前的同事关系，对这段交往双方都有为彼此保密的责任和义务，交往结束后彼此互不侵扰，以免影响正常工作。梁蔻蔻这番话跟念合同文本似的，而且神色庄重，不苟言笑。林依木听完呆了三秒，认认真真把梁蔻蔻从头到尾打量了三个来回，抛下三个字“神经病”起身离去。

“神经病”的意思到底是同意交往还是拒绝交往呢？如果拒绝交往，那拒绝的理由总得理直气壮说得过去吧？男人拒绝女人通常都要给一次改正机会啊……一根筋的梁蔻蔻为了求证林依木的准确答案和心意，说白了就是不达目的誓不罢休，她通过打电话、当面对质等方式锲而不舍地打破砂锅问到底。林依木对梁蔻蔻的主动示爱先是觉得可气，接着觉得好笑，继而好奇她那颗圆溜溜的脑袋里到底装了什么奇葩糨糊，终于答复她三天后医院天台花园见。

晚上九点多，医院天台花园，梁蔻蔻觉得林依木选择这个幽静、昏暗的场所，一定是架不住她的猛烈攻势，半推半就羞答答从了她。梁蔻蔻到来时，林依木已经早到一步，他穿了一件黑色连帽厚卫衣，着一条浅灰色束口卫裤，脚上一双同色板鞋，运动休闲，高大健硕。看得梁蔻蔻眼冒桃花，心头小鹿乱撞。

林依木看到梁蔻蔻没有什么铺垫寒暄，单刀直入问："我到底哪儿招你喜欢了？"梁蔻蔻兵来将挡水来土掩："你哪儿哪儿都招我喜欢。"林依木打开手机点出一张照片："这是一个游戏软件，按照我爷爷、我爸的照片，可模拟出我将来六七十岁的模样，将来我如果变成这个样子，你还会喜欢我吗？"梁蔻蔻看了看林依木递过来的照片，哈哈大笑，照片上的林依木秃顶、满脸褶子和老年斑、驼背、顶着一个啤酒肚，与眼前的玉树临风根本是风马牛不相及。林依木反感地瞪了梁蔻蔻一眼，她赶紧吞下笑声，绷着嘴角答："这个根本不是问题，等你老成这副德行，我也该变成水桶腰、双下巴、满脸黄褐斑的街坊大妈了，咱俩还是配一脸啊！"林依木点点头："行，你辩才不错，我接着跟你摊牌。我老实告诉你，我对你没有丁点儿好感，因为工作上的接触和了解，我觉得你缺乏爱心、冷漠、任性，只活在自我世界里，毫不顾及他人感受，我们完全是两个星球的人！做我的女朋友要在这个世界对她温柔以待之前，先对这个世界温柔以待，她可以不认识LV、Chanel、Cartier，但她必须熟练掌握对一个糖尿病三个加号的病人的日常专业护理；她可以不知道谁是吴亦凡、谁是鞠婧祎，但她必须知道一个做过心脏搭桥手术后的人不能吃什么、不能做什么，这些你能做到吗？"梁蔻蔻诧异道："我为什么要知道这些做到这些？我只是一个内科护士，又不是全科护士！"林依木再次点点头："是的，作为一个内科护士，你没必要做到这些，但作为我林依木的女朋友乃至妻子，你必须做到这些！那天你拒绝为痰堵病人吸痰的事是绝不允许再次发生的！你必须第一时间冲上去做一切你可以做到的紧急施救，因为那个糖尿病三个加号的是我爸，做过心脏搭桥手术的是我妈，她这里有三个支架！”林依木指指自己的胸膛。

梁蔻蔻被林依木的话吓得倒退几步，才做了几个月的实习护士，她就已经开始厌倦这份工作了，每天面对的都是各种病痛惨状，每天从头到脚都是一身来苏水味道，在医院这个浓缩世界里，没有霓裳丽影，没有美酒咖啡，没有鲜花掌声，有的是超负荷的工作量，汇集交织的病痛苦难，以及药剂、针剂和手术刀下的生死之间。梁蔻蔻暗暗寻思，如果林依木所言不假，上班时间她是内科护士，下班以后她得是超级全科护士，那这样的日子跟炼狱有什么分别？梁蔻蔻故作轻松问：“你是在考验我吗？你这人真逗，没见过谈个恋爱还要玩真心话大冒险的，算你赢啦！”林依木句句紧逼：“我是在考验你，通过这个考试你才能跟我在一起。你最好有个思想准备，我们在一起后，一个月也未必出去吃一次情侣大餐，一个月也未必能去看一场电影，一年也未必会有一次说走就走的二人旅行。你如果觉得可以接受，我现在就带你回家见我爸妈，别误会，不是带你回家吃饭、拿见面礼红包，而是让你尽快上手对他们的护理常识，争取早日做一个全科护士……”林依木话没说完，梁蔻蔻已经跑得无影无踪。望着梁蔻蔻消失的黑色夜幕，林依木凄然一笑，眼眶温热，凭着这个真实得有些残酷的理由，从大学到现在，他已数不清自己吓跑了多少个像梁蔻蔻这样倾慕而来，结果却跑得比兔子还快的女孩子。

梁天佑失踪的第六天下午，民警通知梁山和余芳来派出所领人。是文秀英缝制在梁天佑贴身衣服口袋里的一块布条帮了大忙。握着这块写有梁天佑名字和家庭住址的布条，余芳百感交集，她明白了婆婆平时整理姥爷衣物时一针一线缝缝补补的深切用意，她打心眼儿里觉得这个家真离不开婆婆默默无闻的守护。梁山办完手续，伍家平搀扶着蓬头垢面、衣衫褴褛、浑身散发着恶臭、表情木讷的姥爷，爷儿仨走出派出所。梁山小跑两步打开自家车的后排车门，冲伍家平招手："上车，我带我爸回家住一阵子，给他好好调养调养，我爸这山老虎被你们给挤对得都成病猫了！"伍家平用眼神请示过余芳，依言搀扶梁天佑上了梁山的车。副驾驶位置上的潘爱莲一看不乐意了，跳下车捏着鼻子嚷嚷："家平，赶紧把老爷子给请下车，你好歹带他去洗吧洗吧再送家去啊，他这几天天天睡大街吃泔水桶的，没准儿头发里有跳蚤虱子，身上有传染病，这要传染一大家子可怎么得了？"梁山见状忍无可忍与潘爱莲辩驳几句，潘爱莲霸道惯了，伸手拔下车钥匙，扬长而去。

一家从外观到内部都富丽堂皇的高级洗浴中心里，伍家平一边搀扶着木呆呆的姥爷，一边温言软笑哄着他踏进其中一间VIP包间。伍家平打开电视机，打开浴缸的冷热水管调好水温，动手给姥爷脱衣服。他这才发现姥爷不仅瘦得皮包骨，还有几处触目惊心的瘀血伤痕，伍家平泪如雨下！

一个星期下来，伍家平带着姥爷分别去了两家医院做检查，两家医院的检查报告大致相同，他们都判定姥爷除了之前的肺心病、动脉粥样硬化等病症有不同程度的加重以外，他还患了阿尔茨海默病，是老年性痴呆的一种。这是一种中枢神经系统变性病，主要表现为渐进性记忆障碍、认知功能障碍、人格改变及语言障碍等神经精神症状，严重影响社交、职业与生活功能。从姥爷目前的症状判定是属于部分性痴呆，虽然会记忆力减退、理解力削弱、分析综合能力减弱等，但人格一般保持完整、定向，可有一定自知力。积极治疗加上科学的保健护理，家人的关心和陪护，以及长期与病魔做斗争的乐观心态，是目前对抗病魔最有效的治疗方法。“我爱我家”养老院的行政人员看到了梁天佑的医学诊断报告后，以院里目前没有这方面的专业护工为由，建议伍家平夫妇接老人回家治病，如果梁天佑继续留在养老院也可以，但家属必须与养老院签订一份免责协议。伍家平二话没说带着姥爷回了家。文秀英得知梁天佑的病情后一分钟也不肯在医院里住下去了，急着收拾东西要伍家平给她办出院手续。医生见文秀英恢复情况尚属良好，嘱咐她出院后的用药和注意事项，要她做些针灸理疗，平时多训练左手的工作能力。口齿仍有些不清、右肢还有些轻微麻木的文秀英一一牢记，她在医生和家人面前尽量保持得与以往没什么不同，以免他们担心。

文秀英回到家就抢着担负起照顾梁天佑的重任，虽然她自己是个大病初愈的老人，但为了孩子们肩头的担子能减轻一分，她愿意拼上自己的十分努力。余芳对婆婆十分感激，她主动跟婆婆说了声对不起，文秀英知道她这句道歉是因为伍家平违纪受处分一事，也就不好再翻旧账，婆媳俩相逢一笑泯恩仇。伍家平除了日常照顾姥爷、老妈之余，深刻反思了自己这段时间以来在工作上的浮躁、焦虑表现和茫然之心。思忖再三，他郑重向张主任递交了辞职信。张主任痛心疾首挽留：“家平，你别跟我说什么‘世界那么大，我要去看看’的小儿女说辞！你上有老下有小，你玩不起潇洒，咱从哪儿跌倒的就从哪儿爬起来！错了不丢人，输了才丢人！”伍家平略显夸张地给了张主任一个热情熊抱："老张啊，多少次我都想这么叫您一次，都想这么拥抱您一下，可只要做您手下一天，我就永远不敢！正是因为上有老下有小，我不能再这么死乞白赖地混下去了，我想出去碰碰钉子闯闯世界，说不定我还真能把自己从一块铁炼成一块钢！"

伍家平辞职后没多久，孙岩的电话闻着味就打来了，她诚意聘请伍家平为她公司的财务副总监，薪水是他在银行的三倍！这个好消息对磨难重重的伍家上下来说不亚于天上掉下来一个大彩蛋。为了让伍家平没有后顾之忧地全力冲刺新事业，梁天佑保证他每天按时吃药、做保健训练；文秀英展示她左手夹起花生米的康复成果，咬字清晰地说了一个"吃葡萄不吐葡萄皮"的绕口令；乐乐拿出来一张他被评选为区级"礼仪小标兵"的荣誉证书！全家人的努力和支持让伍家平浑身是劲，意气风发地走马上任，誓要拿出所学所长，一展抱负。

潘爱莲冷眼旁观着梁天佑被伍家平接回家安营扎寨安心养病度日，这才把悬到嗓子眼儿的一颗心稳稳当当放回肚子里。之后当她听说伍家平另谋高就，薪水整整翻了三倍，还得了个总监头衔，这心思就开始活泛起来，思虑着找个机会去伍家走动勤谨一些，创造一切沾光、攀附的可能性。梁蔻蔻的失恋，哦不，梁蔻蔻恋爱未遂的失意失态让潘爱莲重新升腾起灼心肝火。潘爱莲是过来人，她虽不清楚女儿被哪个臭小子迷得五迷三道的，但梁天佑第一次失踪前回家送鱼，撞破男同学跟女儿"小动作"的旧账再次浮现心头。她当眼珠子、心尖尖养大的漂亮宝贝女儿可不能白白被这些穷酸、没本事的臭小子们给"骗"了。女儿这辈子如果像她一样窝窝囊囊嫁个没本事没钱的瘪三凑合混日子，那她还不如出门一头撞死算了！为免夜长梦多，潘爱莲赶紧约麻友商量，为高富帅唐璜唐总与傻白甜美小护梁蔻蔻制造一切约会机会，让他们抓紧时间增进了解增加感情，最好今年夏天就订婚，今年秋天就完婚，生米煮成熟饭，她就可以高枕无忧地跟着女儿女婿过天天被人民币砸醒的富贵生活了。

麻友那边很快回复潘爱莲，唐总近期忙着谈一笔几千万的大生意，实在是忙得抽不出身来，他倒是对梁蔻蔻非常喜欢、格外惦记。他提议梁蔻蔻可以这个周六下午去蓝莓假日酒店706号房间与他见面一叙，两人共进晚餐，一来梁蔻蔻可以对他的工作环境和工作业务进行一些具体了解，二来她也能尽快适应将来做公司准老板娘的身份转换和需求。潘爱莲闻听此言心花怒放，唐总这话根本就是委婉求婚的意思嘛，蔻蔻将来做了老板娘，那她就是太后老佛爷喽！潘爱莲迫不及待把这个好消息告诉梁蔻蔻，没想到梁蔻蔻并没表现出多大的兴奋劲儿，反而犹豫起来，毕竟单身妹子跑去酒店房间，见一个之前只在麻将桌上打过两次照面的陌生男人是件挺尴尬的事。潘爱莲拍着胸脯给女儿打包票："人家唐总说了，那是他谈生意的长期包房，让你去实地考察，体验一下未来当老板娘的感觉，人家这么有诚意，妈也满口答应了，你要不去妈今后怎么见人家？怎么跟人家打四圈？"

晚上，心乱如麻的梁蔻蔻翻来覆去睡不着，她像被鬼勾着魂魄般上微信跟林依木打了个招呼，对方一点儿反应没有。她一赌气，把周六唐总与她约会的时间、地点发了过去，对方仍旧一点儿反应没有。她一跺脚，把唐总委婉向她求婚的说辞继续发送，她想用激将法刺激出林依木的斗志。激将法起了点儿作用，林依木回复她两个字：呵呵。梁蔻蔻冲着手机屏怒吼："姓林的，我偏要让你睁大哈巴狗眼睛好好看看，比你强十倍、百倍的男人是怎么拿我当手心里的宝！"

林依木成了梁蔻蔻安心要拿下唐总的最强理由。周六这天，她刻意地梳妆打扮换条新裙子，比约定时间晚了十分钟敲开蓝莓假日酒店的706号房门。戴着劳力士、束着爱马仕皮带、四十来岁的事业精英熟男唐璜热情相迎。二人聊了不过十几分钟，唐总已经心猿意马，忍不住对梁蔻蔻动手动脚起来。梁蔻蔻一来顾忌老妈的嘱托，二来年纪太轻毫无应对这类突发状况的经验，只能被动推挡咸猪手，软言警告。精虫上脑的唐璜愈发毫无顾忌出招，眨眼工夫梁蔻蔻就被吃了几下"豆腐"，上衣扣子被扯掉两个，胸口大片白腻腻的春光乍泄。梁蔻蔻只得翻脸，泼了唐璜一杯饮料起身要逃。房门打开，一个拿着备用房卡的陌生女人闯了进来，三十来岁，疾言厉色，上来就骂梁蔻蔻是小妖精，一伸手就抓扯住了梁蔻蔻的头发，她这等厉害身手一看就是身经百战的婚姻悍妇。悍妇撕扯梁蔻蔻的同时，也没轻饶了唐璜，当她快如闪电的几招"九阴白骨爪"之后，唐璜脸上灿烂呈现几道鲜血淋漓的挠痕。梁蔻蔻从二人的对白之间快速明白过来，悍妇是唐璜的老婆，唐璜是个已婚多年却屡屡背着老婆在外搞七捻三的混蛋！羞愤交加的梁蔻蔻一手掩护胸口，抬起一脚狠狠踹向唐璜裆部，怒斥这个混蛋利用几个臭钱不知道骗了多少像她这样愚昧无知的白日梦女孩。唐璜一见局面逆袭，立刻改口向老婆声称自己是被梁蔻蔻这个拜金女下套诱骗，声称自己被梁蔻蔻骗财骗色。四肢发达头脑简单的悍妇从捉奸变护夫。人单力薄年龄小的梁蔻蔻怎是这对奇葩夫妻的对手，没几个回合就被悍妇给打得缩在墙角一动不敢动了。门口路过的人本来就稀少，有胆小不愿惹事的瞟一眼便走开，也有远远张望搞不清状况的，竟然没有一个人上前过问一句两句的。

悍妇要求梁蔻蔻保证今后不再骚扰她丈夫，并且把骗取的钱财给吐出来，梁蔻蔻有冤难伸，唐璜更不要脸，掏出手机要拍下梁蔻蔻这番人不人鬼不鬼的样子，扬言只要她胆敢报复他们，他就把这视频发到医院网站上，让她丢人丢到姥姥家。梁蔻蔻对着唐璜举起来的手机镜头恨不得咬舌自尽以求清白，这时一股“旋风”冲进来，是林依木！他一拳打掉唐璜的手机，一脚踏上去踩碎，把抖成筛糠的梁蔻蔻拉起来，给她披上自己的外套，呵斥唐氏夫妇：“够了！保安马上就到，我现在就打110！”唐璜冲老婆使了个息事宁人的眼神，梁蔻蔻拉了拉林依木的衣袖，用眼神苦苦哀求他不要报警，女孩子白璧无瑕的名誉比她刚才受到的屈辱更需要保护，她没什么大碍，她只想快点儿离开这个鬼地方。

一个多小时后，梁蔻蔻家的顶楼天台上，林依木守护着她一醉解千愁。半醉半醒、似哭还笑的梁蔻蔻就在这一个下午之间突然长大了，她咒骂自己鬼迷心窍、自作自受，如果不是自己虚荣、贪婪，怎么可能主动送上门去自取其辱？她嘲笑自己愚蠢、好高骛远，总想着付出一分收获十分，所以才会不停栽跟头。她蔑视自己的软弱、无能，不敢面对自己犯下的过错，不敢接受艰辛却坦然的未来。梁蔻蔻哭着向林依木忏悔，因为自己的过错导致爷爷的离家失踪，她敢做不敢认；她是真的喜欢他爱他，只是表姐余芳举步维艰的中艰婚姻早已让她望而生畏，她没胆量接受一份既要与他一起辛苦打拼生活，又要艰难照顾他病中父母的中艰爱情，她敢爱不敢担当。

醉倒在林依木肩头的梁蔻蔻，就这样挥泪与年少轻狂、任性自私的自己做了告别，她甚至没来得及问林依木为什么会赶来英雄救美，就安心在他肩头打起呼噜来。林依木仰头一口气灌下一罐啤酒，微微一笑，这就是爱情吧——当他看到她发送的“激将法”微信后，再也没办法安心专注做任何一件事了。他如同被人牵着鼻子一般来到梁蔻蔻约会的地点，他安慰自己，他只是来看一眼，就一眼，看到那个男人如梁蔻蔻所说比他好十倍百倍他就安心离开，他会祝她幸福快乐的。还好，上苍是宽厚仁慈的，安排了这有惊无险的一切。他居然会有一丝丝想要偷偷感谢唐氏夫妇的怪念头，感谢他们的“虎狼药”治好了梁蔻蔻的虚妄、任性，帮她找回了纯真和善良，给了他一个看透自己内心的机会，给了他们一个重新开始的美好明天。他会很有耐心地等着她一天天长大，直到她有勇气与他开始一段中艰爱情。

第12章

呈堂证供

天气渐渐转暖，又是一年春来到。梁天佑的病情时好时坏，经常记不得上顿饭吃了没吃，头顶上架着老花镜却满屋子找它，可偏偏对十几年前乃至几十年前的陈芝麻烂谷子往事记忆犹新。他有时对着电视机里播放的《喜羊羊与灰太狼》抹眼泪，有时看见余芳喊出口的却是余芳母亲的名字。他对朝夕照顾自己的文秀英特别依赖，哪怕是他每天最讨厌、最排斥的读报训练，只要文秀英故意拉长脸孔，他必定乖乖地拿起报纸认真朗读。有时候，不明就里的乐乐会批评太爷爷老糊涂了，太爷爷有丢三落四的坏毛病，太爷爷上完厕所不冲太不讲卫生，文秀英就会耐心跟孙子解释："你太爷爷只是变成比你还小、需要人照顾的小孩子啦！"

这天上午十点多，文秀英监督着梁天佑念完报纸上一篇社会新闻，梁天佑得到一个棒棒糖作为奖励，黄小尊父母拎着两大手提袋营养保健品登门探看。文秀英因为伍宝上次闹离婚的事一直打从心里觉得自家的"作女"对不住公婆，所以她格外热情、殷勤地给二位亲家端茶洗水果，话里话外都赔着客气和小心。

一通寒暄过后，黄海涛道明来意，他和妻子卢丽萍“主要”是来探望出院没多久的亲家文秀英，他们对梁天佑的病情也有所耳闻，深表同情和遗憾，有什么需要他们帮忙的尽管说，他们决不推辞。其次，他们“顺便”想跟文秀英商量一件事，希望黄小尊和伍宝这对小夫妻早点儿把“宝贝计划”提上日程，黄小尊的工作他们负责搞定，希望由文秀英出面做做伍宝的思想工作，争取今年就能抱上大胖孙子。黄海涛说完拿胳膊肘捅捅身边的卢丽萍，希望她赶紧表个态补充几句，以期达到最佳效果。卢丽萍压根儿没听到黄海涛说些什么，她全神贯注盯着梁天佑上下左右一遍遍打量，彻底走神儿。卢丽萍自打一进这个家门，触目惊心看到了梁天佑手腕上附有姓名、家庭住址和亲人联系方式的“黄手环”，看到了梁天佑津津有味啃着棒棒糖的情景，作为一名德艺双馨的退休戏曲演员，她丰富的情感和想象力一下子被激发出来，她的同情心、悲悯情乃至眼泪瞬间决堤，不能自已。

梁天佑与黄海涛、卢丽萍曾有过几面之缘，现在一点儿不认得他们，把黄海涛当成了伍家平的领导张主任，把卢丽萍当成了女老板孙岩。他一边认真啃棒棒糖一边搞不清楚这俩人怎么做了夫妻，“孙岩”为什么直勾勾盯着他看还悄悄抹眼泪？思维短路的梁天佑大着嗓门儿跟黄海涛唠嗑：“张主任，我们家平最近工作表现挺好的吧，你没给他穿小鞋吧？这次升职他到底有没有戏啊？”接着，他神神秘秘地附到黄海涛耳边嘀咕：“小张，我得给你提个醒，你媳妇挺好一老实人干吗把人家给换了，这孙岩是个年轻貌美的大老板，你可不能当现代陈世美！”黄海涛哭笑不得，点头不是摇头也不是。梁天佑扭脸跟卢丽萍叨叨：“小孙啊，冲你是乐乐奶奶的干女儿，我有责任嘱咐你几句，女怕嫁错郎啊，小张是有妇之夫，你可别上当受骗！”卢丽萍目瞪口呆，跟梁天佑解释自己是伍宝的婆婆，可梁天佑压根儿不信啊。

文秀英眼瞅着这聊天气氛和内容要乱成一锅八宝粥，别说亲家提议的“宝贝计划”聊不出个眉毛、眼睛来，仅仅一个张冠李戴问题就得掰扯上大半天。她赶紧推着梁天佑往餐厅餐桌旁走去，给他布置接下来的训练作业——用筷子把盘子里的红豆夹起来放进旁边的白瓷碗里，用筷子把盘子里的黑豆夹起来放进旁边的不锈钢碗里，把盘子里的豆子分拣清楚，他可以得到一块绿豆糕作为奖励。看在绿豆糕的分上，梁天佑乖乖开始训练，他夹豆子的速度比平常人要慢一些，其间掉过几次，每放进碗里一颗豆子都很有成就感地冲文秀英咧嘴一笑。卢丽萍丰富的想象力继续发挥作用，她忧心忡忡想到五年、十年后的自己会不会也成为眼前梁老汉这副辛酸模样。她掏出手机百度阿尔茨海默病特征，逐条对照自查，不放心地追问黄海涛：“你记得吧，那段我唱了三十年的唱词居然这几次回回忘词，太可怕了！莫名其妙的情绪烦躁我也是有的吧？我跟你说过好几次了，我老觉得给咱们家送矿泉水的工人东张西望八成是盗窃团伙探子。还有，还有，我以前是文文静静的性格吧，现在怎么天天春伤悲秋唉声叹气的……小尊他爸，这阿尔茨海默病的症状我每一条都对得上号啊，这可怎么办，我是不是也要变成‘痴呆渐冻人了’？”

卢丽萍对黄海涛和文秀英的劝慰半句也听不进去，丢下手机径直冲向梁天佑，拿过一双筷子就开始夹红豆和黑豆。卢丽萍夹豆子的速度明显比梁天佑快多了，一口气夹了二十多颗后，她放下筷子，面色渐渐舒缓过来，吐出一句："太好啦，手勤脑快证明我没有脑萎缩，没有变成'渐冻人'！他爸，你赶紧过来抱抱我，给点儿支持。亲家，我请你吃饭，庆祝这一重大好消息！"比黄海涛的拥抱快一步的是梁天佑捧上来一只白瓷碗，他用手捏起碗里一片红豆当中的一粒黑豆，笑嘻嘻冲卢丽萍扮鬼脸："你挑错了，不及格，重来！"卢丽萍傲娇地跺脚惨叫："不是我不是我……"负气冲出门去，黄海涛尴尬跟文秀英匆匆道别，追出门去。

这一趟探望亲家之旅的最大"收获"，就是让神经敏感兮兮，最易落叶惊心、兔死狐悲的卢丽萍又添了一块心病：整天疑神疑鬼自己得了老年痴呆、抑郁症、孤独症、恶性肿瘤等"不治之症"。但凡她听说个熟人、邻居检查出一样的病症，就爱主动对号入座，或是百度这些疑难杂症的症状表现，从自身一一找出符合的症状来。时而惊恐自己时日无多，时而落泪还没跟亲孙子见上一面，时而愤愤自己这一旦多愁多病或是英年早逝，黄海涛指定找个三十八九岁的"填房夫人"行第二春之美事！黄海涛不是没劝过卢丽萍别没事自己吓自己，天底下捡金子捡银子的人多了去了，没听说过有人捡病的！他也信誓旦旦对天盟誓过，别说卢丽萍有个小病小灾的，就是她万一"英年早逝"了，他也为她守身如玉，誓不再娶！眼瞅着黄海涛都被逼到了咬手指写血书的地界了，卢丽萍鼻子一酸，扑哧一乐，打消了诸般庸人自扰的念头，该练功练功，该吊嗓子吊嗓子，该追着儿子要求他陪看电影、陪逛街决计不放过他。可踏踏实实没过上几天太平日子，卢丽萍又来了劲儿，每天追着黄海涛屁股后头查看他舌苔、眼白、掌纹，甚至连他上厕所的情况都要望闻问切。这还不算完，她拿出来微信朋友圈里转发的一堆养生帖、防病治病帖逐字逐句分析给老伴儿听。黄海涛不听不要紧，听得多了也掉进坑里，不仅坚信那些转发帖里的自说自话，坚信自己的心肝脾肺肾都已过度劳损急需给养，还跟着卢丽萍一起肃穆庄严地自制水果酵素、酿洋葱红酒、腌渍冰糖柠檬，每天戴着计步器走上一万步，每天三次、每次十分钟按摩足三里等重要穴位，还隆重关注起了各大保险公司的重大疾病险、人身意外险以及养老分红险等若干相关险种。

因为卢丽萍和黄海涛的心病所在，加上保险业务员的巧舌如簧，两个月下来，他们买保险上了瘾，把手头可供调配的积蓄统统买了各种各样的保险，似乎只有这样，才能让他们有信心、底气和安全感地抵抗对衰老、疾病和死亡的恐惧担忧。对于父母这种偏执行为，黄小尊和伍宝是不想参与其中，以免引火上身的，只要父母不找他们的毛病，他们乐得耳根子清静。但是，黄小尊和伍宝想得未免有点儿天真，黄爸黄妈到底还是找了个晚餐的机会把厚厚一摞保险单撂给他们看了，同时黄爸还语重心长撂给他们几句话："小尊啊，宝啊，爸妈把这些'命根子'交给你们了，你们可要好好保管，按期履行合同。万一你妈和我有个什么闪失，你们一定要给我们找最好的医院、最好的大夫，打最好的针，吃最贵的药，算爸妈求你们了！你们年轻还体会不到，我们最近真是感觉这胳膊、腿、心脏哪儿哪儿都不听使唤了，人有千虑终怕一老啊！"伍宝想得简单，这就是两位老人变相求安慰求抱抱呗，这有什么难的，她捡公婆爱听的说了两大箩筐，果然公婆情绪有所好转。黄小尊暗暗竖大拇哥给伍宝点赞，然后清清嗓子发表了今晚话题的结束语："爸，妈，你们交代的事我们一定放在心上，这堆保险单我们一定跟结婚证放在一起保管妥妥的，你们放一百个心，我们人在保险单在，人不在保险单也必须在！爸，妈，这天色也不早了，我明天早上还得上早班呢，你们也该洗洗睡了，晚安，么么哒。"卢丽萍抬手放行："好吧，睡吧，晚安。对了，小尊，我提醒你一句，每张单子的续费日期都不太一样，你最好清查一遍做个缴费时间表，到期必须按时缴费，否则人家给停保就太不值当了。"黄小尊和伍宝被黄妈这话给吓个半死："什么？我们缴费？"卢丽萍一脸的理所当然："当然得由你们续费，每张保单的受益人都是你们俩啊！我跟你爸的退休金才几个子儿？这大北京的生活开销比郑州高出太多，你们每天在家白吃白喝完全不交生活费，每个月的薪水与其买车、买包包、买模型白瞎掉，不如续费保单将来零存整取成为中产夫妻啊！"伍宝急了："妈，我们将来成不成得了中产夫妻且两说，现在因为这些保单肯定变破产夫妻啊！你们是自愿主动来当北漂的，我们还没问你们要房租和各项'三陪'收费呢！"黄小尊急了："爸，妈，你们非要我缴这些保费也可以，我明天就辞职卖肾去，肾卖了卖肝，肝卖了卖眼角膜，我身上能值俩钱的统共就这些物件了！"家庭非正式会议开到这个程度，只能宣布散会，议题驳回无效。大失所望的黄爸黄妈只能退而求其次，选择几个重点险种留下自费续保，其余的险种交由黄小尊去一一办理清退结算手续。

此番“被保险”经历倒激发出黄小尊和伍宝发愤图强的工作斗志，他们誓要从“夹生”夫妻励志成“抢钱”夫妻，希望以最快速度赚到一笔首付款，争取在附近买下一套只属于他们二人的小小蜗居，撒泼打滚把天捅破了都没人管，那样恣意过日子才符合他们的风格。为了早日实现这一梦想，伍宝一心扑在小提琴教室的课堂教学上，经她手调教两三年的学生当中，有考上音乐附中的，有拿了国际大奖的。慕名而来的学生络绎不绝，她要考虑扩充教室和师资力量了。除了教学之外，伍宝见缝插针地接商演活动，由于活儿好、价格公道，渐渐颇成气候。恨不得以店为家的黄小尊技术过硬、服务态度好，业绩翻着跟头往前蹿，他不仅被评为第一季度最受客户欢迎的优秀技师，还被提升为维修一部部长。俩人每天早出晚归互相鼓励加油，每个月底最大的乐趣就是凑在一起数银行卡短信上的余额数字获得满足感。黄爸黄妈又恢复到从前的“空巢”状态，白天对着电视屏幕打盹儿，晚上对着电视屏幕干瞪眼睡不着。

黄小尊的部长任命正式下达这天，他翻了翻日历，给伍宝打电话：“宝宝，记得今天是什么日子吗？”伍宝下意识看了眼教室办公桌上的台历：“今天不是你生日，也不是我生日，难道是你爸或你妈生日？”黄小尊撇撇嘴：“今天是咱们俩的结婚纪念日！这么有意义的日子你都不记得，该罚！”伍宝不以为然：“喊，少来！咱们俩结了四次婚，离了三次婚，请问黄部长，今天这日子是咱俩的第几个结婚纪念日啊？你升了官想显摆庆贺一下，这心情可以有，但别鬼鬼祟祟打着我的旗号，说吧，想怎么庆祝？姐姐我成全你！”黄小尊嘿嘿一乐，“你还真是我肚子里的蛔虫！我已经给你买好了庆祝礼物，你什么都不用买也不用管，今天给我个面子，六点准时下班到家，我一切都安排妥妥的，你就享受欢乐一刻吧。”伍宝一听就明白了，甭管黄小尊玩出什么花样，今天他是安心要戴着“大红花”回家显摆显摆，看在他这段时间史无前例地玩命工作的分儿上，恭敬不如从命吧。

伍宝下午早早收工返家，她的甲壳虫送去4S店保养，搭顺风车的她一路跟朋友有说有笑。车到小区附近的辅路口时，她主动下车跟朋友道别，她多走几步路而已，朋友的车就能少绕一个大圈儿。

伍宝边走边刷微信，拐过去路口一抬眼看到一个跟黄爸发型、穿着十分相像的男人亲密地搀扶着一个女人过马路，女人徐娘半老风韵犹存，一头栗红色短发，着一条勾勒出丰润身材的连体阔腿裤。二人不但手挽手，还交头接耳聊得旁若无人，就跟这是他们家后花园似的。伍宝心下感叹：这一对儿的年龄加起来得超过一百岁了吧，过个马路都这么黏糊恩爱，真是老房子着火啊！伍宝走出几步突然打了个激灵，回头仔细一看，真真儿是她的公公、黄小尊的亲爸！伍宝的脑袋轰的一声就炸了，这是什么情况啊？难不成真被她说中是“老房子着火”？伍宝给黄小尊打电话，无人接听。她鬼鬼祟祟躲到树后，比葫芦画瓢学起狗仔队那套，偷拍公公跟“半老徐娘”的视频，将来作为“呈堂证供”。

眼瞅着黄海涛搀扶着“半老徐娘”进了小区，人来人往中，女人要从黄海涛手里夺回购物袋就此分手道别，黄海涛热情地护着环保袋，执意要继续相送。伍宝毛了，她本以为公公唱的这一出是地下活动，现在看情形他们应该是发展已久的不正当关系，已经到了毫不避讳的半公开化程度！不行，婆婆待她伍宝不薄，她不能眼睁睁看着黄小尊变成家庭破裂的单亲孩子，非常时刻，正是用兵之际！

伍宝来不及多想，挓挲着膀子就冲了上去，直眉愣眼对黄海涛和“半老徐娘”开了腔：“爸，你今天怎么没陪我妈遛弯？这位大妈怎么称呼？您家也在这个小区里吧，您家人如果看见您这么拐着我爸胳膊肯定不合适吧？您家住几号楼，我爸还得回家帮我妈做饭呢，我反正有空，您的袋子我帮您拎，您身娇肉贵，我搀您回家还不成吗？”伍宝虽是笑靥如花，但句句带刺，刺得黄海涛和“半老徐娘”一愣一愣的，不知该从何说起……

时间倒退回一个小时之前，黄小尊意气风发地开车到家，紧随其后的是他从饭店预约请回来的家宴大厨，以及大厨助手和采买俱全的生猛海鲜。黄小尊安心要在父母和媳妇面前显摆一回志得意满的成就感，去饭店点一桌子烤鸭、炒菜已经没什么新意了，再加上外出吃饭受环境和时间的限制，总有不尽兴之感。陈一朵给黄小尊出了个好主意，网上预约个大厨和高档食材，连人带菜带炊具裹回家去，想怎么折腾怎么折腾，想怎么嗨皮怎么嗨皮，不但能让黄小尊找到成就感，让父母大人吃出超级贵宾的感觉，还能怒刷朋友圈、开直播，让左邻右舍看西洋景般围观，一举数得，何乐不为？

黄小尊依言而行，带着大厨、助手以及食材浩浩荡荡进了家门，迎头撞上一个陌生光头中年男人捧着他们家一套钧瓷茶具正乐颠颠往门口走！这可是黄海涛最心肝宝贝的一套茶具啊，平时泡茶一再嘱咐黄小尊轻拿轻放，卢丽萍一擦拭客厅茶儿，他必定把茶具揽在怀里严严实实捂着，生怕毛脚媳妇给失手磕碰个豁牙子出来。黄小尊心说：“坏了，今儿肯定碰上闯空门的惯犯了！为了我爸的心肝宝贝，必须拿下他！”黄小尊冲大厨和助手一招呼，大喝一声上前夺过茶具，大厨拎起一把汤勺冲中年男人的光头就开瓢，大厨助手抛撒出一袋炸粉迷离了中年男人眼睛。说时迟那时快，黄小尊把茶具放在安全的角落，回身与大厨、助手三人合力围攻光头男，大门口传来一声娇斥：“住手！统统给我住手！”卢丽萍拎着一罐新茶叶走进家门，光头男已经被他们围攻得颧骨、鼻子上挂了彩，头上顶个大包，身上布满菜叶子、烂鸡蛋。他狼狈问卢丽萍：“老卢，这些都是什么人啊？下手真狠，赶紧报警！”卢丽萍瞪了黄小尊一眼，打量他身后的大厨和助手：“今天的太阳是打从东西南北升起来的吧，你怎么回来这么早？这二位是？”黄小尊反问老妈：“这光头是谁？他干吗偷咱家茶具？”大厨一脑门子糨糊开口：“黄老板，这是你自个儿家吗？确定咱们没走错门吧？”

原来，事出有因。黄爸黄妈眼见着儿子、儿媳宁肯当工作狂也不愿在家多待上一分钟，眼见着他们处心积虑的北漂计划以失败告终，再次当起空巢老人的他们寂寞难耐。闻听附近社区有不少空巢老人根据自己爱好拉帮结对子，与兴趣爱好相投的人组建了拼居乐活小组，说白了就是几家相处愉快的老年人今天去这家吃饭、打牌，明天去那家包饺子、品茶、赏字画，扎堆儿变着花样地丰富退休生活。黄妈一看就眼热起来，她跟黄爸一合计，就在自家小区的公告栏里张贴出“寻伴儿”告示，意欲寻找本小区爱好戏曲文艺的空巢老人定期组织AA制家庭聚餐、聚会，再不指望儿女承欢，而要自力更生，自娱自乐。告示贴出去没多久，真有几家积极响应的空巢老人。几次家庭聚会办下来，黄爸黄妈与一对双双姓王的中年夫妇最为兴趣相投。这对夫妇里丈夫叫王光辉，比黄爸小两岁，退休体育老师，光头，人称光头王，做得一手好菜，沏得一手工夫茶。妻子叫王娟，比黄妈小五岁，内退语文老师，徐娘半老风韵犹存，一头栗红色短发，腿长腰细，看上去足足比实际年龄年轻七八岁。他们只有一个女儿，在广告公司任设计总监，有过一次闪结闪离的婚史。女儿在公司附近有套独居小公寓，她一个月回家吃饭的次数五根手指头都数得过来，王家的情况真真儿是与黄家同病相怜。今天又到了家庭聚餐日，聚餐地点轮值到了黄家，黄海涛与王娟负责去菜市场买菜，卢丽萍要向光头王请教茶道，她想起来刚买的一盒好茶还在汽车后备厢里，下楼去地库取。光头王瞧着茶具被茶垢遮蔽了釉彩，打算连锅端去厨房清洗，厨房门与入宅大门并列同向，进门的黄小尊打眼一看可不正是光头王要端着他们家茶具溜走吗？！

此番乌龙结果是：光头王经过汤勺、菜刀与生鸡蛋的洗礼，得以验明正身；卢丽萍把儿子给臭骂了一顿，得知儿子升职加薪消息转怒为喜；黄海涛和王娟在小区公众场合被伍宝一顿夹枪带棒抢白，看热闹的人们知其所以然的皆一笑而过，不知其所以然的兀自添油加醋长舌一番。黄小尊和伍宝碰面后一合计，非常诚恳地向王氏夫妇认错，一口一个叔叔阿姨地挽留他们共进海鲜盛宴。王氏夫妇盛情难却，多番推辞无效后只得领受。王氏夫妇的女儿王建儿接到母亲电话飞速赶来，她一进门是虎着脸兴师问罪替老爸讨还公道的，任凭她脸再臭、话多刺，黄小尊都知错认错、赔礼道歉、各种忍让接招，酒宴过半，她居然与黄小尊前嫌尽释，你十五我二十行酒令灌起酒来。王建儿连输三盘，仰脖灌下一杯红酒，电眼如丝冲黄小尊一媚笑："告诉你个秘密，你长得挺像我高中同桌的，罚你跟我合唱一曲《同桌的你》！"黄小尊和王建儿共用一只卢丽萍的麦克风，就着伍宝的高保真音响，合唱起来："谁娶了多愁善感的你，谁看了你的日记，谁把你的长发盘起，谁给你做的嫁衣……"

当黄爸黄妈与王氏夫妇亲亲热热朝夕相处成了一家人之后，好处果然多多：不管哪位老人有个头疼脑热、心情郁闷的，必有其他几人的关怀备至；黄妈的大青衣魅力吸收了王娟这位铁粉弟子，黄爸从以前的嗜酒跟着光头王变成了如今的茶友；即便是黄爸黄妈拌个口角起个争执，也有了拉架劝和的帮手。黄小尊和伍宝没想到，爸妈只是改变了一下生活方式，打开了闭塞退休生活的一个缺口，这家庭氛围立刻旧貌换新颜了！他们像刑满释放的犯人，一下子恢复了自由身，没人管他们早上赖不赖床，因为这个时候黄爸黄妈已经出门跟着光头王夫妇晨练加吊嗓子去了；没人管他们会不会买菜、做饭、搞卫生，这个月花了多少不该花的钱，加了多少个会熬坏身体的夜班，因为黄爸忙着练八块腹肌，黄妈跟着王娟开练毛笔字，他们一个比一个忙，懒得搭理这对没心没肺的小冤家。黄小尊和伍宝重获自由张牙舞爪满地打滚庆祝了没几天，就觉得这种被父母当成空气的日子百无聊赖起来。

百无聊赖的日子里，伍宝又发现了一个重大问题，光头王的女儿王建儿对黄小尊醉翁之意不在酒！如果说海鲜盛宴当晚王建儿与黄小尊的深情合唱还只是邻里示好的一个开端和铺垫，接下来的明显变化就难以自圆其说了。王建儿从以前的一个月回家三四次变成一个星期回家三四次，积极主动参与两家的各种聚餐、聚会，还安排、制造很多出游活动。黄小尊随口夸了一句王建儿车内的香氛瓶精致，她立刻送了他一瓶。郊游时黄小尊多夹了几个鲔鱼寿司菜卷，她马上把一整盒寿司卷挪到他眼皮子底下，光头王夹了一个鲔鱼寿司菜卷都被她拿眼神秒杀！诸如此类的事情越来越多，王建儿带着朋友专门去找黄小尊买车，黄小尊请她吃饭作为答谢，她礼尚往来赠他一个限量版玩偶模型，他来而不往非礼也地回赠她一瓶Coco小姐香水……俩人的交往从全家聚会到单独见面，从吃饭、K歌到互赠礼物，任凭伍宝再心胸宽广也压不住醋海翻涛了。

伍宝跟黄小尊就这个敏感问题，或撒娇或旁敲侧击或直来直去谈了几次，均被他以“你是不是盐吃多了——咸（闲）得慌”“你是不是一只母苍蝇围着我转两圈你也要杀之而后快”“这种没边没影的话少说，别无事生非”给堵了回来。女人的第六感是很敏锐的，可第六感不能当呈堂证供使，她只能暗暗增加警戒力，对黄小尊增加查勤、查岗次数，约束他与王建儿见面，把王建儿送他的礼物使个小坏或扔或转送他人，但凡有王建儿在场，她必定主动与黄小尊各种起腻、发嗲，搂搂抱抱地秀恩爱，力求使她知难而退好自为之。令伍宝再次没想到的是，王建儿不愧是职场高手、情场猛将，对伍宝这一套根本不往眼皮子里夹，我行我素该干吗干吗，一副四两拨千斤的迎战状态。

伍宝急了，再急她也只能对黄小尊下手，毕竟唯有他处于自己的势力管辖范围内。可黄小尊没做亏心事自然不怕她鬼敲门啊，内讧的次数多了，黄小尊也懒得哄她，干脆硬碰硬起来。伍宝迂回打听了一下，王建儿与前夫是闪结闪离，当初主动要结婚的是她，后来主动要离婚的也是她，前夫一直处于被她牵着鼻子走的被动状态。伍宝倒吸一口冷气，心里暗暗叫苦，这种收放自如，好玩便玩、不好玩便一口吞下的妖精性格，岂是她一个性格麻辣嘎嘣脆的“二姐”能搞定的？她不能眼睁睁看着黄小尊变成妖精口中的“唐僧”，只得豁出去背水一战。

这天，伍宝在小提琴教室面试实习老师，黄小尊气急败坏来电：“赶紧出来一趟，十万火急！”青少年宫外的咖啡馆，伍宝推门而进，等着她的不仅有黑口黑面的黄小尊，还有得意扬扬的王建儿！

黄小尊见了伍宝，拿眼神狠狠剜了她一眼，掏出一样东西重重拍到桌面上，质问道：“这个，你看看，是你干的好事吧？”伍宝扫了一眼桌上的东西，脸立刻涨红。“我敢做就敢当！我这么做还不是为了你、为了咱俩好，你但凡能照我的话去做，我至于这样吗？”黄小尊吼起来：“恶人先告状！你这么干反倒有理了？除了这个，你还干了什么见不得人的勾当？”伍宝也躁起来：“以你的能耐，肯定发现不了这个，是这妖精无事生非挑拨离间的吧？”王建儿好脾气地微微一笑，淡淡回应：“若要人不知除非己莫为，谁发现的不重要，重要的是你根本就不该这么干！”因为伍宝对王建儿的无礼，因为伍宝这回做得太过分让他很没面子，此时此刻当着外人的面，下不来台的黄小尊憋着一股劲儿狠狠一拍桌子，继续吼道：

“赶紧说，除了这个，你还做了什么妖魔鬼怪的手脚？赶紧说，说完你怎么装上去的怎么给我拆下来，写个保证书绝不再犯，否则，离婚没商量！”伍宝瞪大眼睛：“什么？我没听错吧，你长能耐了啊，敢跟我提这俩字？有种你再说一遍！”黄小尊舌头有点儿哆嗦，心虚道：“别转移话题，赶紧说正事！”伍宝道：“现在说什么都不好使，其他的都不重要了，你刚才是说要离婚吗？有种再说一遍！”黄小尊有点儿怯了：“以前我是怕你、让着你、顺着你，可你总得有个底线吧，总得给我留点儿面子……”伍宝怒吼：“少扯这些没用的，你长本事了，开天辟地头一回敢跟我叫板了，今天你要想把那俩字给咽回去，你就站起来喊十遍‘我是㞞包’，我就当今天这事没发生过！”黄小尊霍地起身，不甘示弱：“说就说，谁怕谁！你要再这么折腾下去，我就跟你离婚！离婚！离婚！”伍宝应声起身。“好，我答应你，谁不离谁孙子！”伍宝抹了一把眼泪，“我告诉你，我不仅在咱们卧室里装了针孔摄像头，还在你车里装了窃听器，网购的测谎仪和定位仪明天就到货。我就是要时时刻刻防着你们这对狗男女，就是要防着这个妖精一口把你给吞下。现在好了，我轻松卸任，你们可以大大方方地狼狈为奸了！”伍宝冲出咖啡馆，留下一脸蒙的黄小尊、镇定自若的王建儿、桌面上的针孔摄像头。

伍宝实在是被王建儿与自己老公的谜之暧昧搞得身心俱疲，无力招架，绞尽脑汁想出了这么蹩脚的烂招数。她知道这样做不对，也知道黄小尊发现之后会暴跳如雷，可谁让女人生来就是感性动物而非理性机器呢？伍宝上学时第一次读到“飞蛾扑火”这个成语时，就呆萌地觉得扑火的那只蛾子一定是个美丽女性，一定是被感情伤透了心，除了扑火，苟且忍耐都是比火还炽烈的煎熬。伍宝偷偷在她和老公的卧室里装了针孔摄像头，其余的窃听器、测谎仪之类的供词，只是她气昏头信口胡诌的。她装摄像头，不是想拍下老公与王建儿的什么不堪入目证据，恰恰相反，她是想通过这个证明自己是大错特错的，老公是一清二白的，他们的婚姻是刀枪不入的。结果事实证明，他们的婚姻是只纸老虎。

民政局的业务窗口前，伍宝和黄小尊向办事员递交了各自的离婚材料和证件。办事员抬头一瞧，乐了："哟嗬，又是你们俩，这是'二进宫'还是'三进宫'？我真记不清了，我在这个位置上再干几年，估计能看到你们俩创造个'离复婚'纪录了！"对桌同事补充道："你俩不用我们交代办理流程和细节了吧，都是熟门熟路的老主顾了，父母家人知道你们这么能折腾吗？社会焦点频道的记者真该好好采访采访你们俩，对那些拿结婚当儿戏、拿离婚当把戏的个别小情侣起点儿敲打警示作用！"办事员把伍宝和黄小尊的证件递还给他们，"得嘞，马上就好，谢谢惠顾，希望下次别再来了！"他们身后办手续的人听出端倪跟着起哄："见过吃饭上瘾的，没见过结婚、离婚上瘾的，他们父母就是钛合金的心脏，早晚也给气炸喽！"

伍宝和黄小尊一言不发，臊眉耷眼地出门，各奔东西。

第 13 章

财字头上几把刀

一朵花儿败，就有一朵花儿开。当伍宝和黄小尊的婚姻踉踉跄跄举起白旗时，梁蔻蔻和林依木这对“90后”小情侣的感情迎来了桃花朵朵开的灿烂时光。在医院里，他们互帮互助、眉目传情，下班之后，他们抓紧时间上进修班、完成学习任务，偶尔看场电影、吃个路边摊儿，他们谈情说爱的地方更多是在地铁里、公交车上、微信里。林依木带着梁蔻蔻回了家，为了不给梁蔻蔻带来过重的心理负担，他向父母介绍梁蔻蔻是自己的同事。林家父母是过来人，一目了然他们的关系，却不戳破。梁蔻蔻在林依木那个简陋、狭小却舒服自在的家里感受了在自己家从未感受到的东西，亲情的温暖，家人之间的关切，以及一个家应该有的凝聚力。林家父母的确是各有病痛，但长期与病魔斗智斗勇的经历，反倒让他们平添了乐观、豁达、通透的人生感悟，与梁蔻蔻那对虽然体健貌端却一肚子心事、心病的父母一比较，与她那个虽然物质条件优渥却各自为营、为政的家庭一比较，林家父母反倒是丢椟得珠、小失大得的生活赢家。

梁蔻蔻喜欢吃林妈妈做的家常菜，喜欢看林爸爸无时无刻不在宠溺林妈妈，喜欢陪着林依木给林妈妈量血压、测心率，给林爸爸测血糖，督促他运动，监督他的饮食，每晚检查他足部皮肤颜色，有无水泡、破损，发现异常及时处理。梁蔻蔻觉得，她与林依木这样的爱情不绚烂不轰烈，但更容易细水长流，直到有一天，林依木老成了林爸爸，她老成了林妈妈，她还是他手心里的宝。

在林依木潜移默化之下，梁蔻蔻对梁天佑以及余芳一家人的态度也慢慢有了改观。梁蔻蔻鼓足勇气敲开表姐家门，扑进爷爷怀抱，向他忏悔求他原谅。她主动向表姐请缨，带爷爷去医院做康复训练、理疗的事就交给她和林依木了。在梁蔻蔻的促动下，余芳单独见了林依木两次，对他印象不错。一次，梁蔻蔻和林依木送做完理疗的爷爷回家，余芳挽留林依木共进晚餐，文秀英特意加了几个硬菜，伍家平拿出了珍藏的茅台酒，一家人开开心心吃着聊着。梁蔻蔻突然拉起林依木，俩人毕恭毕敬向一桌人鞠躬九十度，一脸恳切地求大家支持他们的恋情。梁天佑冲大家暗暗使了个眼色，伍家平第一个拍桌子反对，余芳紧跟着一口一个不同意，文秀英摇头表态，梁天佑反应最激烈，左一个你俩不合适，右一个你俩不般配，唯有乐乐举双手赞同。林依木急出了一头汗，结结巴巴表示自己会努力会加油，梁蔻蔻急出了两眼泪，不停央求不停保证。

梁天佑看把这两个小家伙给折腾得差不多了，也借此试探出了他们的心意，老爷子瞬间“变脸”，从“冰块脸”变成了“向日葵脸”，笑哈哈让未来的孙女婿给自己斟酒，满桌人计谋得逞地开怀大笑。两个小家伙这才还过魂来，梁蔻蔻破涕为笑一头扎进表姐怀里，林依木给爷爷斟满酒，伍家平示意他一起干杯。一两的酒杯，五十多度的烈性白酒，压根儿不会喝酒的林依木一口闷了，既是压惊也是自贺，这杯酒不辣，有点儿甜！

在余芳和梁天佑的鼓励下，梁蔻蔻鼓起勇气带着林依木正式登门拜见父母。她以为，经过上次自己差点儿被唐璜骗色的教训，再小市民、势利眼的父母也会幡然悔悟，以女儿的终身幸福为重。梁蔻蔻生怕她一开口提这件事就遭到老妈一口回绝，干脆来了个先斩后奏——一个招呼不打趁晚饭时间带着林依木直接进家门。当林依木放下手里隆重但不奢华的见面礼时，她开门见山跟父母说："这位，就是传说中的林依木，我的男朋友！"

闻听女儿如同宣战般宣布她的真命天子，饭桌前的梁山和潘爱莲面色一沉，迅速交换了个眼色。潘爱莲作为梁家官方发言人，查户籍般冲林依木开审："你是正式医生吗？一个月工资多少？你也是独生子女吧，你家有几套房？面积多大？是小产权还是大产权？你爸妈是工薪族还是做生意的？存款多少？外债多少？有社保吗……"梁蔻蔻听不下去了，意欲上前阻拦，被梁山一把拦过去："你走过夜道还不怕黑吗？他要是第二个唐璜怎么办？他要比唐璜还唐璜你怎么办？我们这是为了你好，你给我老实待一边儿去！"林依木冲梁蔻蔻镇定一笑，这笑的意思是该来的我们逃也逃不掉，既来之则安之吧。林依木硬着头皮一一回答潘爱莲的提问，他的如实回答让潘爱莲的面色越来越难看，显然，林依木的回答没有一个能符合她的择婿要求。当林依木说到他父母的健康状况时，潘爱莲一摆手听不下去了：“好了好了，别说了，你每说一句就等于是往我胸口插上一把尖刀！蔻蔻是被我们当成公主一样给宠大的，我们怎么舍得把自己辛辛苦苦养大的公主送到你们家去当干粗活的使唤丫头？！你除了这张脸以外浑身上下没有一样能配得上我们蔻蔻的，男人长得再好看也不能当饭吃。我们家找女婿的条件其实很简单，就一条，他要比我们更加疼爱蔻蔻，给她更好的生活条件和物质享受，让她当一辈子的小公主！”梁山打断老婆的话：“他一穷小子，自己都没享过什么清福，哪有本事让我们蔻蔻享福。甭跟他废话，打发他走人。”他转而对林依木不耐烦地说：“小子，叔叔最后送你一句话，你要真为了蔻蔻好，以后就别再骚扰她，你俩不是一路人，勉强走到一起早晚积怨成恨。好走，不送。”

任凭林依木怎么解释他和梁蔻蔻是真爱，怎么保证他会努力给她幸福，怎么恳求给他一次证明自己的机会，潘爱莲和梁山均不为所动。急躁的梁山起身推搡着林依木向门口走去，林依木勉强挣扎但却不敢使强力，梁蔻蔻急红了眼睛：“爸，妈，你们怎么这么市侩，这么见钱眼开？如果林依木有个腰缠万贯的亲爸，或者他自己有家私人医院，即便他秃顶、镶金牙、离过三次婚、比我大二十岁，你们也会像迎财神爷一样对他百依百顺的。林依木从头到脚什么都不差，就差了一点儿钱，可我要嫁的是人，不是人民币！”梁蔻蔻边说边扯梁山的衣袖，阻止他对林依木的无礼举动。梁山冲女儿怒吼：“你是蜜罐子里泡大的，哪里懂得生活的艰苦？我告诉你，让你跟着他吃上三个月的泡面就榨菜，什么爱情什么痴心都烟消云散了。爱情本来就是吃了一肚子鲍鱼拿来消食解腻的东西，这小子连鲍鱼是什么滋味都不知道，哪配谈情说爱。有这工夫他还是赶紧赚钱填饱肚子吧。”潘爱莲语出讥讽：“蔻蔻爸啊，你也是个没受过苦的大爷，现在泡面多少钱一碗啊，加蛋加火腿肠的更贵，咱闺女跟着他能顿顿吃上泡面我就念佛了，只怕顿顿是清粥小菜涮肠子罢了！”

林依木不卑不亢还击道：“叔叔，阿姨，我们家的生活条件是比你家差一些，但我该受的教育一点儿没落，该懂的做人道理一条不少。我是靠奖学金、靠勤工俭学完成的学业，我现在的确是个实习期医生，但我不偷不抢有正当职业有光明的前程，我觉得配蔻蔻一点儿不寒碜！我爸妈的退休金除去医药费是只够生活支出的，可能不及阿姨打一天麻将的进项，不及叔叔做一单生意的盈利，可我们家的每一餐饭都是荤素搭配营养均衡的，不然我也长不了一米八几的大个头。我们家地方小，所以容不下吵吵闹闹，父母健康状况不好，大家都格外珍惜与家人共处的每一天每一刻。如果用钱作为衡量一个家庭是否幸福的唯一标准，我们家是不及格。如果用除了钱之外的任何条件来衡量，我们家都要比这个家庭幸福得多！”梁山瞠目结舌却无力反击。林依木向梁蔻蔻父母鞠躬致意，平静地出门离去。

梁蔻蔻拔脚欲追，被潘爱莲一把拖住。“追什么追，你们俩到此为止，从今往后他走他的独木桥，你走你的阳关道。”梁蔻蔻反唇相讥：“妈，你也是为人父母的，居然还嫌弃别人的父母？如果有一天，你和我爸躺在床上不会动了，大小便不能自理，吃饭靠输液，一天的医药费比普通人家一个月的饭钱还贵，到那个时候，我的土豪丈夫、我的财主公公、我的大款婆婆一起命令我跟这个家一刀两断不相往来，我是不是得像你现在这样态度坚决翻脸走人啊？妈，您教教我该怎么做，免得到时候您骂我是白眼狼，我回骂您没有白眼狼父母哪来的白眼狼闺女！”潘爱莲气炸了肺，血往脑门涌，抬手狠狠给了亲闺女一巴掌！梁蔻蔻捂着滚烫的腮帮子，没哭，惨笑道：“妈，这是你第一次打我，你比我更疼吧？你应该早点儿打醒我，让我少走点儿弯路、少犯点儿浑。我向你们保证，我真的长大了，我知道自己该怎么做，我一定会活得比你们明白、坦荡、幸福！”梁蔻蔻撂下这句话，奋力挣脱潘爱莲的拉扯，冲出家门，追逐属于她的爱情和幸福去了。

一个多月下来，父母对林依木的态度决绝始终没有转圜余地，梁蔻蔻对父母丧失信心和眷恋。没多久她就以方便工作和夜校学习为由，并搬出护士长当说客，搬到了医院职工宿舍。潘爱莲早就后悔打梁蔻蔻那一巴掌，多次挽留无效，为了闺女的工作前程，为了闺女住宿舍后每天早上可以多睡一个钟头的懒觉，她勉强应允。梁蔻蔻勤恳工作，除了周六回家完成向父母请安的任务，其余空闲时间不是在表姐家蹭吃蹭喝陪伴爷爷，就是跟着林依木回林家感受家庭温暖。

梁蔻蔻这一搬走就像摘掉了潘爱莲的心尖尖。梁山天天早出晚归甚至酗酒不归，他的每一单生意都是赔本买卖，不但不往家里拿钱，反倒把家里的积蓄挥霍掉不少。潘爱莲让梁山为闺女受辱一事找唐璜算账讨还公道，梁山按潘爱莲给的地址去找了唐璜两次，酒店包房早已退房，他所说的公司地址是假的，此事只能不了了之。潘爱莲恨得牙痒痒，也是无计可施。

她对一心展翅高飞、越来越不听话的闺女感到失望，对既守不住人也见不到钱的老公感到绝望。她每天就是约着一群麻友混迹各个牌场，过着黑白颠倒的散乱生活，凭借多年练就的娴熟牌技，赚了零花钱，也打发了时间，混一天少两晌。

这天晚上吃罢晚饭，潘爱莲应“三缺一”之约来到一麻友家里准备牌桌夜战。最后到场的一麻友带了个朋友过来玩，他们一进门，眼尖的潘爱莲冲上去朝着麻友那朋友的四方大脸就开挠，等众人拉开他们时，“四方大脸”的脸上已经添了几道血淋淋的鲜艳挠痕。潘爱莲冲“四方大脸”破口大骂：“王八蛋！老天有眼可让我逮着你了，今天我要不亲手把你给废喽，我就不姓潘！”“四方大脸”正是久未露面的唐璜！众人起先以为唐总欠了潘爱莲麻将钱，纷纷劝说。等潘爱莲说出来龙去脉后，一麻友啐了唐璜一口，另一麻友朝他补了一脚。潘爱莲给梁山打电话，要他带人过来结结实实收拾唐璜。唐璜闻言双膝下跪，挤出满脸可怜相连声求饶。他口口声声称自己的确是真心喜欢梁蔻蔻，也是有意要娶她。那天是他一见佳人抑制不住男人的欲望冲动，犯了错误。他早就想去梁家登门认错，认打认罚，只要潘爱莲夫妇说一个赔偿款额，他绝不二话双手奉上。说话间，唐璜掏出身上所有现金，大概有一万来块，双手捧到潘爱莲面前。潘爱莲别过头去不理睬、不接受、不拒绝，一麻友接过来塞给潘爱莲：“想想咱闺女的损失，不要白不要，拿着，这才是个零头！”

唐璜看着潘爱莲接过钱，并没有摔他一脸，知道事情有转机，松了口气，接着娓娓道来。唐璜称他向潘爱莲、梁蔻蔻隐瞒自己的婚史，一是怕她们因此嫌弃他拒绝他，二是他的确早已与老婆分居，正在办理离婚手续。老婆在外有姘头，他们合伙意图在离婚一事上大做文章霸占他的公司和资产，他为了多年打拼积累下的资产不被那对贼公贼婆侵吞，不得已将公司关门转为地下贸易，酒店包房退房改为流动性上门谈生意。他近期已经委托私人侦探拿到老婆的不轨证据，正与老婆交涉离婚条件中。只要办妥了离婚，他就大大方方去梁家拜见家长，正式向梁蔻蔻求婚，聘礼六位数。婚后他就把梁蔻蔻名字加为公司法人代表。他的，就是蔻蔻的，蔻蔻的，还是蔻蔻的。

唐璜不仅巧舌如簧，把话说得滴水不漏，还掏出手机点开他与老婆的离婚协议书、他公司的资质文件等拍摄图片，点开银行卡账户余额，请潘爱莲一一过目。几个麻友围过来仔细端详，有人低声劝潘爱莲把闺女嫁不嫁给这个唐总姑且再议，但到手的肥鱼不能让他白白漏网了，冲这银行卡余额七位数，冲这公司注册资金上千万，就必须给唐总一个台阶下，陪着他好好玩，争取让潘爱莲玩成潘总，玩出百万、千万身家来。麻友的心思其实正是潘爱莲的心思，她没全信唐璜的话，但也没有全不信。她没想好宝贝闺女的终身幸福是否能依靠这个唐总，但她想好了一件事，暴揍他一顿太便宜他了，这一万块赎罪钱只是个开始，为了女儿更为了她自己，她要从他身上获得更多赔偿，他欠她们娘儿俩的，他必须加倍偿还！

一个多小时后，梁山带着滔滔人马呼啸而来，磨刀霍霍要为闺女一雪前耻讨还公道时，看见潘爱莲与唐璜等人围坐喝茶笑谈如风，他吃惊得下巴都快掉地板上了。潘爱莲带着梁山进里屋嘀嘀咕咕了一会儿，等他们达成统一战线出来时，唐璜已经殷勤订好星级饭店的豪华包间，点了一个5888元的套餐，向未来岳父岳母大人设宴赔罪了！这一顿饭吃下来，酒足饭饱的梁山与唐璜开始勾肩搭背称兄道弟。潘爱莲抱着手机里的计算器不停演算，接下来她与唐璜合作的一笔几十倍暴利的生意要投入多少、获利多少，年底她要举家欧洲奢华游，逛吃逛吃外加买到手软……

本就长了个算盘珠子脑袋的梁山和潘爱莲，在唐璜的引（洗）荐（脑）下，加入了一个名为“富康国际”的公司。该公司号称是欧洲一个高端养老全线产品集团公司的子公司，有雄厚资金和实力财团支持，目前刚刚进军内地市场，力求三年内让第一批加盟商家个个成为亿万富豪。达不到这个基数，公司全额退赔加盟商户的进货、运营款。梁山和潘爱莲研究了公司的各项资质材料和证件的复印件，验看了公司各项产品实物和功能简介，翻阅了唐璜等加盟商户的进货、销售以及提成账面记录，这对夫妻在心里飞快打起小九九，喜滋滋地认定这下他们总算是掉进钱眼儿里了。

梁山夫妇听了几场唐璜的上线、上线的上线的几位高端会员的成功事迹演讲，参加了一期专业培训。讲师口沫横飞地告诉大家，李嘉诚已经从房地产全身而退，把大部分资金转投到高端养老保健项目。国内的资本大鳄也大举杀入养老产业市场，积极筹建养老保健食品、器械、社区、医疗等一条龙商业链。讲师列举出这些商界大咖时，一副昨晚刚与他们共进过晚餐、上星期才与他们打过一场高尔夫的权威神态，台下学员打了鸡血般群情激奋，一副“下一个亿万富豪非我莫属”的胸有成竹。唐璜给潘爱莲献计献策，他们所在的小区属于购买力坚挺的中档小区，小区内中老年业主及家属都是他们可发展的客户群，光这一个市场攻克下来就够他们赚大发的了。巩固了这一个市场之后，再向亲朋好友的小区地毯式传播，三年内他们指定收入过亿！潘爱莲还是没完全开窍，做生意头三脚难踢，她该从哪儿打开缺口？唐璜一句点醒了她，她可以把参加过的专业培训会换个名目照搬到他们小区。她公公是个离休老干部，多好的一个现身说法的典型对象啊，只要她告诉大家她公公就是这个产品的忠实使用者，因此而百病全消、重获健康，何愁大家不蜂拥而上抢购产品啊！潘爱莲的眼睛咻地燃起小火花，对啊，现如今的老年人最渴望的就是健康，只要让他们相信产品的健康功效，老年人的钱最容易赚！唐璜觍着脸多问了一句："那个，潘总，不，岳母大人，什么时候能请蔻蔻赏脸吃个饭，我好负荆请罪跟她解释清楚这个误会？"潘爱莲脸一耷拉："真不知道那臭小子给她施了什么妖术邪法，现在连我见她都得提前三天预约，你慢慢排队等着吧！"

梁山夫妇麻溜儿地与"富康国际"签约、提钱进货，成了唐璜的下线。梁山那个从前像杂货铺的小公司内现在堆满了各种老年营养液、保健食品以及保健仪器，从前那些零售小贩们接到消息来围观看热闹的多，批发提货的少，业绩一直平平。潘爱莲明白，万事俱备只欠梁天佑这股东风，必须请老爷子出山！

请梁天佑出山这出戏的总策划、总导演均为潘爱莲，女一号也是她。梁山只捞了个男配角当，负责拎着几大盒子自己店里的保健、营养品，乖乖跟在潘爱莲屁股后头。潘爱莲嘱咐他待会儿到了余芳家要多笑、少说，看她脸色行事。潘爱莲很精明，第一次主动登门选了个余芳和伍家平均不在家的工作日。

文秀英一直对这对市侩夫妇不感冒，开门迎客后拿一张冷脸应对他们的谄媚笑脸，他们说十句她答一句，算是大大方方摆明了冷淡态度。梁山脸上有点儿挂不住笑了，潘爱莲一声低咳，梁山直奔阳台上晒暖的梁天佑嘘寒问暖、大献殷勤去了。梁天佑的态度比文秀英那张冷脸也好不到哪儿去。这段时日多亏了文秀英的周到照顾和陪伴，梁天佑的健康状况好转了不少，头脑清晰的时候明显比混沌的时候多且长，念报等一些认读、感统训练帮助他恢复了日常会话能力、身体协调能力，以及情绪方面的稳定。梁山夫妇的突然光临，若在两个月前会是一个恶性刺激，而现在对他来说，只是平淡湖面上落下的一颗小石子，至多一圈涟漪回应罢了。对于梁山和潘爱莲假惺惺的关心问候，以及几大盒保健营养品的孝心表示，梁天佑只是不喜、不悲、不惊、不怒地淡然接受，陪他们略坐了坐就打着哈欠回屋小睡了。梁山夫妇灰头土脸撤退，这在潘爱莲的意料之中，扔掉多年的石头捡回来揣到胸口捂上半天还未必能焐热呢，何况是被他们清理出家门N年，洞悉世事的亲爸？不急，他们有的是时间，慢慢来。

一次、两次、三次……潘爱莲和梁山的登门请安越来越频繁。文老太的孤独症才痊愈不久就因此添了心悸、心慌的毛病，只要一听到潘爱莲那魔性的笑声在家里响起，一看到梁山拿这里当自己家的任意妄为，她就心悸不安，胸闷不舒，头晕目眩，失眠到后半夜。家里地方本来就小，只要梁山夫妇热热闹闹一登门，根本放不下乐乐的一张安静课桌！累了一天的余芳和伍家平不但没法儿休息，还得勉强应付舅舅和舅妈的侃大山吹牛，对他们好吃好喝地伺候着。有两次伍家平实在是加班累坏了，一瞅梁山两口子压根儿没有离开的意思，干脆跑到附近的网吧戴上耳机眯觉去了。不仅如此，潘爱莲凭借她那三寸不烂之舌，成功向余芳家的左右邻居以及小区内好几户人家兜售出去了他们代理的保健营养品。有人吃了后反映腰不酸了、腿不疼了、吃嘛嘛香，有人吃了之后把几年不再犯的老胃病给招惹出来，还有个别老年人吃了这个之后原有病情反复和加重的，总之服用效果有说好的，有说不好的，潘爱莲能说会道一一化解，变着法儿地继续推销产品。

月底，潘爱莲独自一人笑脸盈盈登门，进门就恭贺梁天佑福如东海寿比南山。梁天佑和文秀英摸不着北，余芳不咸不淡提醒她，距离姥爷的七十三岁寿辰还有近两个月呢！潘爱莲丁点儿没觉得不好意思："老爷子一个多月后的农历生日咱们一家人关起门来在家过，这个阳历生日一定要隆重热闹地敞开了过！"伍家平查阅着手机上的日历撂下一句："姥爷从来没过过阳历生日，再说了，就是阳历生日也还有小半个月呢！"潘爱莲脸都没红一下："你们年纪小不懂这些老规矩，我不怪你们。俗话说'七十三、八十四阎王不接自己去'，老爷子这个七十三岁寿诞不能不过，也不能隆重地在正日子里过，就得提前热闹庆祝，这叫讨喜避灾。梁山为了筹备这个寿宴已经几天没合眼了，日子定在这周日，饭店和菜单都定好了。你们不仅要全家到齐，家平你得叫上伍宝他们两口子和公婆，余芳和家平你们的同事、好友也得叫上。喜帖我这就当场写，份子钱不拘多少大家随意，咱们就为了老爷子图一个吉庆热闹！"

余芳和伍家平还是搞不明白舅舅、舅妈这两口子的葫芦里卖的什么药，他们想拒绝却苦于找不出个借口来，一时冷场。

一直在餐厅练习写毛笔字的梁天佑搁笔走过来，一口答应潘爱莲："蔻蔻她妈，谢谢你为我这个老头子费心了。生日那天一早你们过来接我，儿子、儿媳为我准备的这杯寿酒我一定得喝个高兴、痛快！"潘爱莲得了梁天佑这句话，心里那个爽歪歪啊。梁山已经跟酒店经理订好了五桌酒席，周日这天是酒店店庆日，包桌宴席一律六折。除此之外，梁山约好了全体下线客户和一些中老年积极购买者一起赴宴，进行新产品试吃、试用体验，让梁天佑不明所以地就为他的新产品代言做宣传，把这场寿宴变成他的新产品推广成交会。唐璜承诺，只要新产品购买量达标，这场"寿宴"混搭新产品推广会的开销费用公司财务可以报销一半。这种一举数得的赚钱美事，潘爱莲怎能错过?

周日，寿宴。梁山上午十点多驾车到余芳家来接老爸梁天佑。余芳从昨晚开始就肩部酸胀，左臂发沉抬不起来，疼得直到后半夜才睡安稳了，她料想是周五在单位盘点库存累着了，用维C泡腾片泡水喝，肩头贴了膏药，外加一条披肩。余芳担心姥爷的起居照料问题，就提前举家出发，一起早早到了酒店。

刚到酒店门口，余芳和全家人就被眼前这虚张声势的排场给惊到了：酒店门口摆了两排花里胡哨的大花篮，花篮条幅上皆是这个总那个总的振振贺词。酒店门头扯起一条鲜红横幅，上书金粉大字"恭贺富康新产品隆重上市暨梁天佑老先生寿辰"，这横幅内容看得众人皆是云里雾里、半蒙半懂。余芳等人硬着头皮搀扶梁天佑进入酒店大堂走廊。走廊左边一排佩戴着红绶带的礼仪小姐，见人就发产品宣传页和迷你试吃装。余芳从头到脚别扭起来，伍家平小声跟她嘀咕："这是卖产品啊，还是给姥爷过寿啊？”余芳叮嘱他：“他们就是把天安门给卖喽咱都管不着！记住，别光顾着吃，看情形不对架起姥爷咱就撤！”

酒店入口走廊至大堂的接口处，设有礼仪签到处，其实就是交红包签名拿入席卡。余芳上前递交红包。潘爱莲盘了个贵妇髻、一身大红套装犹如“二婚”新娘般喜气洋洋迎上前，拎着一件暗红色盘扣中式大衫非要给梁天佑换上，说是得给寿星装扮装扮添添喜气，梁天佑听之任之，安然入座。

五桌酒席安置在酒店大堂东厢厅，用几个屏风给隔断开，也算闹中取静。东厢厅居中垂挂着一个硕大的篆书寿字，寿字两旁分挂着富康新产品宣传海报，显得别样滑稽。伍家平帮乐乐剥花生，余芳旁若无人挥臂活动酸痛关节。潘爱莲笑脸相迎到脸抽筋地簇拥着孙岩过来入席，孙岩拿出一个厚厚大红包双手奉上。潘爱莲看见出手阔绰的女财神爷除了巴结讨好就是各种献殷勤，不知怎的，余芳觉得舅妈今天格外丢脸跌份，十足一个马戏团小丑，她忍不住悄悄离席躲开这尴尬的场面。

黄小尊和黄爸黄妈均接到了潘爱莲的请帖，不来不合适，他们被安置到文秀英、梁蔻蔻、余芳和伍家平这一大桌上。伍宝情知这一天要和黄小尊撞面，觉得来了更不合适，干脆找个理由躲开了。黄爸黄妈尚且不知道这俩小冤家再次离婚的内幕，黄妈还跟黄小尊打听伍宝为什么没来，黄小尊信口胡诌说伍宝有商演活动，由他全权代表。黄小尊本来撒谎撒得驾轻就熟，不料身旁落座一美女，定睛一看是瞅着他微笑但不揭老底的王建儿，他就萎靡不振了。主持人宣布寿宴开始，余芳踱步返回座位，她与孙岩的座位之间玄妙地隔着一个伍家平。主持人通篇都是对富康产品功效的夸张介绍以及对绩优销售员的溢美之词。就这几十分钟的工夫，余芳冷眼旁观出伍家平对待她和孙岩的明显区别来，他和孙岩聊上十句也跟她聊不上一句，他和孙岩聊公司业绩、报表问题、客户反响以及财务建议，聊得累了，他也不过回过头来嘱咐她看好乐乐、给姥爷剥虾壳。服务员过来斟茶，伍家平看到孙岩眉头略蹙，会意起身，回来后递给她两瓶依云矿泉水。孙岩接听客户来电，客户问询加盟区间费用，孙岩卡壳想不起来，伍家平调出手机内存数据指给孙岩过目，俩人用眼神交流，一来一往默契十足，既是上下级更是战友拍档。孙岩挂断电话，告诉伍家平客户下周来签合同，俩人孩子气地击掌，碰杯庆贺。这一幕让余芳看得辣眼睛，胃里直冒酸水，肩头、臂膀的疼痛迅疾蔓延至胸口，连拿筷子的力气都没有了。

主持人有请梁山，梁山搀扶着梁天佑缓步登台。接过话筒的梁山一开始还是在恭贺老爸寿诞、老人是家中一宝、孝顺是中华民族传统美德的主旋律上滔滔不绝，说着说着，他就自编自演自说起了老爸前两年身体如何之差，检查出若干病症，生活已经到了不能自理的地步，全是靠这半年多以来吃了富康营养保健品，从老来多病康复到了老寿星的地步，如今是吃嘛嘛香身体倍棒，外人打眼一看还以为他们爷儿俩是哥儿俩呢！台下一阵哄笑。梁山把新产品拿出来一件件夸大其词地忽悠宣传，还有现场购买产品抽奖活动，一副传销洗脑的腔调架势。宴席大厅变成了兜售现场，服务员与其他食客均凑过来品头论足看热闹。在今天之前，余芳觉得自己在孙岩面前，虽毫无优越感但也绝不丢份，算是各有长短，势均力敌。可今天这场宴席上跳梁小丑般的舅舅和舅妈，让她感觉丢尽了颜面，整个人矮了好几寸！她几次欲上台制止，想带姥爷离开，都被潘爱莲拦下。

梁山把话筒递给老爸，让他说几句服用保健品后的疗效和切身体会。当然，这是他们父子事先串好词儿的安排。梁天佑接过话筒，站起来清清嗓子："大家好，我先谢谢各位今天或情愿或不情愿地来参加这个活动吃这个饭。我儿子让我说几句感受体会，我就说三句，说多了我儿子估计也没时间听。第一句：我要感谢外孙女余芳和孙女婿家平多年来不离不弃的亲情陪伴，感谢乐乐奶奶文秀英女士对我的费心照顾。你们辛苦了，没有你们就没有今天站到台上的我！"梁山有点儿急，他以为老爸紧张到忘词，低声给老爸提词。

梁天佑推开梁山，慢慢走下台阶，慢慢走到众人当中，举起话筒："第二句：这个保健品是假的，是害人坑钱的，你们千万不要上当！"台上的梁山和宴席上的潘爱莲不约而同奔向梁天佑，企图制止他说下去。余芳、梁蔻蔻和文秀英拦住潘爱莲，伍家平和黄小尊上前阻止梁山，梁天佑继续说道："第三句：我的亲儿子梁山和他媳妇，他们多年来不但对我未尽到子女孝顺的本分，还变着法儿索要我的积蓄。他们的房子是我出钱买的，他们住着我的房却把我推出家门！我今年七十三了，今天到场的大家伙儿给我做个证，我现场立遗嘱，我百年之后要把梁山住的房子——就是我名下的房产，尽归外孙女余芳和外孙女婿伍家平所有，他们才是我的合法继承人！我要说的三句话都说完了，谢谢。"

全场哗然！

第 14 章

一块肥肉掉进了狼窝

一场处心积虑、隆重热闹的“寿宴”就此不欢而散。

黄小尊驾车追上人行道的父母，无论他怎么鸣笛示意，黄爸黄妈都懒得搭理他。黄小尊只得路边停车熄火，下车觍着脸向父母口口声声认错，黄爸忍不住语出讥讽：“哎哟喂，您哪能有错啊，错都在我们，是我们对你关心不够，不体察‘儿’情，不够格为人父母！出了这么大的事，我跟你妈都一直被蒙在鼓里，是我们对不住你，我在这里给您鞠躬认错赔罪啦！”黄爸说着就要鞠躬，黄小尊赶紧拦住老爸，脸上的五官拼凑在一起就是一个大写的“囧”。黄妈吩咐老伴儿：“他既然跟咱们没一句实话，咱们干吗跟他废话。要不是建儿刚才一不留神说秃噜了嘴，他跟伍宝离婚的事是不是打算瞒我们俩一辈子？”黄小尊忍不住嘟哝：“王建儿哪里是一不留神说秃噜了嘴，我看她是故意放水，好在一边看我跟伍宝的笑话！”

一家三口正争执间，两个交警巡逻至此，一个举起相机拍照，另一个打开罚单落笔。黄小尊吓得飞奔到警察面前，又是赔笑又是求饶，抓着警察的笔死活不放。黄爸黄妈一旁冷冷发笑，黄妈朝警察喊话：“警察帅哥，拜托你给这小子多开几张罚单，最好把他的十二分全给扣完！这小子目无尊长，拿离婚当儿戏，开车时候接打电话、加塞、超速、别车都是常事儿，我和我老伴儿都可以做证！”两个警察面面相觑，闹不清黄家三口这唱的是哪一出儿，面色明显凝重起来。黄小尊哭笑不得灵机一动，冲老妈一鞠躬：“我的亲丈母娘哎，我跟您闺女离婚是我不对，您大人有大量，别拿警察哥哥当枪使！”俩警察相视苦笑，似乎明白了什么。拍照的警察冲黄小尊一挥手，“违章停车交罚款是必须的，这回罚你两百，暂不扣分，下次可得长记性了！”另一个警察把罚单撕下来递给黄小尊，暗暗嘱咐他：“赶紧把车开走！你是真傻还是真糊涂啊？这天底下最最不能得罪的就是丈母娘，尤其你这位还是前丈母娘！”黄小尊不停点头，领罚谢恩，他发动车子上路，冲爸妈抛下一句：“老丈杆子、丈母娘大人！二老慢慢溜达着，我先回家等着给二老负荆请罪去啦！”黄爸黄妈听着儿子这满嘴浑话，越发捶胸顿足气急败坏。

黄爸黄妈情知逆子眼巴巴赶回家中等着负荆请罪，心怀叵测地企图一哭二闹三上吊地大事化小小事化了，他俩一合计，坚决不给儿子这个找补的机会，必须想个以毒攻毒的法子治治这小子。俩人关掉手机转身往家的反方向走去，逛商场、购物、吃大餐、看电影、进游戏厅玩VR虚拟游戏，做足浴，玩尽兴了也商量出对策了，天色黑透才进了家门。

枯等爸妈大半天的黄小尊不知不觉窝在沙发里睡着了，听得爸妈进门的动静，赶紧抖擞精神坐起来，把半杯白开水泼自己脸上，故作痛哭流涕状，主动向父母坦白他与伍宝几次三番闹离婚的来龙去脉。黄爸黄妈听完没吱声，既不痛心疾首训斥也不苦口婆心劝说，二老默契地起身回屋，一夜无话。

第二天一早，陈一朵冲进维修车间，一把夺过黄小尊正在啃着的鸡蛋灌饼，把一张报纸塞进他手里，大呼小叫："黄老师，您上报了！虽然不是头条，但照片那么大，标题那么醒目，您肯定要火！"整个车间的技师、学徒和工作人员都围拢过来，几十双眼睛齐刷刷盯着陈一朵食指指向的报纸中缝，一则醒目的启事内容被众人大声朗读出来："因黄小尊未尽到孝顺、赡养父母的责任和义务，即日起，黄海涛和卢丽萍宣布与其断绝父子、母子关系，彼此再无亲情、经济往来，特此声明。"众人大眼瞪小眼，黄小尊被嗓子眼儿的灌饼噎得直翻白眼，陈一朵吐吐舌头："对不起，黄老师，我刚看到照片还以为是客户的感谢信呢，没想到是家变内讧。您不用骂我，我这就滚出去，以后绝不在您面前出现！"十分钟后，整个4S店从上到下都在热议这件事，八卦出了黄小尊父母与其断绝关系的十八个奇葩版本。一个小时后，黄小尊的电话开始不停响起，远亲近朋外加老同学都打来电话各种凑热闹。一个上午，黄小尊被车间领导、门店领导乃至公司领导分别叫去问话。整整一周，黄小尊像被搁在热油锅上两面煎，直煎得外焦里嫩。伍宝的境遇虽然不像黄小尊那么惨烈，但也受到了身边同事和朋友的过分关注和望闻问切。毕竟，这小两口当初爱得轰轰烈烈人尽皆知，如今这婚离得不但劳燕分飞，连父母长辈都掺和进来登报脱离亲属关系，这种"手拿菜刀砍电线，一路火花带闪电"的离婚连锁效应，伍宝与黄小尊自认第二的话，估计没人敢认第一！

或许是同病相怜，也可能是心灵感应，伍宝不由自主留意起黄小尊在朋友圈里发的每一条动态。有一次在他发的一条吐槽受尽父母冷眼和奚落的朋友圈下手滑点了个赞。伍宝不知道，这一个赞被黄小尊截图保存手机相册，三不五时翻出来，越看越暖心。只要有空，黄小尊就会跑到伍宝小提琴教室的周边溜达，溜达的次数多了，果然制造出一两次偶遇。俩人相逢一笑泯恩仇，客客气气地吃了个饭，聊了会儿天，彼此都发现，解除夫妻关系做回朋友的他们，反倒比以前相处得更自在、舒服。伍宝告诉黄小尊，已经有姐们儿给她介绍相亲对象了，黄小尊心里虽然难免抽搐几下，但还是认真给她提出几条相亲建议，当然是仅供参考。伍宝大大方方问他与王建儿交往得怎么样了，黄小尊打肿脸充胖子地告诉伍宝，他和王建儿目前已经捅破了那层窗户纸，至于能不能奋斗到结婚地步就看王建儿同志努力奋斗的表现了。二人吃吃喝喝说说笑笑，居然没翻一次脸、没闹一点儿别扭地圆满结束饭局，在路口很有风度地握手道别互相祝福，这真是破天荒的头一遭。但凡有任何对他们知根知底的旁观者在场，都会铁了心认定这二人不是在飙演技就是在演狗血剧。

比黄家的兵荒马乱有过之而无不及的是伍家，余芳接到的一个电话引发了一场家变。

这天，余芳在图书馆的仓库做新书登记，另外两个“颈椎断掉”“肩膀酸掉”的女同事躲在角落里嗑瓜子、补充能量、休养生息。两个女同事越嗑越香，八卦尺度越聊越大。突然其中一人像发现新大陆般尖叫一声，扒拉开脚边报纸上的瓜子壳，一惊一乍道："这年头还有人玩断绝父子关系的游戏，真是吃饱了撑的。哎，黄——小——尊，这名字耳熟，我肯定在哪儿听说过！"另一个女同事边嗑瓜子边说："这启事我前天午休时就看到了。这家人真有钱，没事找报社大把撒银子逗闷子玩，还一登就是好几天，生怕全国人民看不到记不住似的。你这一说，我想起来了，余芳，你家小姑子嫁的那口子就姓黄，他叫啥名字来着？别是跟这个被父母断绝亲子关系的同名同姓吧？"货架梯上的余芳早就看过这则启事。她给伍宝打过电话，大致知道事情的来龙去脉，但她实在不想给这俩八婆增加嗑瓜子时的茶梗话肴，只得硬着头皮假装听不见，捧着文件夹继续做记录。不料这俩女同事还来劲了，见余芳没吱声起身过来上赶着声声追问。余芳正被她俩一个前追一个后堵得进退无路之际，手机来电。余芳掏出手机走出去接电话，对方声称是地质勘探处拆迁办的工作人员，她父母生前分的那套一居室因整个楼盘年久失修，已经无法继续维系居住条件，单位与开发商达成了合作开发商品房协议，通知她近日带齐相关手续去拆迁办公室面谈具体拆迁事宜。这个消息无异于天上掉下一块馅饼，不，是一大盒馅饼，还是鲜肉馅的！

两天后，余芳请假跑了一趟拆迁办，带回家一个振奋人心的好消息。拆迁办按照拆迁补偿标准提出两套方案，一种是通过对被拆迁人房屋的产权价值进行评估，之后再以新建房屋的产权予以价值的等价置换，简单讲就是拆掉旧屋赔偿回一套新房，按面积换算后多退少补，新房交钥匙时间预计是三年之后。另外一种方案就是货币补偿，由专业估价机构按照估价程序，选用适宜的估价方法，并在综合分析影响该地段房地产价格因素的基础上，对业主进行一次性的货币结算，也就是说如果余芳不打算要新房，可以拿这个老房子换一笔拆迁补偿款。拆迁办的工作人员眼瞅着余芳被这个从天而降的“鲜肉馅饼”给砸得没了主意，就建议她回去跟家人好好商量，一个月内做出最后决定来这里签订协议。余芳点头告辞，两只脚像踩在棉花上般打道回府。

当晚，余芳全家人针对这一重磅拆迁消息开了个热闹激烈的家庭会议。余芳和伍家平主张拿一笔拆迁款，他们小两口算过了，按照那套老屋所处地段的商品房均价乘以房屋面积来计算，拿到一百五十万拆迁款是没跑的。有了这笔巨款，他们不仅可以一口气还掉之前因为择校费欠下的人情旧债，还可以为乐乐准备一笔丰厚的教育资金，待乐乐将来完成初中阶段的学业，就能早早以优异学习成绩考入国外名校，成为一名小留学生，避开国内中招、高考的高强度升学压力，一步到位地在国外名校好好学习天天向上，满足余芳望子成龙的殷切期望。有了这笔教育基金垫底，一切皆有可能。文老太与梁天佑的态度却截然相反，两位老人坚决要新房不要巨款，理由是北京的房价持续走高，手里有套房比手里有个存折要踏实得多，钱会贬值，房能升值，眼前的困难咬咬牙就过去了，乐乐还是到大学之后再做出国打算比较稳妥靠谱。家庭会议结果是2：2，等于没有结果。

这世上没有不透风的墙，几天后，伍宝第一个找到余芳的工作单位，热情地一口一个嫂子，非要拉着余芳趁午休空当去吃法式铁板烧。余芳几乎是被伍宝“架”到铁板烧店里的。伍宝噼里啪啦地在菜单上只选贵的不选对的，法式鹅肝、鱼子酱蒸蛋、鲍鱼、海胆、红酒牛舌、明虾、小羊排，伍宝意犹未尽地还要点一只澳洲大龙虾，被余芳死活给拦下了。虽说余芳与伍宝做了几年姑嫂，但这个小姑子静如处子动如疯兔的脾性她还是未能完全吃透，今天这顿丰盛大餐她吃得是好吃难消化。伍宝咋咋呼呼东拉西扯，眼瞅着下午上班时间临近，余芳放下筷子跟伍宝摊牌："还有十分钟时间，说吧，说完我好踏踏实实回去上班，你好踏踏实实回去上课，这顿大餐咱俩都好踏踏实实地消化掉。"伍宝居然扭捏起来："嫂子，你看你说的，你这段时间为这个家辛苦操劳，人都瘦了一圈儿。我就是想带你吃顿好一点儿的，放松一下，减减压。"余芳当然不信，改用激将法："那好，我谢谢你这顿饭，我这就上班去。今天你要开不了这个口，以后你永远别跟我开口提这档子事。"激将法果然奏效，伍宝情知余芳已经知晓她的来意，干脆来了个竹筒倒豆子：小提琴教室的租约即将到期，为了扩大生源，把小提琴教室做大做强，伍宝正在跟甲方谈续约合同、扩容教室的事项，一旦合同拿下来，教室面积会比从前大两倍，装修、招聘和宣传等方面都面临资金缺口问题。伍宝得知余芳即将拿到一笔拆迁款，借外人的当然不如借自己家人的好张嘴。伍宝信誓旦旦向余芳保证，她借款打借条，借款利息按最高利率计算，只消支撑周转一年，她一定连本带利如数奉还。余芳低头想了想，给伍宝的答复是：拆迁款拿到手至少还得等小半年，伍宝千万别乐观得太早。如果伍家平和文秀英都支持伍宝的事业扩张，她这个当嫂子的没理由不支持一把。伍宝闻言即刻从椅子上"飞"起来，扑向余芳脸颊狠狠啄了一口。"亲爱的嫂子，你果然是我的亲嫂子，将来我大侄子出国留学，我一定给他备份厚礼为报！”余芳拧了一把伍宝的腮帮子，笑道：“去去去，你这疯疯癫癫的样子，也就黄小尊招架得住！”

说曹操曹操到。三天后，小学大门前，迟到的伍家平遇到了接乐乐放学的黄小尊。乐乐左手抱着一个体感游戏机大礼盒，右手拿着一个最新版VR眼镜，兴高采烈地与黄小尊边比画边讨论着。

伍家平迎上去，乐乐报喜鸟般举起两手的“战利品”向爸爸汇报：“爸爸，爸爸，你快看，这些都是姑父送我的礼物，我今天可发财了！有姑父的孩子是块宝哇！”伍家平扫了几眼礼物，的确如乐乐所说，它们价值不菲，黄小尊这次真是下了血本！伍家平刚要开口，被黄小尊抢先放话：“乐乐，姑父刚刚领了工资加奖金，厚厚一沓，说，想吃什么，姑父保证让你吃撑得扶着墙进家门！”乐乐欢呼雀跃：“姑父万岁万万岁！我要吃……”伍家平拿奶奶已经在家做好晚饭为由喝止乐乐，继而冲黄小尊开口：“怎么着？你这是想通了要找伍宝复婚？”黄小尊点点头又摇摇头：“伍宝算是我的一块心病，但还不是我最大的一块心病。”伍家平懒得跟黄小尊玩“我猜我猜我猜猜猜”的游戏，硬邦邦撂下一句话：“既然如此，我就不往里掺和了，谢谢你送乐乐的礼物，以后超过两百块钱的礼物就别破费了，我们先回家了。”黄小尊并没有撤退的意思，而是紧紧跟上伍家平和乐乐的步伐，边走边说：“今天伍宝有课，她肯定没空回家吃饭，要不，我替她去看看咱妈和咱姥爷？”伍家平收住脚步，“你这‘醉翁之意’不在姥爷和我妈吧？”黄小尊挠头一笑，“知我者，家平哥也，我的确是有件事来跟你张嘴的。”伍家平把黄小尊上上下下打量了一遍，

“你的嘴长在你脸上，尽管放心大胆地张，你说出来，能不能接得住，那是我的事。”黄小尊冲伍家平一抱拳，娓娓道来他早就瞄上洗车店的红火生意，自觉有一把修车的好手艺，想开个集洗车、修车、卖汽配件、汽车美容等业务为一体的汽车服务中心店，从此走上开店当老板、给自己打工的发家致富之路。等他赚到第一桶金，他就开分店成立连锁企业，店名他都想好了，就叫“尊宝汽车服务中心”。等他把自己变成一块金字招牌，不愁伍宝不回心转意，不怕父母不对他刮目相看，双手奉上一个大写的“服”字！现如今他是万事俱备只欠东风，这东风就是开店资金，他建议伍家平夫妇拿到拆迁款后当大股东入股他的店拿红利，伍家平是董事长，余芳出任首席财务官，伍宝担首席营销官，他黄小尊必须挑起首席执行官的重任，假以时日，等公司上市以后……伍家平拍拍黄小尊的肩膀，拍醒他的白日梦，语重心长道：“小尊，天色不早了，你的白日梦可以回家去接着做，我们先走一步，回见。”黄小尊还不甘心：“哥，你们要不愿入股，咱按民间借贷的流程办也行啊，别拒人千里之外嘛！”伍家平拉着乐乐径直前行，头也不回冲他挥挥手：“黄CEO，我会把你的意思传达给余CFO的，你就等回信儿吧！”

在伍家平接了宝贝儿子乐乐驱车往家飞奔却被堵在路上的时候，余芳披着慵懒的夕阳先一步进了家门，迎接她的是一股浓香扑鼻的鸡汤味道。余芳跟正在写毛笔字的姥爷打过招呼，脱下外套直奔厨房。

厨房灶台上摆着炒好的两荤两素四个菜，电饭煲的焖饭完成指示灯红彤彤亮着，灶火上的一锅鸡汤正微火慢炖，文秀英手拿菜刀怔怔发呆。余芳上前连喊了三声妈，她才被叫醒还了魂似的。余芳问婆婆是不是哪里不舒服，文秀英赶紧摇摇头，余芳又问婆婆是不是有什么心事，文秀英还是摇摇头，余芳不好再问下去。文秀英恍恍惚惚地举起手里的菜刀去汤锅里舀鸡汤，滚烫的鸡汤有几滴溅到手背上，她惊慌一缩手，菜刀“咣当”掉到地上，把婆媳俩都吓了一跳。文秀英俯身要捡菜刀，嘴里检讨着：“人老了就是个不中用的老废物，这么点儿小事都能出岔子，说出去让人笑掉大牙！”余芳抢先一步弯腰捡起菜刀，搁回刀架，担心地问：“妈，您有什么事别老闷在心里，回头再闷出点儿什么毛病来。您要是不方便跟我说，回头我让乐乐他爸找您聊聊。”余芳这么一说，文秀英反而不好藏着掖着了，她干巴巴一笑：“芳，不是不方便跟你说，是跟你我张不开嘴，跟家平我就更张不开嘴了。这几天我一直琢磨点儿事，睁眼闭眼全是它，已经都到这份上了，我就厚着脸皮说出来吧。”余芳点点头，耐心听着没打岔。文秀英接着说：“我想着既然你跟家平商量好了要拆迁款不要房，我就一心盼着有一天能把老宅给赎回来。前几天我打电话问过买老宅那位好心人了，人家通情达理答应给咱半年期限，不涨一分房价。乐乐他爷爷毕竟是在老宅里走的，我怕他早晚想家了回来却扑个空！我这年岁和身子骨也到了油尽灯枯的田地，等乐乐长大了，等这个家不需要我了，我还想回老家去，等着乐乐他爷爷来接我走……”

婆婆这席心窝里的话让余芳接着也不是推回去也不是，她只能给婆婆大派定心丸：“妈，你别老胡思乱想的，你就在这个家踏踏实实住一辈子。等拆迁款拿到手我和家平一定回老家赎房，老宅本来就是你和爸的，你什么时候想爸了，咱们全家人一起陪你回去住几天，你看行吗？”文秀英听得心里暖融融的，又是点头又是抹眼泪。

伍家平带着乐乐进家门，文秀英和余芳关上“话匣子”，赶紧端汤盛饭，一家人热热乎乎吃晚饭。

晚饭罢，余芳收拾碗筷，文秀英端着一篮洗好的衣服去阳台，伍家平陪着乐乐写作业，梁天佑回到书桌前继续写毛笔字，一家人各司其职各得其所，于平淡中自然流露出惬意和安适。

门铃响，梁山和潘爱莲登门，这二人从头到脚还是从前的穿着打扮，还是从前的举手投足，却让大家伙儿感觉这俩人画风突变，梁山的浑不吝的习气荡然无存，取而代之的是腰弯了、背驼了、说话嗓门儿小了，昔日得意扬扬如今却蔫头耷脑，仔细一看似乎还瘦了一圈儿，“大饼脸”缩水成“烧饼脸”，挂着两只浓浓的黑眼圈。潘爱莲也不复往昔堆满一脸的“老娘就爱看你看不惯我又干不掉我的样子”的彪悍表情包，变脸似的换上一副欺男霸女地主家童养媳妇受气包的凄惶模样。

伍家上下一见这两尊神还疑惑是什么神奇的力量让他们积怨解除、既往不咎地登门展开“破冰”之旅。余芳是第一个明白过来的，舅舅和舅妈这是闻着拆迁款的铜钱香气着急忙慌来分一杯羹的！她赶紧用眼神警示伍家平，告诫他万万不可放松警惕。

梁山两口子一进门就向梁天佑做出沉痛的自我检讨，检讨自己多年来的不正心术，历数他们两口子干下的毫不利人专门利己的投机取巧勾当，是梁天佑在寿宴上的当头棒喝让他们悬崖勒马迷途知返，他们在家闭门思过这么多天，才鼓足勇气来向老爸忏悔，向众人认错。余芳和伍家平相视一看皆傻眼，这场面是他们想破脑袋都想不到的，这场面既像一个犯过错的人向神父做洗心革面的忏悔，又像一个累犯在警察面前的坦白从宽，这两口子到底唱的是哪一出啊？

到底是父子连心，或者说这么多年来梁天佑做梦都在望眼欲穿等待着逆子的迷途知返，既然这一天旗帜鲜明地到来了，老爷子当然欣慰至极。出乎余芳夫妇意料，梁山两口子自始至终没有提及拆迁款半个字。忏悔结束后，他们稍稍跟每个人话了几句家常，放下给梁天佑买的按摩器、给乐乐买的玩具、给文秀英买的水果补品，就识趣地告辞了。梁天佑激动地进卧室捧着老伴儿的遗像自言自语，十分欣慰、满足。文秀英瞅瞅儿媳又看看儿子，“人活久了什么稀罕事都能看见，敢情石头揣心口焐得久了，还真有能焐热乎的一天！”

自此，梁山和潘爱莲每逢周末必来登门，来了绝不空着手，对家里每个人都是温暖亲切的画风，他们在梁天佑面前就是一对模范孝子孝媳。即便梁山的电话不停响起，十个电话有十个都是向他逼债、索赔和咒骂他们当初卖假药坑人的，他俱都态度和蔼地一一赔礼道歉，答应有钱就还、没钱也绝不赖账。一旁的潘爱莲看到这些，暗暗垂泪也绝不向梁天佑张嘴哭诉，反倒强颜欢笑安慰老爷子，他们自己造下的孽债他们自己一定赎罪。为了给老爷子宽心，她拿出梁蔻蔻、林依木与他们夫妇的全家福合影照给梁天佑看，她已经应允了这俩孩子的恋爱要求，只是希望他们别耽误工作，在医院好好干，将来别把小日子过得太辛苦。说着说着，潘爱莲深情缅怀起余芳妈在世时最疼惜她这个弟妹，蔻蔻出生时第一个抱她、给她换尿布的人也是余芳妈！她就蔻蔻这么一个心头肉，她什么都不怕，就怕蔻蔻将来跟着林依木过苦日子，如果蔻蔻不幸福，她死了都闭不上眼！梁天佑听着儿媳妇这话句句在理，可怜天下父母心啊，这世上只有不孝顺的子女，没有不孝顺的父母，他安慰着儿媳，心下百转千回。

对一个年迈的阿尔茨海默病患者来说，亲情的疗效是任何药物的疗效都无法比拟的，虽然梁山和潘爱莲这份迟到的孝道里掺了假、注了水，但却是梁天佑心心念念期盼了多年的最大心愿，所以他宁可信其浪子回头，不愿信其别有用心。在这份稍显夸张、做作的亲情滋养关怀之下，梁天佑的病情明显好转，思维清晰，认人准确，明白的时候多，糊涂的时候少，越来越喜欢热闹，喜欢全家人都围聚在身边，一个都不能少。

一天晚上，梁天佑把余芳叫进里屋，盯着余芳看了半晌，颤抖着嘴唇说出了自己临终前最后一个心愿：作为爷爷他对蔻蔻的成长关心、照顾不够，他的生活重心一直在余芳和乐乐身上，这是他一直对蔻蔻心存愧疚的地方。他希望到蔻蔻与林依木结婚的时候，余芳能以父母名义给梁蔻蔻备一点儿嫁妆，或者在他们买婚房时能给予他们一笔资助。蔻蔻和余芳都是梁家的骨血，都是他梁天佑的亲孙女，她们一个个都幸福美满了，他将来才能了无牵挂地死而瞑目。余芳这才恍然大悟，舅舅和舅妈这招实在是太高明了，他们明知硬抢不着就改为智取，以温水煮青蛙的方式说服姥爷。他们压根不用自己张嘴伸手，就用姥爷的嘴巴替他们做了代言人，他们更加知道，姥爷的话，余芳是不敢不从的。事已至此，余芳只得揣着明白装糊涂，给了姥爷满意的答复和保证，宽慰了姥爷的心事，看着他心满意足睡下，这才强打精神关灯关门出屋。

余芳拖着两条铅一样重的腿回到自己卧室，轻轻关上房门，重重叹了口气。床上的伍家平先她一步开了腔："我说，咱俩现在商量件事呗。"余芳急于说出自己的感受，不是不吐不快，而是不吐就会被憋死："正好，我也有件事要跟你说。"伍家平并未觉察出余芳的异样情绪，继续顺着自己的思路竹筒倒豆子："我今天去了一趟拆迁办，合同下来就这两天的事，咱们尽快找个时间去签了，听说这个月底就能拿到钱。你对这笔钱怎么安排我都举双手赞成，但有一条，这笔钱一到手，第一时间就是要还上孙岩帮咱垫的亏空。你是不知道，堂堂一个七尺男儿欠债一弱女子的蚂蚁蚀骨滋味，这弱女子不是别人是我的大老板，是我亲娘的干女儿，是个天天对我睁着一双桃花眼的漂亮女人，时候长了我就是柳下惠，也备不住干出肉偿'恩公'的壮举！"余芳胸口发闷添堵，两肋下强烈刺痛，这样的症状近半年来频频发作到她已经不以为意乃至习以为常，她算算日子应该是"大姨妈"驾临前的兴风作浪吧。余芳咬牙走向床边，仿佛没把伍家平的话拾掇到耳朵里，有气无力地自言自语："没钱的日子大家都躲着你，有钱的日子大家都盯着你。没钱是苦难，有钱是祸害。每个人都理直气壮，每个人都一肚子苦衷。我大概是上辈子欠了你们每一个人，这辈子得一个一个排着队来还！还是我爸妈聪明，早早撇下我到极乐世界躲清静去了……"

伍家平一听余芳这话不对味，翻身坐起，皱着眉头问：

“你这话什么意思？还是今天谁又招惹你了？”余芳横扫了伍家平一眼，应道：“我说的话向来没什么意思，倒是你的话比较有意思。我可以答应你，拿到拆迁款第一个先还上你欠孙岩的人情和钱。但是，你能答应我一件事吗？还了她钱你就辞职，从此你俩一干二净老死不相往来。别整得上班你俩含情脉脉，下班你俩互相惦记，我是钱也赔了人也搭出去了，里外不落好！”伍家平毛了：“什么叫我欠孙岩的人情和钱？那是咱俩一起欠下的，不是你当初逼我四处找钱凑择校费，我至于落到今天这步田地吗？什么叫含情脉脉？什么叫钱也赔了人也搭出去了？你别话里话外加酸带醋的！还钱跟辞职是两码事，你拿这个要挟我有意思吗？真恶心！”余芳两肋下的疼痛感被伍家平这话刺激得越发剧烈，她倒吸一口冷气，不甘示弱：“这拆迁款八字才一撇，你们每个人就冲我狮子大开口！我就是把自己变成圣诞老人，也实现不了你们每个人天上掉馅饼的愿望！你跟孙岩那点儿猫腻早就把我给恶心够了，亏你好意思倒打一耙！我从小到大还没要挟过人，你要非说我要挟我就要挟了，怎么着吧？你答应从她公司辞职我立马还她钱，否则——”伍家平也赌气起来：“否则怎么着？你想好再说，别闪着舌头！”余芳硬着头皮话赶话：“否则咱俩就离婚！”“你说什么？你再说一遍！”“离婚！谁不离谁孙子！”

离婚这个炸弹瞬间炸飞了余芳的理智和伍家平的心智，俩人拿离婚当刀子使，你捅我一刀，我捅你一刀，哪儿最怕疼就往哪儿捅，怎么解气就怎么出招，几个回合下来，彼此俱都伤痕累累万念俱灰。

直到门外响起文秀英担心的敲门问询声，才惊醒了吵红眼睛的余芳和伍家平。伍家平打开房门不管不顾地冲出去，文秀英追出门外迭声呼唤。余芳只觉得一股锥心剜肉的痛楚在身体内炸裂，她挣扎起身，踉跄走出几步，眼前一黑，倒了下去……

第 15 章

危机来敲门

暖日当头照的午后，一身深色通勤装的余芳走出医院大门，婉拒了热情拉客的出租车司机，耐心等到公交车的到来。上车，刷卡，就座，余芳沐浴着融融暖阳微微打盹儿。五站路后她跳下公交车，熟门熟路奔向附近的一家农贸市场，她老练地挑鱼选鸡买菜蔬，娴熟地跟摊主杀价。满载而归的余芳在楼道口遇到了抽烟的伍家平。伍家平扔掉烟蒂迎上去接过菜蔬鱼肉，余芳默契地掏出门禁卡刷卡打开楼道门，夫妻二人双双把家还。家门打开，乐乐的欢声笑语扑面而来。这个刚刚被一场“暴风骤雨”洗劫过的家迅速抢修复原，一如从前。婚姻最神奇的地方就是与生俱来的这种顽强的自愈修复能力，吵不散的，闹不掰的，还是夫妻。

因为伍家平与余芳的这场争吵，全家上下绝口不提拆迁款的事，文秀英把老宅二字嚼碎了咽到肚子里，梁天佑尽心尽力与梁山夫妇周旋推挡，实在被儿子儿媳闹得心烦了，他就假装犯病蒙混过去。伍家平除了尽职尽责扮演好一个好父亲、好儿子的双重角色，在余芳面前他尽量当哑巴，孙岩、还债和辞职是他与余芳之间的雷区，他们犹如踏入雷区的菜鸟工兵，步步小心，步步惊心。

北京的天气已经着急忙慌地开启了烤箱模式，阳光是烫的，路面是蒸的，即便有风也是上下循环加热模式的，满大街都是短裤、短裙晒大长腿的人们，餐桌上凉拌菜、冰镇啤酒备受青睐，但凡路过一池水塘，便能看到玩水嬉戏的孩子们。

距离放学铃声已经过去了半个多钟头，因为堵车而迟到的文秀英匆匆迈进学校大门，不一会儿，她脚步更加匆忙地走出校门，沿着从学校到家的必经路线一边赶路一边东张西望，用手里的老年手机不停拨号，从话筒里一遍遍传来的始终是“您所呼叫的用户无人接听，请稍后再拨”。

一直守候在家的梁天佑接到文秀英询问乐乐是否已经到家的电话，意识到乐乐奶奶没有接到孩子，不免也焦急起来。此时的伍家平出差去了新西兰，在孙岩的带队下，他与厨师长、餐厅经理等中层骨干组团去新西兰一个牛羊饲养基地考察肉类、乳类品质和餐饮标准。孙岩打算做一条生鲜肉进口产业链，在她的连锁餐厅里补充一些新西兰特色菜，为一年一度的异国美食嘉年华主题餐厅活动做准备，所以，他们这次的出差任务比较繁重。文秀英与梁天佑一合计，赶紧给在单位上班的余芳打电话！文秀英拿起手机跟余芳汇报完毕，一个陌生号码就闯了进来：“是伍乐乐的家人吗？这里是第四人民医院急救室，伍乐乐现在的情况急需手术……”这哪里是来电，根本就是一记震天雷，在文秀英头上嘁里咔嚓炸开！文秀英急得心脏都不会跳了，但还是咬牙强撑着给余芳打电话，刚听到余芳在电话那头“喂”了一声，老太太鼻子一酸带着哭腔向儿媳妇汇报：“芳啊，刚才第四人民医院来电话了，乐乐溺水昏迷，需要做手术，你说这孩子，好端端的有家不回怎么就溺水了呢！”余芳什么也没说，挂断电话，直奔医院。

等文秀英赶到医院，一番打听来到手术室门前时，余芳已经在手术室外的走廊上来回走上一百多遍了。乐乐正在手术中，余芳给远在新西兰出差的伍家平打过电话，告知他事情原委——乐乐放学跟同学结伴同行，途经一个人工河，乐乐他们看到一群年龄相仿的熊孩子拿一只几个月大的流浪小狗玩溺水游戏。乐乐平素受奶奶影响，对流浪猫狗等小动物都颇有爱心，能喂根香肠的绝不吝啬，能帮上一把的绝不袖手旁观。他和同学上前劝几个熊孩子放掉可怜的流浪小狗，被熊孩子们一通奚落、挑衅，其中一个竟然高高举起小狗朝深水区摔去。小狗挣扎几下就要沉下去，乐乐书包一扔下了水，勇敢无畏地朝深水区走去。他英雄般地把小狗救起来，还朝河边的同学挥了挥手。乐乐抱着湿漉漉哆嗦成一团的小狗返转，突然脚下一滑失去重心跌入河里，他一手紧抱小狗一手滑水。毫无水性的他毕竟年龄尚小，一番折腾后体力不支沉溺水中。幸亏同学疾声呼救引来路过的大人，乐乐和小狗这才被见义勇为的壮汉救上来送往医院。经医生初步诊断，乐乐因溺水造成吸入性肺水肿和电解质紊乱，目前尚处于昏迷阶段的他虽然有生命体征，但需要依靠器官切开手术插管呼吸。躺在无影灯下的小英雄正在接受手术的洗礼与考验。手术室外的余芳和千里之外的伍家平现在能做的，就是一遍遍祈祷上苍保佑他们的乐乐手术顺利，顺利，再顺利。顺利，就意味着胜利，意味着否极泰来，意味着能早日康复。

匆匆赶来的文秀英看到余芳焦急追问："乐乐怎么样了？我的大孙子在哪儿？医生怎么说？这手术什么时候能做完？"余芳连嘴巴都没张，不耐烦地躲闪开婆婆，掉头往相反的方向走。余芳心里不但窝着一把火，还掖着一把刀，要不是婆婆平日里对小猫小狗爱心泛滥侍弄个没完没了，乐乐怎么会有样学样地去强出头？他如果不强出头地去救落水小狗，也就不会遭此横祸躺在手术室里！余芳在腹中一遍遍重复这番话，在心中一遍遍磨这把刀，她避开婆婆，不是不耐烦，而是极力克制，她也不知道自己什么时候就会忍无可忍高高举起那把已经磨亮了的刀！

文秀英见余芳不搭理她，慌不择人地拽住一个穿白大褂的就问，得到一句冷冰冰回答"我怎么知道？我又不是主治大夫"后，她冲向手术室大门，企图破门而入，被拦阻在门外的她情绪崩溃地呼叫："乐乐，你别怕，奶奶来了，有奶奶在，天大的事奶奶替你担着！"继而，她冲一个戴口罩的护士语无伦次地哀求："医生，您行行好，别给我孙子动刀子，他胆小，打针都抹眼泪！需要输血不，抽我的，这样我就能进去看我孙子一眼啊！求求你们了，谁能告诉我一声我孙子平安无事啊！我就这么一个宝贝孙子啊！乐乐他爷爷，你在天之灵一定要保佑保佑乐乐……"戴口罩的护士冲走廊上的一干人群问道："这是谁家的老人，别在这里添乱！这是治病救人的地方，闹出乱子来你们负得起责任吗？"余芳气喘吁吁跑过来，面无表情地拉起文秀英就走，生拉活扯地一口气把婆婆扯出手术室走廊，扯进电梯，扯到门诊大楼外的空地上，冷冷一撒手，冷冷抛下一句：“妈！亲妈！我求您了！要不我就在这儿跪下给您磕一个？这是医院，不是咱家那一亩三分地。你只教乐乐怎么爱护猫猫狗狗，为什么不教乐乐怎么保护好自己？世上猫狗千千万万条，你大孙子可只有这一个！你要再这么折腾下去，我真不知道乐乐能不能保得住这条小命，咱们家还是不是个全乎的家！”一口气说完，余芳头也不回走进大楼，只有大楼出入口的玻璃自动门清楚看到她流下的两行眼泪。她身后的文秀英一脸错愕、沮丧，像个犯错受罚的孩子，却搞不清楚自己究竟错在哪里。

文秀英呆呆地伫立在大楼前空地“罚站”良久，她眼前身后明明是络绎不绝的人流，她头顶明明挂着一轮滚烫的太阳，可她还是觉得孤单，冷清，没地方去，待在哪儿都多余碍事。直到她无辜地挡住了一辆横行私家车的去路，私家车霸道地不停按喇叭鸣笛催促，她才仓皇移动步伐让路，木然走回手术室外的走廊尽头。她找了个角落乖乖等着，眼巴巴盯着手术室大门的一开一合，进进出出一个个白大褂、一辆辆手术车。终于，当一辆手术车被推出来时，余芳紧张地扑上去，随着医护人员快速转入病房。文秀英一路跟随着，把自己安置在病房里一个不影响任何人的角落，用心倾听着医生、护士对余芳的种种交代，心疼地看着紧闭双眼的乐乐浑身上下插满了各种管子，却又无能为力。文秀英颤抖着双手把乐乐从头到脚抚摸了一遍，眼泪擦了流、流了擦，嗓子眼儿被千言万语卡得死死的，一个字都吐不出来。余芳拎着暖水瓶进屋，对文秀英下了逐客令：“这么小一间病房住了仨病号，医院有规定，一个病号只能安排一个家属陪护，家里一堆事等着您呢，姥爷身边也不能没人。乐乐醒过来我会给你们打电话的。”

文秀英依依不舍地回到家，煲了软烂的白粥，炖了清淡有营养的鸽子汤，炒了几个小菜，预备好给余芳的陪护伙食以及乐乐醒过来后的滋补流食。她照顾着梁天佑吃晚饭，自己却一口饭也吃不下，歉疚地像是问梁天佑又像是问自己：“乐乐他太爷爷，你说，乐乐到底什么时候才能醒过来？他醒过来会不会埋怨我这个当奶奶的，要不是我经常领着他照顾那些小猫小狗，他也不会遭此劫难的，都怨我，都怨我！”梁天佑边啃鸽子腿边含混不清地点头：“怨你，怨我。”文秀英深深叹了口气：“唉，只要乐乐能全须全尾地康复不落毛病，我宁肯减寿十年，哦不，就是让我现在就了断了，我也有颜面去见乐乐他爷爷了！”梁天佑咽下一口汤，道：“乐乐身板结实着呢，这点随我，倒是芳芳的身子一直弱，这个随她妈，纸糊的美人灯笼一个！”文秀英递给梁天佑一张纸巾，示意他擦擦左边嘴角，接着说：“我知道芳芳怨我，家平怨我，你也怨我。都是我不好，命太硬，先是把家平他爸给克走了，来到这个家没多久，就把你给克痴呆了，接着家平被我克得丢了工作进了拘留所，然后是乐乐……”文秀英哽咽着说不下去了，梁天佑把擦嘴巴的纸巾撕成纸条，打岔儿道：“家平、乐乐、余芳是不是背着咱们偷偷出门旅游去了？不行，咱们不能掉队，咱们也要去……”

第二天中午，文秀英接到余芳来电，乐乐醒了！孩子术后恢复状况不错，虽然肺部积水和脑部缺氧后遗症还要继续治疗，但全家上下总算看到了胜利的曙光。

接下来，文秀英像充满五格电的机器人，把一天当三天用，除了按时按点往医院送饭，一握住乐乐的手就撒不开手以外，就是在家中勤快到偏执地做各种大扫除，拆洗被罩床单，换洗窗帘沙发罩，厨房的油烟机和瓷砖擦得能当镜子使，从天花板到地板再到窗玻璃，从碗柜到衣橱再到冰箱，文秀英用她一双粗糙皱巴的手让这个家的清洁程度达到了三百六十度无卫生死角。乐乐仿佛知晓了奶奶的自责和努力，他极为配合地一点一滴积极地痊愈，打针不闹，抽血化验不哭，医生说到的他都能做到。那只被他救回一条性命的小流浪狗，被暂时安置在医院门卫室，像它的救命恩人一样，好好吃饭，好好睡觉，铆足了劲儿长大。

这天午后，文秀英干完手头的活儿，给儿子伍家平拨了个长途电话，娘儿俩聊了聊乐乐的近况，伍家平告诉老妈，他和孙岩还有三四天的商务安排就能返程回家了。文秀英劝他别光一心扑到工作上，把心思多放到家庭和余芳身上，乐乐这次化险为夷是个警醒，家人的健康平安比什么都重要。伍家平惦记着去开会，一口一个“知道了，记住了”，便挂了电话。文秀英把家里每个角落都巡视一遍，看了一眼卧房内午睡的梁天佑，拎起她来时的那个行李袋，搁到餐桌上一张字条，掏出家中钥匙压到字条上，轻轻地关上了家门。

余芳看到这张字条的时候，已经是晚上八九点钟。她带着乐乐换洗下来的一兜衣物和几个空饭盒进家门，梁天佑像捧着文物一样把字条捧到余芳面前，眼神里有怒有怨：“是你把乐乐奶奶给赶走的！”字条上是文秀英的笔迹，她说老家保定的表侄喜得贵子，上次她卖房救家平多亏这位表侄忙前忙后尽心尽力，她心里过意不去，打算回去帮他们带上一阵子的小奶娃算是尽一份心意。她已经拜托社区医疗站义工小组的年轻人们，一天登门两次照顾梁天佑吃药吃饭。乐乐大了，她除了添乱也帮不上其他忙，等家平出差回来，她会打电话告诉儿子这一切都是她所想所愿，与任何人任何事无关。她希望这个家好好的，全家人都好好的，她也会好好的，过年的时候她在保定等着他们，给全家人包三鲜馅饺子吃。

余芳看完字条，心头一凛，赶紧掏出手机拨打婆婆的号码，拨通了，没人接，再打，还是没人接。余芳右眼皮痉挛着猛跳了几下，她硬着心肠宽慰姥爷："乐乐出事后我心里着急说了她几句，我婆婆心里不痛快回亲戚家住几天散散心。等乐乐出院了咱们一起去接她回来。今天下午义工几点来咱家的？药都吃了吗？你现在饿不饿？姥爷，你得给我打起精神来明明白白过日子！别说是我婆婆走了，就是有一天我走了，你还得是咱家的顶梁柱！"梁天佑什么也没说，拉着余芳来到冰箱前，打开冰箱左右两扇门，余芳辣眼睛地看到，冰箱冷冻室上下几格满当当的全是手工饺子，每一格横板上还贴着小纸条，有三鲜馅的、羊肉萝卜馅的、猪肉白菜馅的和鸡蛋韭菜馅的！冷藏室里第一格是各种腌菜、酱菜，第二格是卤好的各种熟肉，第三格是蒸好的豆包、花卷馍，第四格是煮好的茶叶蛋、咸鸭蛋！梁天佑气鼓鼓地抛下一句："谁都有老的时候，谁也别嫌弃谁！"说完走进卧室，摔上房门。

第二天一大早，睡一觉比打了场仗还累的余芳浑身酸痛地咬牙从床上爬起来，拿出冰箱里婆婆早就预备好的吃食热了一遍，伺候姥爷洗漱用餐。为了维系体力她也跟着胡乱塞了几口，把该嘱咐的注意事项一一跟姥爷交代一遍后，这才疲惫不堪地拎起餐盒直奔医院。

余芳赶到医院的时候，乐乐正在跟伍家平通电话，小家伙被爸爸逗得笑哈哈的，一点儿看不出来是个小病号。乐乐看见妈妈进来，把手机递给妈妈。“妈妈，妈妈，爸爸说新西兰的小羊不是咩咩叫的，而是咪咪叫的，妈妈你见过咪咪叫的羊吗？”余芳不耐烦地接过电话，劈头就问：“你到底什么时候回来？你在外面是既见识了咪咪叫的羊，又吃了吱吱冒油的洋牛排，美哉乐哉地乐不思蜀，我都快累吐血了。这个月的工资和奖金够财务扣的就不错了，你知道乐乐的住院费多少钱吗？你要再不回来，我直接搬张病床躺乐乐身边，我比哪个病号都更有资格当个重病号！”伍家平的声音明显变得不再悦耳：“你这人就是这么没劲，不会聊天。我这不是没话找话逗乐乐开心让他别那么讨厌医院嘛。我打这个电话就是要跟你报备一下的，我们的计划有变，下周二应该能返程回家。”“什么？为什么延期了？咱家的天都快塌了，你干脆别回来了！”余芳心火一上来，忍不住在电话里跟伍家平争执起来，眼见着吵也吵不出什么结果，她愤愤挂断电话。

周末下午，余芳逼着刚打完针的乐乐打开书本复习功课，有不明白的地方打上红色问号留着回学校问老师和同学。乐乐乖乖听话一一照做。复习完功课，余芳一刻没让乐乐闲着，手把手教他怎么叠衣服，怎么洗袜子。乐乐毕竟还小，已经有点儿不耐烦了，但仍然一一照做。做完这些，余芳又让他口述前几天教过他的怎么用微波炉热饭，怎么使用洗衣机，以及一些交通安全小常识。乐乐复述得条理清晰思路分明。复述完毕，乐乐一歪头，问：“妈妈，你是要去比新西兰还远的地方出差吗？为什么逼我学这些你天天要做的事？”余芳抬起手腕看表，答非所问：“《大圣归来》要开始了，你看是不看？”

住院部文化娱乐室的一台电视里正播放《大圣归来》，乐乐与年纪相仿的小病号们看得津津有味。余芳拿着一杯水、一个小药盒走进来，提醒乐乐到了吃药时间，乐乐双眼紧盯着电视屏幕接过水杯，说了一个字：“烫。”余芳接回水杯，走到窗口吹凉杯中的白开水。窗口旁有两张棋牌桌，散坐着几个或打扑克或嗑瓜子的中老年病号。他们有一句没一句地闲扯着嬉闹着，暂时把折磨他们的病魔抛诸脑后，病中作乐。不知道是谁的便携式收音机音量开得挺大，搁在一张空椅子上：“听众朋友们，现在插播一条紧急寻人启事，市人民医院于21号也就是本周三晚上九点十五分接收一名老年女性车祸患者……该患者因失血过多目前仍处于昏迷状态……送老人入院的男子自称只是一名目击路人，他把老人送入急诊室后趁乱悄然离去……再播送一遍……”余芳手中的水杯“咣当”落地，脸色灰白的她一把夺过收音机，调大音量按钮，把耳朵凑上去不放过从收音机里飘出来的每一个字。须臾，在一众中老年病号的惊诧注视当中，她缓缓把收音机放回原位，挤出一个僵硬的微笑，“不好意思，不好意思。”在她身后，看电视的孩子们爆发出哄堂大笑。

当夜，昏黄的壁灯映着乐乐熟睡的小脸，一脸憔悴的余芳拿起手机播出一个号码，只响了一声就被她迅速挂断。余芳从床头柜里拿出一沓住院单据，一张张翻看，她眼前飘过儿子在手术室的画面，飘过父母葬礼上小小年纪的她号啕大哭的画面，飘过姥爷在街头横冲直撞找不到家的画面，飘过她拿着化验单从医院走出来的画面……

两天后，风尘仆仆的伍家平下飞机就拎着行李箱、带着给乐乐采买的两大包玩具，过家门而不入直奔医院。乐乐看到各色玩具比看到爸爸还欢呼雀跃，狠狠亲了爸爸两口就去跟玩具亲热个没够了。伍家平拿出一条披肩给余芳披上：“为了给你选条合适的披肩，我差点儿误了飞机，去照照镜子，看看满意不？”余芳知道他是要拿一条披肩贿赂自己，修复越来越冰冻的夫妻关系，只得点点头：“还行，我挺喜欢的。”伍家平继续汇报：“我可一点儿没偏心哦，姥爷和咱妈都有一份大礼包。对了，怎么没看见咱妈？她是回家给乐乐做饭了吧？姥爷最近怎么样，是清楚的时候多还是糊涂的时候多？”余芳心虚地放下披肩，拎着水瓶去了开水房。

开水房里，余芳的一瓶水还没灌满，伍家平就怒气冲冲地闯进来：“乐乐跟我说奶奶回老家好几天了，你怎么一个字没跟我提过？这到底怎么回事？”余芳有备而来地从口袋里掏出文秀英留下的字条递给伍家平，一言不发拎起水瓶就走，旁边有人好心提醒她：“你刚才打的是凉水，不是开水。”余芳压根儿没听见。

接下来的几天，伍家平发疯一样四处寻找老妈，打她电话无人接听，与老妈字条上所写的那个表侄联系，人家也说并未见过老妈。老家的房子已经卖了，老家的亲戚没有一人见过老妈，偌大一个北京城都无她一个老人的安居之地，她还能去哪儿安身立命？孙岩得知此事先是好言宽慰伍家平，给了他无上限假期去找老妈，还开车陪着他回了一趟老家保定，报了警，甚至还翻找出手机电话簿里相关的报社、电视台、街道、民政局等方面的人脉资源，把文秀英的基本资料和照片发过去，一一拜托对方尽力帮忙寻找。

雨夜。晚上十一点多，入睡的伍家平被孙岩的来电叫醒，孙岩告诉他，文秀英找到了，人现在保定一家医院！按目击者的说法和交警调取的监控录像显示，21号晚上八点多，文秀英回到保定下大巴车继续赶路，当时天色已晚大雨倾盆，她经过一个丁字路口时被一辆银灰色面包车撞倒，肇事司机把她送往医院后就失联了。当时天色已晚，雨太大光线太暗没什么有效目击者，事发地的监控录像也只能看个模糊大概，医院方面一再联系电视台、报纸发布寻人启事却没有回应。直到孙岩用人托人、人找人的“人肉搜索”方式，确认因车祸入院至今昏迷不醒的老太太就是伍家平的妈妈时，文秀英已住院近一个星期了！孙岩开车马上到伍家平家楼下，问他要不要现在赶过去。伍家平又惊又喜又悲，谢天谢地终于找到了老妈，离家这五六天她老人家都经历了什么？

伍家平着急忙慌地起床穿衣，被惊醒的余芳揉着眼睛问他干什么去，伍家平边收拾边告诉她老妈找到了，他这就赶到保定那家医院去。余芳没有伍家平意料之中的惊讶、着急，她只是拿雨夜赶高速很危险为理由劝阻他，再过几个小时天就亮了，天亮再出发更安全。可这个理由并没有拦阻住伍家平，于是余芳又搬出乐乐明早要做最后一次大检查嚷着要爸爸陪护的理由，伍家平停顿下来，死死盯着余芳的眼睛：“好歹夫妻一场，谁也别揣着明白装糊涂！你是不是有事瞒着我？你是不是早就知道我妈出事了？”余芳深吸一口气，迎着伍家平刀子一样的眼神回答：“不管你信不信，我都问心无愧！你妈要回保定我事先完全不知道，我给她打过无数次电话，她都不接。我从收音机里听到寻人启事才知道老太太出事的。我悄悄打听过，老太太还没醒过来，手术花费已经七八万了，要想痊愈出院这个数还得翻几倍！你知道乐乐这场事故花掉了多少钱吗？你知道咱家现在还剩几个钢镚吗？你现在去医院是要卖个肝还是卖个肾才能缴上手术费？不是我狠心抛下你妈不管，你一旦认了妈缴不上钱，医院给老太太停医停药怎么办？我是想先拖着医院，医院有舆论监督的压力不敢怎么着，等拆迁款下来了，咱们才有能力去接她，除了乐乐的病，还有姥爷的痴呆症，我现在更是泥菩萨过江自身难保……”

伍家平睁着一双喷火的眼睛，狠狠给了自己一记耳光，余芳的半边腮帮子也莫名地跟着火辣辣地疼起来。伍家平如同一匹困兽，随手乱摔、随脚乱踹，歇斯底里咆哮：“闭嘴！我真是瞎了眼才跟你做了这么多年的夫妻！这要是你姥爷躺在那儿你会不认吗？躺在医院里的可是我亲妈！我就是去卖肝卖肾凑不够手术费，横竖还能找个地方卖身呢！”伍家平抬手把余芳拨拉到一边，躲闪开闻声而至的姥爷，冲出家门，冲进雨夜。

伍家平和孙岩一口气驱车赶到医院文秀英的病床前，老太太输着氧气、打着点滴、做着心电图监控，胳膊上打着石膏，额头、脸上的血迹还依稀可见，脸色铁青，才几天工夫整个人就瘦了一大圈儿。她安详地闭目而眠，仿佛她只是为了家人辛苦操劳大半辈子，累了，倦了，要好好睡上几天。

伍家平见过主治医生，该听的都听了，该说的都说了，他拿到文秀英的手术报告和缴费单据，整个人就缩成了一团。孙岩看着心疼，拉起他走到病房大楼外的花坛边，她打开包包拿出一盒烟，抽出两支点上，递给伍家平一支。在绯红朝霞的映衬下，他们无声无息地把自己裹进烟雾，裹进哀愁之中。

伍家的早晨照例是忙忙碌碌争分夺秒的，不会因为谁的病痛而停下脚步，也不会因为谁的缺席而暂时偷个懒，这就是上有老、下有小的中艰家庭的典型特色，大人可以不吃早饭、不赶早高峰，但不能饿着老的、耽误小的，一句话，中艰夫妻们懒不起、病不起、死不起。余芳麻利地做好早饭，给姥爷预备下午饭和小药盒，准备好要往医院给乐乐带的物品，简单快速收地拾了杂乱的厨房，梁蔻蔻就翩然登门了，今天是带梁天佑去医院复检的日子。

余芳看着梁蔻蔻像哄小孩儿一样带着梁天佑出门，她纷乱如麻的心里略略感到一丝宽慰。余芳收拾停当准备出门，有客来访。西装笔挺的眼镜男自称是伍家平的律师，他是受伍家平委托来处理与余芳的离婚事务的。余芳接过律师递过来的离婚协议书，冷冷一笑，看都没看就在协议书签上自己的名字，递还给律师。

梁蔻蔻和林依木耐心地带着做完复检的梁天佑从医院出来，按原计划，梁蔻蔻打算送姥爷回家，可姥爷缠着林依木卖萌耍赖地非要吃汉堡和薯条。林依木率先投降"从"了姥爷，三人行去了肯德基。汉堡和薯条吃到一半，姥爷突然想起来什么，把剩下的炸鸡块和薯条用餐巾纸认真包裹好装进口袋里，对林依木低声说："我儿子放学回家饿着肚子等着我呢。他妈刚出院，我得回家给他送好吃的去！"林依木和梁蔻蔻知道姥爷这是一下子回到几十年前的情境当中。这对小情侣怎么循循开解都没用，姥爷一门心思认定了放学回家的儿子饿着肚子眼巴巴等着他送好吃的呢，起身出门。心智迷糊的姥爷认路功能一点儿不迷糊，轻车熟路地找到了梁山的门店，门店地址就是从前他和老伴儿的家。门店口围堵了一道人墙，吵嚷声越"墙"飘出来，梁蔻蔻知道出了状况，带头钻"墙"而过，林依木搀扶着姥爷拨开人群挤进去。门店里，十几个情绪激动的声讨者围堵着梁山、潘爱莲夫妇不依不饶，他们当中有的是购买三无保健品健康受损的受害者，有的是血本无归的批发三无保健品的小商户，有的是被梁山夫妇只借不还的债主。此时的唐璜早已卷款跑路没了踪迹，所谓的公司总部已是人去楼空！梁山夫妇煮熟的鸭子就剩下嘴硬，口口声声称他们也是上当受骗者，既不赔礼道歉也不退赔货款，一个劲儿地扯皮推诿。其中几个损失惨重者或挥拳示威，或抄家伙砸店，或拔刀扬言"你们不赔我损失，我也不让你们好过"。潘爱莲一副死猪不怕开水烫的架势："我们的钱也被骗了个精光，我们找谁索赔去？只要你们不嫌手疼，我们打不还手骂不还口！拜托你们下手狠点儿，能打死千万别打残，死了才能一了百了，我就不用眼睁睁受这窝囊气了！"梁山跟着耍无赖："各位，要钱我们真没有，要命我们两条！我们夫妻俩这两条命今儿就交给各位了，要动手的千万别客气！"无钱可还的梁山夫妇情知这朗朗乾坤是法制世界，杀人偿命是三岁小孩都知道的事，他们已经山穷水尽无计可施，只能破罐子破摔放狠招——凶的怕横的，横的怕不要命的，他们把命都豁出去了，这些跟他们一样的投机者还能拿什么要挟？拿什么索赔？拿什么不依不饶？梁蔻蔻和林依木上前苦劝众人，梁天佑望着乱哄哄的人群呆呆发怔。

一个冲在最前面、被骗得负债累累的壮汉老丁，瞅准时机上前死扣住梁蔻蔻脖颈，右手举起匕首抵在梁蔻蔻的动脉处，情绪崩溃地迭声问梁山："王八蛋，当初你把这生意说得如何如何能发大财赚大钱，我把棺材本儿和孩子上大学的积蓄全拿出来了，还借了一屁股的债！说，你到底还不还钱？还不还钱？还不还钱？"眼瞅着无辜的梁蔻蔻被胁迫着一动不敢动，众人皆吃了一惊。潘爱莲面色大变，梁山的心里也打起鼓来。他与老丁相识已久，素知老丁秉性是个贪小便宜但无恶胆的小商贩。此时他梁山如果认怂，接下来这群人的账单都能把他给活埋喽。他只能赌上一口气，赌这个连只鸡都不敢杀的老丁不敢在众目睽睽之下玩刀子犯命案。此时的林依木，悄悄绕到老丁身后，瞅准时机准备夺匕首。

拿定主意，梁山嬉皮笑脸道："老丁，咱俩认识这么久了，你连只鸡都不敢杀还敢杀大活人？我跟你说过一万遍了，我被那群王八蛋骗得就剩下一公一母俩大活人了，要钱真没有，要命你看着办吧……"

梁山的嬉皮笑脸和无赖说辞成为压垮老丁精神防线的最后一根稻草，他绝望地说不出一个字，一脸狰狞嘴唇哆嗦，举起匕首刺向梁蔻蔻脖颈！林依木扑上去钳住老丁右臂，奋不顾身的梁天佑空手夺匕首，锋利的匕首瞬间划破他的手指，鲜血如注。

门店场面大乱，惊叫声连连。潘爱莲白眼珠一翻，昏倒在地。梁山心头焦急腿脚发软，向梁蔻蔻扑过去。在林依木和梁天佑的舍身相救下，梁蔻蔻勉强挣脱老丁的控制，梁天佑松开血红的匕首，单薄的林依木被身强力壮的老丁飞起一脚踹出去。老丁一个反手抓住梁蔻蔻的头发，举起血红的匕首凌厉刺下去，梁天佑挺起老迈羸弱的胸膛，迎着匕首挡过去……

第 16 章

什么是夫妻

医院的手术室门口，“手术进行中”的灯牌醒目地亮着，长长的走廊上人来人往，行色匆匆，瘦小的梁蔻蔻把自己蜷缩在一张椅子里，头颅深埋在两膝之间，瘦削的肩膀一直在瑟瑟发抖，两膝之间是一张早已泪眼模糊的脸。

手术室内一片肃静，林依木和所有医护人员有条不紊地各司其职忙碌着，血浆在输液器内缓缓点滴，沾染血渍的手术器具放入盘中时发出叮叮当当的脆响，无影灯下梁天佑的脸苍白憔悴，他像睡着了一样双目紧闭……

廊道入口，刚从派出所赶过来的梁山和拎着住院用品的潘爱莲迎头碰上。他俩一个上前堵住手术室的大门四下张望打探，另一个推搡椅子里的梁蔻蔻。这时，手术室大门突然打开，一名戴口罩的医护人员推着一个蒙着白床单的移动手术床出来。神情严肃的医护人员加上一床从头到脚盖得严严实实的雪白床单，梁山和潘爱莲被这一幕只在电视剧里看到过的可怕情景给吓得当时就腿抽了筋。梁山脊背发凉、双腿一软，扑通一声跪在移动手术床前，放声号啕：“爸！爸！您老人家怎么这么狠心，这么快就撒手撇下我们去了啊！”潘爱莲声泪俱下：“爸！您别吓唬我们！您睁开眼看看，您儿子、您孙女都在这儿呢，您那存折放哪儿了，还有房产证……”医护人员不耐烦地冲他们一挥手：“有洋相回家闹去，这是医院！你们睁开眼睛看看，看清楚喽再找存折、房产证也不迟！”说着，她打开白床单，露出两个硕大的方形垃圾箱，里面装的是各种手术垃圾！梁山赶紧站起来，潘爱莲的泪眼立马“雨过天晴”，夫妻俩面面相觑，不好意思地给移动垃圾车让路。医护人员冲他俩摇摇头，悻悻离去。走过路过的人面露讥笑。

一旁的梁蔻蔻依旧蜷缩在椅子内纹丝不动，对于父母这样在大庭广众下的出丑行径，司空见惯的她早就见怪不怪了。梁山干咳了两声掩饰尴尬，强行拉起椅子上的梁蔻蔻连连追问：“蔻蔻，你怎么样，确定你从头到脚都没有受伤吗？”“里面现在是什么情况？你爷爷脱离危险了吗？这手术啥时候能做完？”“医生怎么说？有没有要求输血？需要输血就抽我的，我气血足，抽多少都没问题！”梁蔻蔻抹了一把眼泪，擤了一把鼻涕，回敬父母一对白眼儿：“这个时候你们才知道慌神啊？别添乱，老老实实一边待着去！”梁山抬手戳了梁蔻蔻脑门儿一下，“我们是你的亲爹亲妈，又不是你的仇人，你横什么横！闹到这步田地还不都是因为你！大人问你话，你就好好回答，别敬酒不吃吃罚酒！”梁蔻蔻冷冷一笑，“闹到这步田地怎么就是因为我？是！爷爷是为了救我受了重伤，可刨根问底的话，这病根是出在你头上！要不是因为你卖假药坑人家的血汗钱，人家能急红了眼拿我开刀吗？躲得过初一躲不过十五，咱家早就该遭报应了，这报应遭在咱们仨谁头上都不为过，只是千不该万不该让爷爷替咱们受过，他那么善良、无私，从没做过坏事，从没伤害过任何人……”路过的人纷纷侧目，潘爱莲听不下去了，轻轻拍了梁蔻蔻后背一巴掌。“这孩子怎么说话呢？你怎么老胳膊肘往外拐啊？谁卖假药了？谁坑人钱财了？我们也是受害者，咱们家的家底都被坑了个精光，咱们上哪儿说理要账去？这孩子是不是被吓傻了，咋净说胡话呢，得赶紧让林依木带你做个脑CT去。”潘爱莲这轻轻一拍，却把梁蔻蔻给拍炸起来，她眼睛喷火地冲父母怒吼：“你们那些肮脏勾当我不稀罕管，早晚会有警察来收拾咱家这个烂摊子！我今天就通知你们两件事，爷爷的手术如果成功，我就一心一意照顾爷爷，直到他痊愈后带着他回咱们家。你们同意就多尽尽孝道，不同意爱咋咋地，我这不是求你们，是通知你们！如果……如果爷爷的手术不成功，你们也甭惦记爷爷的存折和房产证，你们要敢惦记，我就跟你们脱离父女、母女关系，从今往后再也不回这个家，我这也不是求你们，是通知你们！我要说的话说完了，你们爱咋咋地吧！”说完，梁蔻蔻头也不回地起身离开。

梁山和潘爱莲从没见过梁蔻蔻这样居高临下地跟他们讲话，态度冷冰冰，气场两米二，当即傻眼。梁山缓缓低下了头，女儿的话句句说在裉节儿上，要不是他们以“老鼠会”的形式向熟人朋友鼓吹这保健假药的利润如何如何高、老年人手里的钱如何如何好骗，那些人就不会上了他们的贼船，老实巴交的老丁就不会利欲熏心地把攒下的儿子上大学的学费全拿出来，还借了一屁股的债！如果他梁山当时不是抱着钱串子死不撒手，如果他稍微能摸摸胸口那团叫良心的温热东西肯答应还钱，连只鸡都不敢杀的老丁也不敢在众目睽睽之下动刀子以身试法，他老爸也就不会在古稀之年遭此凶险之创！梁山突然想起来，他小时候是如何骑在老爸的脖颈上吃糖葫芦，是如何坐在老爸的自行车后座上去上学，是如何接过老爸手中的风筝线仰望高飞的风筝，是如何在澡堂子里使坏让老爸踩着肥皂跌倒……想着想着，梁山的鼻子一酸。他眯着眼睛拼命搜索尘封已久的记忆库，是打从什么时候起，他对父母只有索取没有回报，他对这个家只有埋怨没有感激，是打从他结交了一批又一批像他一样好逸恶劳、渴望一夜暴富的狐朋狗友开始？还是打从他干啥啥不成被父亲恨铁不成钢地屡屡数落开始？抑或是因为他与贪财爱富的潘爱莲结为一对"抢钱"夫妻之后？这么多年兜兜转转，他挖空心思使尽手段敛财，结果到头来还是两手空空，警察已经盯牢了他，老婆对他嫌弃加埋怨，女儿差点儿因他变成刀下鬼，一时清醒一时糊涂的病中老父没享过他一天的孝敬，危难时刻还要替他挡刀，他这是造了什么孽啊？别人把日子有滋有味地过成了"回家吃饭""生财有道"，偏他把日子硬生生过成了"今日说法"！这四面楚歌、众叛亲离、凄惶忐忑的日子什么时候是个头啊！梁山的心像被扔进了搅拌机，慢慢地绞，钝钝地割，火辣辣地疼。

在梁山默默进行内心拷问和反省的时候，潘爱莲并没闲着，她听到女儿梁蔻蔻的"通知"后，本能地要据理力争，要跟女儿来一场精彩的辩论赛，干别的她未必能赢了女儿，可打嘴官司这么多年来她从未输过一场，从未输给过任何人。潘爱莲抖擞精神清清嗓子要开嗓与女儿理论辩解，可望着女儿一脸的义正词严，望着女儿那双充满了愤怒、批判的眼睛，她居然词穷了！是啊，女儿是她十月怀胎生下来的，是她一把屎一把尿养大的，女儿身上的每一块胎记她都如数家珍，女儿打小发出的每一种长腔、短板、干号的哭声，她都能一下判断出来这是饿了、拉了还是闹人呢，知女莫若母嘛。同理，知母莫若女，女儿也无比了解她，了解她的一言一行，了解她的内心活动，这个话不多但内心透亮的女儿从小到大见惯了她的撒泼打滚，见惯了她的见钱眼开，见惯了她什么都吃就是不吃亏，因此，她一肚子的歪理、胡搅蛮缠和自私自利反而在女儿的凛然大义面前卡住了。她潘爱莲天不怕地不怕，可就怕这块从她身上掉下来的肉；她不怕全世界的鄙视和嘲笑，却怕这个小祖宗的冷落和远离；她不怕良心的拷问和谴责，却怕这个小祖宗的数落和斥责。她耗尽半生心血就操劳养大了这么一位小主，如果这位眼里不揉沙子的刚烈小主果真言必信行必果地离开他们、离开这个家，她盘剥豪夺来的这份家当后继何人？她这下半辈子活着还有什么意思？她这一生的机关算到头来岂不成了报应不爽？不，不，她坚决不要女儿离开这个家离开她，只要女儿愿意留下来，还愿意认她这个妈，要她做什么都行！

梁山和潘爱莲各自怀揣了一肚子心事，在手术室外等了一个小时又一个小时，伸长了脖子眼巴巴瞅着从手术室门口推出来一个又一个做完手术的病患皆不是梁天佑。两口子这下心里毛了，梁山结巴起来：“蔻蔻她妈，你给咱女婿打个电话问问，都这么长时间了，咋一点儿动静都没有？”潘爱莲没好气地揶揄他：“哟，用得着林依木的时候你就认他当女婿了？平常怎么对人家鼻子不是鼻子脸不是脸的？你见过有医生揣着手机上手术台，一边拉刀子一边聊电话的吗？怪不得你这辈子都发不了财，敢情这脑袋就是榆木疙瘩！”梁山辩驳道：“我这不是被今天这事给吓傻了嘛！你比我也好不到哪儿去，傻老娘儿们，看着老丁他们动刀子也不拦着劝着点儿，就知道煽风点火添油加醋，这下闹出人命了，咱们统统吃不了兜着走！”潘爱莲冷笑两声：“我算看透你这白眼狼了，赚钱了全是你的能耐，出事了都是我的不是！我现在倒想跟老丁他们进派出所蹲小号去，也比跟你这只认钱不认爹的痞子混日子强一百倍！”“我要是只认钱的白眼狼，你就是狡猾歹毒出馊主意的狈，咱俩狼狈为奸没一个好东西！躺在手术室里的是我亲爹，他可是为了保护咱的亲生闺女豁出去一条老命，我要再不心疼肉疼几下还算是个人吗？倒是你，这下称心如意了，碍你眼的、没用的老废物终于不给你添麻烦了！”

梁山和潘爱莲俩人正唇枪舌剑地打嘴官司，突然，对面手术室门头上“手术进行中”的灯牌灭了，夫妻俩对望一眼，赶紧收声，屏息敛气地死盯着手术室大门，盼着老爷子能化险为夷从里面顺顺当当地给推出来。又过了一会儿，三三两两的医护人员疲惫地走出门来，还是不见老爷子的踪迹。梁山和潘爱莲紧张起来，俩人忍不住上前问询一个医生，刚从手术台上下来的医生已经虚脱得无力回复他们。夫妻俩慌忙拦住一个护士，得到的准确答复是目前手术室内的几台手术均已做完，除了一位高龄病患的手术失败已送入太平间，其他的手术病患都已经下手术送回了病房。夫妻俩不死心，又拦住另外一个医护人员求证，得到的回复基本一致，梁山眼前一黑，潘爱莲脑袋嗡嗡乱响，老爷子就这么走了？就这么跟他们永别了？

潘爱莲的眼泪不可自制地涌出来："爸，您回来吧，我们错了，我们错得太离谱了！您回来吧，给我们一次机会，让我们像模像样地做回人！以前我嫌您偏心眼儿，嫌您老废物，是个累赘，现在我才知道，您是咱家的顶梁柱，您全心全力都是为了这个家好！"梁山软塌塌地瘫软在地："爸！我对不起您，对不起妈！我以前占便宜没够，一门心思算计来算计去，结果遭了报应，人财两空，差点儿害了自己亲闺女！结果害死了您！您就这么去了，我今后该怎么办？我妈肯定会来骂死我的！老天要报应就报应在我身上，别不开眼拿错了人啊！我混蛋！我不是东西！"梁山和潘爱莲一句一泪，对他们的种种糊涂作为痛哭流涕追悔莫及，围观人群有摇头叹息的，有指指点点的，有引以为戒的。梁蔻蔻从电梯里走出来，看到鼻涕一把泪一把各自忏悔的梁山和潘爱莲，又好气又好笑。"你们这是闹哪样？别给我丢人现眼了，爷爷刚做完手术经受不了颠簸，我们直接从内部电梯把他推回特护病房了！"梁山瘫坐在地，"谢天谢地！你爷爷还活着？你没骗我们吧？那被送进太平间的是？"潘爱莲赶紧擦擦眼泪，问："特护病房在哪儿？赶紧带我们去啊！"梁蔻蔻一边前面带路，一边简明扼要地告知他们，姥爷的手术做得挺成功，刚才提及的那位手术过程中结束生命体征被送入太平间的是一个八十多岁的恶性脑瘤患者。梁山搀扶起潘爱莲，夫妻俩由悲转喜，深一脚浅一脚跟着梁蔻蔻往特护病房走去。"爸，爸，我们来了，这就来了，我们再也不走了！"

保定医院的房内。

这是一个阳光充盈的惬意午后。带着融融暖意且大方、豪爽的金色阳光，洋洋洒洒地铺满了一整个窗台，蔓延到三尺病床上，甚至善解人意地照拂着病床上的文秀英。阳光细腻地拂过她的发梢、脸庞、鼻尖儿，悄无声息地给它们镶嵌了一道金边儿，使文秀英看上去显得气色红润、睡态安详。

许是文秀英的睡意感染了儿子，伍家平趴在老妈的床畔恣意地打盹儿，任浓情蜜意的阳光把他宽硕的后背晒得闪闪发亮。床头柜上的百合花幽幽地吐着香气，傲娇地舒枝展叶，墙壁上的挂钟表针畏首畏尾地一格一格走着，似乎生怕惊扰了这对患难母子的好梦。

昏迷数日的文秀英靠着医生的精湛医术以及自己的顽强毅力，已经于前天苏醒过来。遭受重创的身体目前仍极度虚弱，但她胜在意志力顽强，积极配合一切治疗方案，不为别的，只因她心里始终牵挂着儿子、女儿和孙子，牵挂着北京的家。她不能死，她必须要咬牙活下来，这不是为了自己，梁天佑的生活起居需要人照顾，大孙子的一日三餐、洗洗涮涮舍她其谁？伍宝和黄小尊这对小冤家鸡飞狗跳的日子她放心不下，伍家平和余芳这对小夫妻的貌合神离更是让她忧心忡忡。她要活下去，不是为了享几天清福，不是为了向车祸肇事者讨还公道，而是她心心念念的一家人，个个都是她的牵挂。

在这段缓慢康复的住院时光中，一身病痛的文秀英虽然寸步没离开过这间病房，一向大嘴巴的伍宝也在伍家平的叮嘱加威胁下只字不提，但母子连心的神奇力量还是让她眼明心亮地洞悉了一切。她虽然通过手机跟大孙子乐乐通过几次电话，但始终没见过余芳的身影。她问过伍家平好几次他跟余芳到底出了什么事，伍家平均以姥爷身边离不开人为由含混过关。这边儿子和儿媳的混沌情况暂且放下不说，孙岩几乎天天来探望文秀英，每次吃的喝的用的都买上一大堆，床头的鲜花也是她三天两头更换的。一次，孙岩买了一份刚出笼的羊肉小笼包，伍家平上手就拿起一只，孙岩毫不见外地打了伍家平手背一巴掌："都这么大人了，怎么还是记不住饭前洗手啊！"还有一次，伍家平发现孙岩嘴角粘了一粒饭渣，他递给孙岩一张抽纸，孙岩左手拿着鸡翅，右手拿着饭团，干脆眯起眼睛一扬脸："你给我擦！"那天，伍家平送孙岩下楼，文秀英强撑着身体挪动到窗台前，看到儿子和她站在那里足足说了半个多小时的话……

文秀英冷眼旁观下来，发现儿子伍家平和孙岩之间有一缕剪不断理还乱的微妙关系。这俩人在病房里用眼睛说话多过用嘴巴说话，孙岩对伍家平完全没有上司的态度，她对伍宝也是一副自家姐妹的姿态。伍家平拿到每日账单时紧皱的眉头，看到文秀英拆线、换药时含泪的眼眶，都是孙岩用理解和陪伴给抚慰平展的。一开始，文秀英以为儿子这是在报答、感激孙岩的救母之恩，并没多想，可架不住这俩人越走越近、越聊越热乎，她开始隐隐担心起来。她在心里呼唤儿媳余芳：余芳，傻孩子，你在哪儿啊，你怎么还不来啊？我不是要你来伺候我这个老太婆，我是要你守住伍家平，守住你们的家！文秀英当然知道，孙岩是个好姑娘，善良、热情、能干，她帮了他们母子很多。可她再好，也只能跟伍家平是上下级关系，跟她文秀英是干母女关系，至于其他的，情分大不过道理。儿子不能稀里糊涂，她这个当长辈的更不能稀里糊涂。她生的儿子她知道，这个傻小子现在一定在承受着甜蜜的痛楚，经历着反反复复的煎熬。虽然伍家平第一时间告诉老妈，乐乐已经痊愈出院回家调养，虽然伍家平跟老妈一再解释，是他不让余芳来医院的，乐乐和姥爷都需要她照顾。但，身为过来人的文秀英，还是嗅出了这对中艰夫妻的危机信息。以前，不管那个拥挤的小家发生了多少烦心事，这对小夫妻还是抽空就要腻在一起；现在，不管伍家平有多空闲多无聊，余芳的消息、名字还是从他的眼睛里、手机里、话语里彻底消失了。不只是伍家平和余芳，文秀英同样觉察出伍宝这丫头的古怪来。虽然伍宝每次来都风风火火、里里外外地起劲张罗，但文秀英能明显地看出来，女儿的眼圈是黑的，眼角是涩的。她买来的东西一大堆，自己的饭量却是骤减；她讲的笑话能把来打针送药的护士逗得笑岔气，可她自己却笑得干巴巴假惺惺的。伍宝从前把黄小尊的名字当口头禅挂在嘴上，每天不念经一样念上他八百遍都不算完，如今她一提起黄小尊就是干巴巴那几句话："他忙着呢！""他现在比从前懂事多了。""我们好着呢，您不用操心我们。"从前，伍宝和黄小尊这对夹生夫妻每天虽然过着鸡飞狗跳的日子但却是精神抖擞越战越勇，整天一副打了鸡血的备战状态，俩人是屡战屡败、屡败屡战，永不疲倦，如今的伍宝变得沉静、话少，走路都不带风了，说好听点儿叫长大了、成熟了，说白了就是越活越没精气神了，这还是伍家那个敢爱敢恨、敢付出敢索要、性格麻辣嘎嘣脆、绝不让自己受丁点儿委屈的活宝辣妞吗？文秀英动动脚趾头都能猜出来，这丫头跟她哥一样，婚姻遇到坎儿了！

　　这天上午，伍家平外出采买日用品，伍宝回北京赶两场加急演出，孙岩去外地出差未归，文秀英好不容易逮住这个难得的“零陪护”空当，她掐指算准了乐乐的午休时间，拨通了电话。乐乐在午托班刚刚吃完午饭，正准备午休，接到奶奶的来电十分高兴。祖孙二人在电话里倾诉了一通思念之情，文秀英就开始绕着弯地向乐乐套话。没费多大工夫，老太太就从大孙子嘴里得知了儿子和儿媳不久前曾经歇斯底里大吵一架，之后，家里的行李箱没了，伍家平隔上好几天才回家一趟……除此之外，乐乐还汇报了一个重磅消息，太姥爷梁天佑替梁蔻蔻挡刀受伤住院了！

挂了电话以后，整整一个午后，文秀英都枯坐在病床上，闷头发呆。护士来给她打针，她连个招呼都没跟人打。采买东西回来的伍家平来问她午饭想吃什么，她连头都懒得摇一摇。文秀英没胃口吃饭，没情绪说话，没力气走动，她整个人都被沉甸甸的心事给压得直不起腰来。凭借着过来人的阅历，凭借着一个母亲的心灵感应，她知道，儿子跟儿媳出事了，女儿跟女婿出事了，伍家、黄家和梁家都遇到了前所未有的坎儿。她不能躲在医院里享清福，她不能袖手旁观，她必须为孩子们、为这个大家庭做点儿什么。

周六中午，孙岩带着由餐厅大师傅烧制的燕窝羹、花胶鱼肚盅、小米炖辽参等高级补品以及特色饭菜，驱车从北京赶过来。她两手提着好几个食盒走进病房，看见文秀英就笑开了花，一口一个“干妈”叫得格外亲。她软言温语问询老太太身体的康复情况，哪儿疼哪儿不舒服，护工护理得是否周到，想吃啥，想干吗，她掏出手机一一记下。孙岩取出各种补品，交代伍家平现吃的怎么加热，其他的怎么保存，保质期多久，每种补品的营养价值是什么，事无巨细一一交代。伍家平一一记下，并给老妈摇起床头，准备好碗筷，这才捧着一罐补品去加热。护士一边给文秀英取下吊瓶，一边忍不住打趣道："老阿姨，您可真是好福气，不但有一位百依百顺的孝顺儿子，还有一位千里送补品的贤惠儿媳妇。我婆婆要是瞧见了这一出儿，准得羡慕嫉妒恨上小半年！"孙岩听了护士此言，满意地含笑回复："我带来的饭菜汤水蛮多的，待会儿你也来一碗。"护士谢过出门。文秀英瞧着这一大堆高档补品挺心疼钱的，看着孙岩忙里忙外各种张罗她又是心疼干闺女又是过意不去，她忍不住拉过孙岩坐下来，手里给她剥着橘子，嘴里跟她扯东聊西地话家常。

病房里，伍家平和孙岩陪着文秀英吃了一顿菜色丰盛、营养丰富的午饭，三个人有说有笑，你给我夹块鱼，我给你添碗汤，任谁走过路过，看上去都是一幅其乐融融、和谐美满的家庭写真。在伍家平和孙岩的陪吃陪聊下，文秀英吃得格外香甜。老太太今天的胃口出奇好，她不仅有滋有味地吃了一盅小米炖辽参、小半碗米饭、两块香煎银鳕鱼，还突然来了兴致想吃白运章包子，孙岩赶紧打电话让在医院停车场上候着的司机去买。文秀英拦住她："傻闺女，你一外地人哪知道我们这儿的传统小吃啊。分店开了那么多家，还是老店的滋味最地道！家平小时候最爱吃这家的包子，包子馅用的是肥瘦相间的新鲜牛肉、时令蔬菜，包子皮是用发面和烫面按一定比例和的面，皮薄筋道，肉馅鲜香，回味无穷。不信你问家平想这一口不？"伍家平咽了咽口水，冲孙岩点点头道："我妈这么一说，真把我的馋虫给勾出来了。能与天津‘狗不理’包子齐名的只能是我们大保定的白运章包子，他家可是闻名遐迩的中华老字号，得嘞，还是我走一趟吧。你陪我妈聊会儿天，我快去快回，不耽误你们下午茶时间吃上新鲜出笼的白家包子！”伍家平说罢提了餐盒出门而去。

孙岩起身麻利地撸起袖子要收拾碗筷，文秀英赶紧一把按住她：“别忙活这些了，待会儿让家平回来收拾就行。你坐下，趁这会儿没别人，咱娘儿俩唠几句掏心窝的话，行不？”孙岩满口答应：“还是干妈心疼我，油腻腻的活儿留给家平，唠嗑的清闲活儿派给我。您想跟我聊什么？还是有什么事要指派我？尽管直说，闺女就应该是妈的贴心小棉袄。”文秀英干咳了两声，双手在裤腿上来来回回地干搓了几把，她是个实实在在的老太太，场面上的客套话、绕来绕去的车轱辘话她都不会说，想了又想还是干脆开门见山吧。

文秀英直直发问：“干妈问你一句话，问错了你别恼，问对了别瞒我。你，喜欢，我们家平吧？”孙岩一怔，点头不是，摇头也不是，心说：“肯定是我刚才跟家平有些得意忘形了，干妈瞧出来了，但不知干妈这么问是什么意思，她是有心成全我们，还是要阻止我们？”

文秀英见孙岩不回答，只能接着说：“我看出来了，他也喜欢你，是吧？”孙岩瞧老太太不急不恼，语气柔和，只能硬着头皮作答：“我们俩算是不打不相识吧，一开始我挺不待见他的，慢慢接触下来发现他为人厚道，善良，顾家。跟他在一起，再浮躁、焦虑的人也能变得踏实平和下来。他不像外面那些混世界的油腻男人，狂妄自私，争名夺利，夸夸其谈，利欲熏心，为人处世的底线就一个钱字，对媳妇儿不是哄就是骗，对老人孩子不是敷衍就是袖手旁观。家平对您和梁姥爷那是打心眼儿里的真孝顺，对乐乐是真疼不够，对媳妇儿……也是掏心掏肺地疼着、护着、守着，这样的男人才是'金不换'啊，可惜就是比大熊猫还稀缺，可遇不可求啊。"

文秀英叹了口气，点点头："你说得对，都说到点子上了。我记得以前余芳也是这么评说家平的，所以，在家平还是个一穷二白的毛头小伙时，她得罪了她舅舅、舅妈，跟她姥爷大吵了好几架，顶着单位同事的嘲笑，不理朋友们的埋怨，一门心思不管不顾地嫁给了他，给他生儿育女，帮他安家立业，疼他，骂他，数落他，完事儿还是一个心眼儿为了他好。"

孙岩是何等冰雪聪明的女人啊，一听老太太这话锋明显是偏帮着余芳的，心里着急，面色一变："干妈，您刚才口中说的那是以前的余芳，现在的余芳已经变了。好多事您只知其一不知其二。您知道家平为什么铁了心地要跟余芳分开吗？伍宝这次为什么也站到她哥这一边？余芳为什么至今都没主动跟您联系过？您为什么会躺在这个医院里？您别错怪家平，他不是负心汉，他没有喜新厌旧，他跟我没做过丁点儿出格的事。家平之所以要跟余芳离婚，不是自私自利为了他自己，是为了您、乐乐和这个家！不信您可以问问家平和伍宝，问问余芳，家平辛辛苦苦撑到今天有多么不容易、多难为自己、多委曲求全，他做出这个决定有多疼、多苦、多累。我支持他，义无反顾地站到他这一边，您是家平的亲妈，是这个世上最疼他的人，您应该比谁都理解他、支持他，对吗？"

文秀英一脸的忧心忡忡，她把孙岩的手紧紧攥进自己的手心。“你可真是个叫人担心的傻孩子啊！我是心疼你啊，怕你越陷越深，怕你迷了路，怕你被家平和余芳这对糊涂蛋夫妻给伤了！好孩子，你看上去能干，本事大，你一个女人赚的钱、取得的成绩比一百个男人还要多。你就是电视上常说的女强人吧。大家都佩服你、羡慕你，可我知道，你活得比普通女人更难，比有丈夫、有家人可指望的女人更累更辛苦。年轻、漂亮、聪明、能干对于女人来说，是福也是祸啊！老太太我心里明白着呢，你是个苦孩子，你比余芳更柔弱更没个依靠。这么些年，别人是咬着牙拼命往前闯，你是把牙咬碎了和血咽下去继续当没事人一样拼命往前闯！只有女人懂得女人，但凡能有个家，能托付个踏实本分、指望得上的男人，你也不稀罕当什么女强人呢！”

这番话说到了孙岩心底那些早已结痂的旧疮疤上。她以为自己经过这么些年的历练，能受住这番话，不料眼底还是升腾起一片凛凛泪雾。这样的贴心贴肺的心底话，只有已经离世的亲妈曾经对她碎碎念过，妈妈离世之后，再也没人跟她说过这样的话。是啊，一个女人在社会上闯荡打拼，不仅要养活自己还要把自己养得衣食优渥，不仅要有份体面的工作还要有财务自由和可持续增长的事业，不仅要活得漂亮还要活得有尊严、有质量、有社会担当，这样的打拼难度系数别说是她一个女人，就是多少大老爷们儿也是可望而不可即的。她为之付出了多少、牺牲了多少、委屈了多少，个中滋味以前是报喜不报忧，后来是欲说泪先流，现在是无人可以诉说。她只能坚强地活着，因为除了坚强，她别无所有。

文秀英继续掰开了揉碎了对孙岩说：“孩子啊，你受过的苦、遭过的罪，你不说我也知道，你在天上的亲妈也知道。我不怕别的，我怕你这次要吃大亏，我怕你在天上的亲妈担心惦记啊！听干妈一句劝，赶紧跟家平断得干干净净的，越早断，你受的伤害就越小。我要是一心偏袒家平的话，我今天就不会跟你说这掏心窝的话。他一个大男人，前几年得了余芳那个贤内助，如今遇到你这个救急救难的观音兵，甭管最后是好是歹、聚散离合，他都是占大便宜的主儿，吃不着亏。我是心疼你啊，孩子！”

孙岩听了文秀英的话，心下明白了大半，可她还是拿得起放不下：“是余芳先对不起您后对不起家平的，家平都愿意给我一个机会，伍宝也通情达理站在我这边，您干吗胳膊肘往外拐？您是怕我将来伺候您还不如余芳吗？我早就认了您当干妈，如今亲上加亲，咱们不是普通的冤家婆媳，我对您没有最好只有更好啊！”

文秀英红了眼圈，颤声道：“你个傻孩子，你怎么还没明白过来啊？就是因为你喊了我一声干妈，因为你一次次帮了我和家平，我才不能揣着明白装糊涂地利用你，不能昧着良心占你便宜，不能胳膊肘往里拐坑了你害了你！你静下心来仔细想想，如果你亲妈还在世，知道了你和家平、余芳这之间的纠葛，她是帮着还是拦着？你和家平要在一起，她是高兴还是担心？你亲妈的意思就是我的想法，我不能眼睁睁看着你一头栽进去，将来后悔啊！我这么跟你说吧，我跟家平他爸这一辈子吵过的架、遇到的坎儿、撂下的狠话，只会比家平和余芳他们多，不会比他们少，可我们还不是结结实实地过了一辈子？！因为夫妻是打断骨头连着筋的欢喜冤家，是没有血缘却拆不散的一家人，他们有孩子这个同心结拴在一起，他们有这么多年同甘共苦的日子黏合到一起。别看他们现在赌气一拍两散各过各的，一个活得越滋润向上，另一个就越不低头！可只要一个走了下坡路，受了困、遇了难、遭了不测，另一个准保跑回去比兔子还快！一旦他们回了头、后了悔，到时候你咋办？你是能拼得过他们一家三口的血肉相连？还是能拼得过他们这么多年的夫妻情分？孩子，你知道婚姻是什么？婚姻就是一对缘分男女苦练七十二变，笑对八十一难的取经之路。什么是夫妻？整日价你甜言我蜜语的是露水夫妻；彼此眼里出西施、潘安的是戏台夫妻；对彼此说过最狠毒的话，对彼此做过最记恨的事，饶这样还吵不散分不开的才是真正的夫妻！”

孙岩情知文秀英说的话句句在理，但一时之间还是转不过弯来，她一头扎进老太太怀里，泣不成声：“干妈，你快帮帮我，帮帮我啊——”

文秀英的眼泪也早断了线地往下淌，她疼爱地摩挲着孙岩的头发，殷殷叮嘱：“孩子，这档子事谁也帮不了你，只有你能帮得了自己。你就记住一条，早晚你会碰到这么一个男人，你是螺丝钉，他是螺丝帽，你俩一旦遇上就拧巴到一起，天造地设刚刚好。等你们多经历点儿事，多笑几回、多疼几回、多摔打几回，就生锈黏合到了一起，分也分不开，那他就是你要心疼一辈子的人，你就是他要守护一辈子的人……”

母女俩的泪揉在一起，哭泣连着哭泣，心也连着心。床头的百合蔫头耷脑的，似乎也在跟着神伤。窗外，云淡风轻，花草静默，似乎是在说，让该过去的过去，未来才能到来。生活就是这样，总会让我们经历重重磨难和考验，总会让我们面对挫败乃至伤痕累累。直到后来，我们才会发现，那些挫败和伤痛会变成身体最坚强的盾牌，保护着我们一路前行，引吭高歌。

等伍家平拎着一食盒包子志得意满赶回到病房时，文秀英已经脱下病号服换上了自己的家常衣服，床头放着一只打点整装的行李袋。伍家平巡视一圈，问道："妈，趁热吃包子。孙岩哪儿去了？"文秀英平静地望着伍家平开口："儿子，我想回家，回咱北京的家。"

北京某进口豪车4S店的经理办公室内，经理的脸涨得比猪肝还红，室内的气压低得令人喘不过气来。低头、背手、军姿站立的黄小尊一副待宰羔羊的颓废架势，任凭经理拍桌子狮吼、跳起脚发飙臭骂，他都一改过去的骄娇二气，心服口服地认错，态度诚恳地领受处罚。原来，4S店低价处理了一批样品车和磕板车，黄小尊脑筋急转弯地想到了一个发财路子，他跟一哥们儿四处筹借，以哥们儿的名义买了三台特价处理车，经过他的"妙手回春"，三台特价车旧貌换新颜成为正价商品车，购车客户美滋滋地以八五折从黄小尊朋友手里买走车，还以为自己捡了天大的便宜。可纸里包不住火，其中一个购车客户在保养车时细心复检发现瑕疵配件，一怒之下顺藤摸瓜找到4S店投诉索赔，并且报了警。

经理骂完凶完之后，"京瘫"在老板椅内，有气无力地问黄小尊："你说，现在这个'窟窿'该怎么补救？给总公司的这份报告我该怎么写？咱们店的声誉、业绩你怎么挽回？上上下下这些人今年的评优奖励你怎么往回找补？你说啊！你自己选的这条夜路，你就是跪着也得把它走完！”

黄小尊心里明白，要解决这件事，只有一个办法，平息客户的怒火，劝其撤销投诉，销案，把买卖车的差价给人家补出来，另外还要赔偿人家的精神损失和其他损失。黄小尊和哥们儿早就把利益所得一分为二，他即便能把自己那份所得凑巴凑巴退赔出来，可那哥们儿愿意把吃进嘴里的大肥肉给吐出来吗？他试着给哥们儿打过几次电话，那哥们儿起先还接他的电话，不但不答应还钱，反倒游说他辞职甩手走人，劝他到了派出所抵赖个一干二净，然后自立山头开汽车美容护理中心去，再后来，干脆连他电话都不肯接了。

听了经理的话，黄小尊只得硬着头皮掏出手机电话簿，继续寻找能帮他一把的“救苦救难活菩萨”。电话簿里从头到尾仔仔细细翻了一遍，乍一看人名几百个，除了酒桌、饭桌上的“酒肉之交”，就是人事应酬上的“露水朋友”，他心知肚明这样的熟人朋友即便他厚着脸皮冲人家张开了嘴，人家也有一百个或婉转推托或生硬回绝的话头招呼他呢。碍于经理此番的施加压力，黄小尊还是硬着头皮拨通了几个号码，果不出所料，对方一开始均热络打招呼，一听到他开口借钱，无一例外地左挡右推地“打太极”“踢皮球”。黄小尊的手指滑过伍宝的手机号码，停了一下，立刻迅速滑过，又翻了几屏，停留在王建儿的手机号码上，他迟疑片刻，一咬牙，拨出号码。

抱着破釜沉舟之心的黄小尊，没有像前几个电话那样，只是言简意赅地向对方说出自己现在遇到了难处，急需支援救济，丰俭随交情。他在打给王建儿的电话中，向对方一五一十完整陈述了此次事件始末，有可能招致的最坏恶果，以及需要她出钱、出力、出人一帮到底的强烈要求。末了，黄小尊不忘给她派张大馅饼：“建儿，我知道你心里有我，我之前对你躲躲闪闪是怕接不住、捧不稳你这尊女神！我跟你表个‘红心’，我们经理就在旁边，他可以做证，这件事你明天帮我搞定，咱俩后天就去领证！你放一百个心，我会积极努力去找工作，我会让你幸福的，你若帮我‘东山再起’，我必让你‘母仪天下’！”

王建儿在电话里呵呵一笑，慢条斯理的声音款款响起：“黄小尊啊黄小尊，你知道我最喜欢你哪一条吗？我最喜欢你一根筋呆头傻脑爱伍宝的死忠模样，可你跟她离了；你知道我最受不了我前夫哪一条吗？就是他狗熊掰棒子干一行毁一行，总让我给他擦屁股。可你瞧瞧你现在的样子，跟我前夫一个臭德行！我王建儿之所以能笑傲江湖这么多年，就是奉行一条金科玉律，利人损己的事坚决不做！我是喜欢你，甚至已经有点儿爱上你，可我最爱的人当然是我自己！这是我接听你的最后一个电话，以后咱们的关系就是路人甲和路人乙，好自为之，再见！”黄小尊头晕目眩地望着被挂断的手机屏幕，有点儿不敢相信自己的耳朵，这就是那个对他情话说不完的王建儿？这就是那个上天入地都要跟他在一起的王建儿？翻脸比翻书还快，深情和绝情一秒钟切换，这世上怎么会有这种市侩得决绝的“变脸”女人？在此之前，他以为能喜欢上他黄小尊的只有一种女人，就像伍宝一个德行，率性、淳良、孩子气未泯，是个眼里不揉沙子的主儿，半点儿亏不肯吃，半点儿恩不肯受，容易头脑发热干傻事，敢爱、敢恨、敢付出、敢索要，性格麻辣嘎嘣脆，为人处世就是一盏不省油的灯！想到此，他心头一抽搐，嘴角泛起苦笑，有点儿不敢想下去了——伍宝这人平时脾气大、脸臭、毒舌，但只要他黄小尊到了危难时刻，她绝对说不出、做不出像王建儿这样翻脸无情的决绝来。别看平时她总是跟他针尖对麦芒地对着干，挑剔他这个，指责他那个，可他每次做出蠢事来，都是她一边臭骂他，一边竭尽全力地帮他“擦屁股”，一边对他恨铁不成钢，一边仍是死性不改地对他殷殷期盼望夫成龙。说来也怪，在黄小尊眼里，伍宝从前那副横眉怒目、指天画地的泼妇模样，现在回想起来却是那么春风拂面，那么可亲可爱。黄小尊忍无可忍给了自己一嘴巴，咒骂自己：“贱！真贱！活该！”

下班时分，4S店闭店开全体职工大会，经理针对黄小尊“倒车事件”做了通报批评，末尾，他给出店领导班子一致通过的处罚意见：即刻起开除黄小尊，此事件移交司法机关处理！

“手下留人！”隔着落地玻璃门，一个打扮得跟十八线明星似的小哥卖力敲打带呐喊，此人正是黄小尊的哥们儿、倒车同伙儿。他身后跟着一个外形酷似山寨版郭德纲的中年胖哥，此人正是投诉客户。这俩人表情含笑，举止带着春风，对着玻璃门内的人各种挤眉弄眼打招呼示好，与之前的拍桌子、咆哮、瞪眼睛、得理不饶人简直是三百六十度，不，七百二十度的大转变。眼前这一幕让黄小尊看傻了，让同事们看呆了，让经理看出门道来了。

经理示意保安开门放行，黄小尊的哥们儿一进来就嚷嚷：“怎么回事，这是怎么回事啊？瞅这架势你们是在开内部批斗大会吧，这都什么年代了，至于这么得饶人处不饶人吗！再者说了，当事人和原告车主没到场，这会开得有点儿早吧？一个巴掌能拍响吗？你们惩罚处置黄小尊我没意见，但至少也得尊重一下车主和我这个当事人的意见吧？来，有请车主给大家讲话，鼓掌！”稀稀拉拉的掌声中，酷似山寨版郭德纲的中年胖哥接过话筒：“各位老少爷们儿，大家好，我就是涉事车主本人，跟大家通报一下，我刚才已经去派出所销案了。这是我个人证件、购车手续和文书凭证，有不放心的、爱操心的待会儿可以过下目。报案人是我老婆，她是个只会耍方向盘，连玻璃水没了都不知道往哪儿添加的主儿，她根本看不懂检测报告，就偏听偏信闹了这么一出乌龙事件。我买的车一点儿质量问题没有，也不是从黄小尊手里买的，这次就是替我老婆来撤销投诉的。坏人咱们一个都不能放过，好人咱们一个都不能冤枉，这是我做人行事的宗旨。在场各位替我做个人证，手续上的事谁有疑问可以随时联系我，我的话讲完了。” 中年胖哥说完合手作揖，腆着肚子把复印件高高举起，重重拍到经理手里，昂首挺胸扬长而去。

黄小尊的哥们儿接过话筒反问经理：“您就是贵店经理吧？请教一下，我买贵店三台特价车的手续齐全吧？买车款项都付清了没毛病吧？”经理干笑点头道：“没毛病，没毛病。”黄小尊的哥们儿继续问：“那我应该算是贵店的尊贵客户，没毛病吧？”经理继续干笑点头道：“没毛病，没毛病。” 这哥们儿接着说：“作为这三台车的车主，我爱卖给谁就卖给谁，二手车买卖过户手续复印件都在这儿呢，皆齐全合法，没毛病吧？”经理擦擦额头的冷汗，不得已继续干笑道：“没毛病，没毛病。”这哥们儿猛地收起笑容，疾言厉色道：

“作为贵店的尊贵客户，我现在要投诉！”经理不明所以，回头打量身后一干员工，尤其重点扫了黄小尊几眼。这哥们儿拍拍经理的肩膀：“你别看别人，我要投诉的不是他们，就是经理你！你没仔细调查事情来龙去脉，就一副拿顾客当玉皇大帝把员工当压在五行山下的妖猴处置，这算不算渎职？黄小尊既不是买车人也不是卖车人，他只是下班后以朋友身份帮我干了点儿私活，一没违法二没乱纪，只是凭手艺、靠本事赚了份第二职业的外快，你凭什么召开全体大会开除他杀鸡给猴看？”经理脸色已经好看不起来了。这哥们儿冷冷一笑，继续说道：“黄小尊这事够得上开除的话，那请问经理大人，您就没干过点儿什么上不得台面的事，比如给你老丈人、小姨子、好哥们儿私定几台特价车？给你老婆的座驾免费做保养、更换新配件？伙同保险公司抬高定损价格骗车险、理赔金？”经理连连摆手，狠狠摇头，弱弱否定：“这个，没有，这个真没有！”台下人群中立刻响起一片嘘声。黄小尊哥们儿提高音量声情并茂地煽呼台下众员工：“亲们，黄小尊是跟这事有两毛钱的干系，但不至于摊上开除这种倾家荡产的处罚。今天，你们为求自保不向黄小尊伸出阶级友情之手，明天，你们但凡摊上个‘霸天虎’客户投诉，犯点儿鸡零狗碎的小毛病，都会成为下一个黄小尊的！”台下群情激动，从小声抗议到大声呐喊：“反对开除！反对一手遮天……”

黄小尊和哥们儿出了4S店，俩人直接去了路边摊撸串儿，各自干了一瓶啤酒后，黄小尊擦擦嘴角的泡沫，死盯着对面的这奇葩哥们儿问道：“说吧，到底怎么回事？主谋是谁？别告诉我你是见义勇为、为朋友两肋插刀，也别说刚才见义勇为上台做证的胖哥小名叫‘红领巾’，我是傻，但还没傻到姥姥家！你们今天唱这一出肯定是事出有因的，说白了就是无利不起早。之前我给那个投诉客户夫妻俩打了多少通电话、登了多少次门，都吃了闭门羹。还有你，你小子属貔貅的，只吃不拉，赚到手的钱一个子儿都不肯吐出来退赔，还怂恿我辞职走人开店去，后来我再给你打电话你媳妇儿说你去赞比亚打工了！别人我不好说，就你这有钱便是娘的货色，今天怎么可能主动冒出来见义勇为一把？你要还把我当哥们儿就坦白从宽，你要顽抗到底我就从你身上蹚过去！”这哥们儿死活不松口，坚称自己就是义字当头，去找了买车客户夫妻俩无数次，精诚所至才让“霸天虎”客户慈悲心一动而已。黄小尊懒得跟他磨叽下去，用尽洪荒之力从他裤兜里掏出手机，强行把他的大拇指按在开锁键上，屏幕锁打开，点出通话记录，快速翻动，果然，一个烂熟于心的手机号码反反复复出现N次。被这个手机号码辣了眼睛的黄小尊放下酒钱起身离开。哥们儿在他身后喊：“小尊，不管你信不信，我没拿她一分钱的好处，我是被她给感动了！……”

黄小尊头也不回地走着，越走越快，走着走着麋鹿般在马路上狂奔起来。

青少年宫大楼前，身穿一身干练运动服的伍宝正有条不紊地指挥搬家公司的师傅们往卡车上搬运教材、器具等杂物。黄小尊气喘吁吁赶来，一把揪住伍宝劈头盖脸发问：“为什么？为什么？为什么？”伍宝冷冷打掉黄小尊的手，冷冷看了他一眼，冷冷回答：“什么为什么？我是教小提琴的，回答不了你的十万个为什么。闪一边去，我忙着呢，没工夫搭理你这种闲杂人等。”

黄小尊不依不饶穷追不舍：“咱俩都各奔东西了，你为什么还要帮我？为什么还要对我好？这个时候，天底下最应该看我笑话的人就是你啊。这个时候，你最有资格站出来骂我活该，指着我鼻子骂我不作死就不会死，笑着看我怎么灰溜溜从4S店夹着尾巴滚蛋。你就是这么做了，也没谁能说出你半个不字来，是我自作自受！是我活该滚蛋！可是，全天下人都跟我翻脸了，父母、朋友、哥们儿嫌弃我跟嫌弃一只流浪狗一样，甩我跟甩一把大鼻涕似的！偏偏就是你，唯独还是你，这个最该嘲笑我、臭骂我、嫌弃我的人，没离开过，悄悄地帮我，默默地解我于危难，为什么？为什么？为什么？我不值得，我不值得你这么掏心掏肺地对我！不值得你这么不管不顾地帮我！不值得你这么丧心病狂地爱我！”

伍宝仍旧冷得像块冰，黄小尊的热血沸腾、慷慨陈词没有激发出她半点儿的情绪起伏，她懒洋洋地继续帮搬家师傅搭把手干活，懒洋洋地回答他：“什么为什么？你哪儿来这么多为什么？我看你是吃饱了撑的！咱俩之间早一刀两断了。我最后一次警告你，别有事没事就跑我这儿来撒野！否则我喊保安了！”

黄小尊痛苦地追问：“哥们儿都跟我摊牌了，你把小提琴教室抵押给了你最咬牙切齿的同行对手，就是为了赔偿给车主差价和他们狮子大开口索要的一笔精神赔偿费。被喂饱了的车主夫妇这才肯撤销在4S店的投诉，去派出所销案。你这么置自己于死地地帮我，还甘当无名英雄，我黄小尊别说是卖肝、卖肾、卖身了，就是把这条命豁出去，也不够赔给你的！我欠你的太多太多了，你告诉我该怎么还？”

伍宝听着黄小尊的激动发问，就像听着一段陌生人的陌生故事，她冷静地指挥师傅们搬运杂物，不时提醒他们别磕着碰着、轻拿轻放。黄小尊说到动情处，抓住伍宝的双臂像抓住他人生中最后一根救命稻草，舍不得撒手。伍宝这才不耐烦地用力挣脱开来，冷冷道：“你哥们儿怎么跟你编故事我管不着，这故事纯属虚构，请勿对号入座。我最后一次认真负责地告诉你，从离婚那天起，咱俩就银货两讫、爱恨两清了，你不欠我的，我也不欠你的。你要陷入自己编撰的深情故事里自嗨那是你的事，别拉上我当垫背的，我不屑也不想陪你继续玩这种小儿科的把戏。黄小尊，你认真仔细给我听好喽，甭管你信不信，这都是事实，从咱俩离婚那一天算起，我就把你当个屁，给放了！”

黄小尊不依不饶地继续纠缠：“你说这只是个故事？那我问你，你这里搬家算怎么回事？办得好好的教室停课转让给别人算怎么回事？”

搬家师傅们搬完所有物品，收拾停当上车归位，就等伍宝一声令下开拔出发。伍宝利索地坐上卡车副驾驶位置，冲他抛下一句话：“你一个大老爷们儿，别老一惊一乍的，遇事只过眼不走心。我搬家不是为了帮你，实在是在这块儿高手如林的风水宝地竞争累了，想换个清静地界儿重新开始过新生活而已。好了，以咱俩的过去式关系，说这些都多余，我还得接着忙活，你该干吗干吗去，咱俩之间就到此为止了！”装货完毕的卡车说走就走，留下吃尾气的黄小尊，一脸不死心地伫立遥望。

当夜，黄小尊垂头丧气回到家，把父母大人请到客厅落座，他一五一十讲出此次事件始末，以及伍宝舍业、砸钱、捞他、洗白他的全过程，黄爸黄妈听得时而怒其不争，时而哀其不幸，时而被伍宝感动得眼泪哗啦的，时而对他俩的一拍两散感叹造化弄人。

黄小尊恳求父母："爸，妈，我错了，我敷衍、糊弄你们，嫌你们来北京碍事、添乱，嫌你们管得宽我没了自由，我大错特错了。我现在终于回过味来，我其实就是一个眼高手低、小事不想做大事做不来的小混混，我辜负了伍宝对我的深情，我辜负了爸妈对我的期望，我差点儿断送了自己最喜欢的工作，我差点儿跟一个完全不合适的女人在一起……我错了，我真的认识到错了，你们打我骂我吧，这样我才觉得好受一点儿。我不敢乞求你们和伍宝能原谅我，但我这次是真的认识到错了，我想重新做人，我想追回伍宝，我想做个好儿子、好老公、好男人！伍宝说她已经把我当个屁给放了，可见我伤她太深了。我现在才知道，娶到她这样不嫌弃我没本事、赚钱少的好女人，娶到她这样护着我、帮着我的好老婆，是我黄小尊这辈子最大的福气！爸，妈，求求你们，求你们千万别把我也当个屁给放了，帮帮我，再给我一次机会好不好？"黄小尊说着说着说不下去了，喉结颤动，眼圈发红，席地而坐呜咽起来。黄爸和黄妈这么多年以来还是头一次见到儿子这么发自肺腑地深刻反省做自我批评，其态度之诚恳，表情之焦灼，话语之卑微，是他们闻所未闻见所未见的。儿子是他们身上掉下来的肉，即便是再恨其不争，也不过是爱而不得的一种无奈体现。

可爱到底比恨多一笔，浪子回头终究金不换，黄妈鼻子发酸、眼窝发热地一把把他搂进自己怀里，黄爸纵有千言万语此刻也哽咽在喉，他把他们娘儿俩圈进自己宽厚的臂弯里，一家三口，紧紧抱在一起。

伍宝的小提琴教室新址选在五环边上的一个区文体中心大楼内，虽然因为搬迁流失了部分生源，但聊以安慰的是新地址房租便宜，优惠措施多，新生源可以慢慢培养。伍宝义务给周边社区的老年文艺团体教授乐理知识，辅导排练声乐节目。连伍宝自己也觉得不可思议，以前她挺排斥与老年人接触共事的，别说是纯义务行为了，就是给她劳务费，她都不愿意劳心费神把自己弄得焦头烂额疲惫不堪。许是经历了与前公婆同住一个屋檐下的磨砺，也有与老妈和梁天佑等老人深度接触后的感触和理解，她渐渐觉得跟老年人在一起不是忍受而是享受，不是负累而是责任。她的付出让这些老人得到快乐和满足，成就感爆棚，这比赚钞票买包包的快感更强烈更充实。

因为新校址比较偏远，开业前的宣传力度不够，加上这天气温骤降，刮起冷冷的西北风，所以新教室正式开业这一天，来捧场的嘉宾、家长和试课学生并不多，场面多少有点儿冷清。但伍宝并没因此垂头丧气，反倒更加抖擞精神地忙里忙外、招呼应酬。

离开业仪式还有一刻钟时间，几辆越野车、商务车挂着彩带、放着乐曲热热闹闹、浩浩荡荡地开过来，停在校外的空地上，黄小尊把自己捯饬得跟当红明星小鲜肉般，粉蓝色休闲西装，同色九分西裤，扎着红点领结，顶着一头一看就是造型师打理出来的走红毯发型，带着一大帮哥们儿、姐们儿杀到，他们个个西装笔挺、盛装美颜，人人手里不是捧着鲜花就是拿着香槟，显然都是奉命来撑场面、扎人气的。黄爸和黄妈从最后一辆车上走下来，二老带着两个硕大花篮进场祝贺。穿着燕尾服的黄爸主动拿起厚厚一摞宣传彩页给家长做介绍推广，穿着大红高跟鞋的黄妈降尊纡贵地担负起茶水阿姨的职责，热情招待每位来宾。在全家总动员之下，场面果然热闹好看起来。伍宝看着黄家这人马滔滔有备而来的阵仗，先是有点儿尴尬地怔在原地，继而觉得这样的日子人家明显是来帮衬她的，迎也不是拒也不是。好在到了她要上台主持仪式的吉时，她只要硬着头皮上台致辞，至于台下的搞气氛、招呼接待、迎来送往，她只能随黄小尊他们爱咋咋地了。好在，这本就是个越折腾就越热闹、越热闹就越红火有气氛的活动，从头至尾，除了黄小尊的刻意献殷勤太夸张、太腻歪人之外，其他都在可控、可接受范围内，新教室的开业活动从头至尾顺顺利利热热闹闹，画上了圆满的句号。

“开业”事件过去没多久，伍宝就百忙之中抽空跟黄小尊约谈了一次，谈话内容当然是警告黄小尊不要带着他父母掺和到她的工作和生活当中来。“开业”那次他不请自到，她碍于黄爸和黄妈的情面，以礼相待，但这并不等于她的默认和接纳。伍宝郑重警告黄小尊，她希望这样的不请自到是第一次也是最后一次，以后大路朝天各走半边，他们各过各的，谁也别掺和谁的日子。黄小尊对伍宝的话是言听计从，点头如捣蒜，半个不字都没有，笑脸相迎，笑脸相送。可过后没多久，伍宝新教室的试课活动、音乐节活动，以及内部员工餐会，黄小尊都不早不晚地不请自到了，伍宝一边怀疑黄小尊收买了她身边人做“内鬼”，一边屡屡对黄小尊下逐客令。可她既没有揪出这个“内鬼”，也没有让次次对她的话言听计从、点头如捣蒜、半个不字都没有、笑脸相迎、笑脸相送的黄小尊从此消失。伍宝对黄小尊采取了能拦就拦、能堵就堵的招数，不生效就升级为见他就打就黑脸的应对之法，可黄小尊犹如野火烧不尽春风吹又生的离离原上草，只要逮着机会就“一岁一枯荣”地犹如天降，伍宝无力招架只能眼不见心不烦了。

自此，黄家三口基本就以伍宝的教室为活动基地了，伍宝可以像赶苍蝇一样驱赶黄小尊，可以拿黄小尊当空气，可以把自己锁进校长室躲清静，可她对黄爸黄妈的热情招呼还得硬着头皮以礼相待，对黄爸黄妈的出人出力还得领情领心意。面对伍宝的不待见，黄小尊做到了百骂不烦、百拒不厌，坚信日久见真情，纵使伍宝一颗心是石头做的，也能被焐热了，何况她的石头心里，本来就装着这个让她又爱又恨的顽猴。

一次，黄小尊下班来到新教室，见老师正为被学生淘气弄坏的几张课桌椅犯愁，他一拍胸脯大包大揽过来，说他以前干过木工，这点儿活儿都不够他练手的。转过脸儿，黄小尊拿着榔头含着铁钉，就对着桌椅犯了愁。他笨手笨脚修理一把三条腿的椅子，比画来比画去不知道该从何下手，好不容易琢磨明白了钉子要楔入椅子腿的位置，他举起锤子，钉子淘气地根本不听他的话，死活不肯往他指定的位置入槽。黄小尊右手加了三分力道，高高举起锤子重重落下，只听“哎哟”一声惨叫，锤子没砸到钉子却砸到了黄小尊扶着钉子的左手大拇指，砸掉了大拇指甲盖，当即鲜血直冒，现场血腥指数两颗星。伍宝就在隔壁班级上课，闻声寻来，一见黄小尊满手掌都是鲜血，地上、椅子上、锤子上处处血迹斑斑，当即火冒三丈：“没有金刚钻别揽瓷器活！你干过木工吗？你除了会吃，就会拿锤子砸自己指头玩！赶紧上医院！”十指连心，黄小尊疼得脸都变形了，还嘴硬：“这点儿小伤不至于上医院，再说活儿还没干完呢，你给我找点儿纱布裹巴裹巴就行，我接着干活。”伍宝气得恨不得再给他一锤子：“你不要命就给我死远点儿，我眼不见心不烦！这可是铁器伤，指甲盖掉了不过指甲盖大个疤，要是感染了破伤风，那可是脑袋掉了碗大个疤！”血腥时刻，黄小尊计上心头，耍赖央求道：“你看在我为了修桌椅光荣负伤的情分上，先答应我一件事，只要你答应我，我不但乖乖听话去医院，医生就是把我这根手指头剥皮剜肉以后缝上，缝上之后再剥皮剜肉豁开，我都心甘情愿任凭摆布。”伍宝问他到底闹哪样，他嘿嘿一笑，答：“我不要天上的星星，不要海里的月亮，我只要你答应我一件事，咱俩复婚吧，越快越好，只要你答应了，我随你处置。”伍宝听完黄小尊的话从鼻子里“哼”了一声，扭头往外走。不知道是伍宝此举打击了黄小尊，还是指甲盖伤口失血过多，黄小尊连蹦带跳地大声“哎哟”起来，引得其他教室的师生纷纷探头观望。伍宝仍旧头也没回出了大门，黄小尊干脆往地上一躺，来来回回地打滚，越叫越惨，越叫越大声：“疼死我了，救命啊！疼出人命来了，救人啊！”直到黄小尊都叫岔了气，围观的师生挤满了门口，伍宝这才拿着一瓶碘伏、药棉和一大盒创可贴走进来。她虎着脸驱散围观师生，关上房门，闷声闷气地强制给黄小尊清洗创口。在碘伏的刺激下，在伍宝此番态度的打击下，黄小尊疼得浑身直抽抽，他有气无力地嘱咐伍宝："既然你宁死不从——宁肯看着我死都不肯复婚，那我也只能尊重你的决定，不过，我还是有话要说，你将来要爱千万别再爱上我这种'绣花枕头'的货色，我连自己都照顾不好，何谈照顾你，我只会拖你的后腿，成为你的累赘，让你受委屈，让你给我'擦屁股'。你要爱就爱一个能赚钱养家、能给你遮风挡雨的男人……"

黄小尊说话间，伍宝已经笨手笨脚用掉一大盒创可贴把他那只受苦受难的大拇指给包成了一根圆鼓鼓的"棒棒糖"，汹涌的眼泪把她的假睫毛都给冲刷掉了，把她粉嘟嘟的彩妆都给哭花了，哭成花脸猫的她恨恨举起粉拳，用力捶打着黄小尊的胸口，"你这个不让人省心的惹事精，你这个没心没肺的唯我独尊，你这个欠骂欠抽的冤家，你赶紧上医院打破伤风针去，你要死了我嫁给谁去啊！"黄小尊举着"棒棒糖"手指，喜极而泣把伍宝拥进怀里，"我终于重回'组织'的怀抱了，有'领导'的男人是个宝！"泪眼模糊分不清是哭还是笑的伍宝用力在黄小尊肩头狠狠咬了一口，黄小尊疼得龇牙咧嘴，一脸幸福。

伍宝领着黄小尊去医院找医生处理完毕伤口，打过破伤风针，记下各项注意事项。出了医院，黄小尊心急火燎要直奔民政局，他生怕伍宝事后不认账，或者再凭空生出点儿什么事端搅黄了他的复婚大计。伍宝的主心骨正着呢，她才不会像以往那样，跟黄小尊在气急败坏狗急跳墙之下去离婚，然后再旧情复燃头脑发热地去复婚，一遍又一遍地玩着"闪结""闪离"的徒劳无功游戏。他们的感情并没有在一次又一次的"闪结"和"闪离"中迅速成长、成熟起来，反而在这一次次人仰马翻的瞎折腾中千疮百孔、外强中干。伍宝拿定主意了，这一次，不能像以前那样，稀里糊涂地去复婚，而是要沉着理性地想明白，这个婚要怎么复，复婚之后的日子该怎么过，他们两人的工作、生活都要有个具体的明细规划和奋斗目标，这样才能确保复婚之后的他们不会重蹈覆辙，不会重走以前的老路，不会再次“民政局一日游”。伍宝掏心掏肺地跟黄小尊和盘托出自己的想法，复婚很容易也很简单，复婚之后他们该怎么做很不容易也很难坚持到底，他们一定要把这些都想明白了，确定目标和信心，才能不做无用功，才能让双方父母家人放心，才能彻底摘掉“夹生”夫妻这顶帽子！

一语惊醒梦中人，黄小尊觉得眼前的伍宝变了，变得理性了，冷静了，有思想了，更加成熟了。为了追赶上伍宝的变化和成长，他也得跟着变，跟着成长，否则，他就会掉队，就会脱节，就会配不上越变越好的伍宝。黄小尊不再追着赶着伍宝去办理复婚手续，他和伍宝各回各家，先把自己的工作和生活安排好打理好，把自己的状态调整到积极向上的层面上来，过上规律、节制的生活，认真完成分内工作，该孝敬父母就孝敬父母，该戒熬夜、戒酒局、戒乱花钱绝不纵容自己，闲暇时光，他们各自做各自的未来规划，也会定期电话沟通。直到他们觉得彼此都准备充分了，都想透彻悟明白了，都浑身是劲要撸起袖子加油干了，才手牵着手准备夫妻档要扬帆起航。

黄小尊和伍宝先去请示了黄爸和黄妈，拿出他们的诚恳态度和未来规划，黄爸和黄妈自然是大力支持。接下来，他们去向伍家平和文秀英报喜，伍家平给他们提了一些中肯的建设性意见和建议，文秀英一身的病痛一下子就好了七八分。

当小两口再次迈进民政局的门槛，不禁感慨万千悲喜交加，这里曾经是他们相爱的见证，也是他们分手的见证；这里收藏着他们的喜悦，也收藏着他们的痛苦；这是个神奇的地方，更是个见证奇迹的地方，只要有爱，就会有奇迹。他们办完手续跨出民政局大门，伍宝忍不住想回头再看一眼这个既熟悉又陌生的地方，被黄小尊着急忙慌地喝止了：“别回头！千万别回头！后面什么都没有，什么都不重要，我们一定要向前看、向前走，永远不再回到这个地方！”伍宝乖乖听话，不回头，跟着黄小尊大步向前走。

黄小尊领着伍宝大步向前走，既没有领着她走向某一家高档餐厅来个庆祝复婚大餐，也没有领着她走进某一家大商场买份礼物表表心意，更没有领着她飞奔回家重启久违了的床笫之欢，而是领着她飞奔上车，直奔物流公司取回一件重如磐石的沉甸甸快递。黄小尊一鼓作气把这个沉甸甸的大物件扛上了楼，扛回了家。拆开外包装，竟然是个敦实厚重的保险柜！伍宝不明白黄小尊这是搞的啥名堂。黄小尊狡黠一笑，毕恭毕敬地把二人的结婚证举过头顶，虔诚地拜了三拜，然后郑重放进保险柜的抽屉里，锁上三道锁，拧下钥匙，伍宝当即明白过来。然后，黄小尊和伍宝驱车直奔香山，俩人手把手把保险柜钥匙扔进深渊。他们对着高山幽谷朗声发誓，从此上要孝敬父母，下要认真打拼事业，踏踏实实把小日子过成好日子，再也不折腾了！

这对“夹生”夫妻冲破道道关卡、历经重重磨砺，终于成长为一对去内忧排外患的中坚夫妻！

几天后，孙岩以游学研修的名义独自一人出了国。

文秀英痊愈出院。肇事司机经不住这段时间以来内心的负疚和折磨，主动投案自首。他称自己从出事以来，食不知味，夜不能寐，听见敲门声就心慌，见了警察就躲，回家看到自己的父母就更是抬不起头来，整个人瘦了十来斤，头发白了近一半，再这么煎熬下去，他觉得生不如死。

肇事司机是个挺大块头的汉子，见了文秀英二话没说就嘎嘣脆地双膝跪下去，痛哭流涕连连忏悔，他愿意承担老太太的一切医疗费用，愿意领受一切刑事处罚。他向文秀英忏悔道："我现在才明白过来，做错事就得认罚，无论多少年总有赎完罪孽那一天，如果一直东躲西藏下去，我怕自己这辈子都活成阴沟里的老鼠！"文秀英希望办案人员念在他一片改过之心的分儿上从轻处理。"我也是为人父母的人，谁家的孩子没做错过事，知错能改善莫大焉。他的父母年纪也一大把了，肯定盼着他能早日赎完罪回家呢！"

第 17 章

中坚夫妻是这样炼成的

在文秀英的执意坚持下，伍家平不得不硬着头皮带她回北京家中与乐乐祖孙重聚。老太太跟大孙子亲亲热热起来就没完没了，身体状况恢复良好的乐乐重现昔日的“小老虎”风采，能蹦能跳能玩能闹，卖得了萌，耍得了宝，把奶奶逗得一笑十年少。伍家平看了乐乐的复检报告，询问了他的学习情况，乐乐汇报说老师和同学都积极帮他补课，他这次月考成绩排名只比从前掉队了十二名。伍家平夸张地惊呼：“掉队十二名？你那个眼睛里只有名次和成绩的妈还不得被气得大病一场啊！”乐乐点点头：“妈妈是被我给气病了，她每天大把大把吃药，一小口一小口‘吞’饭，饭量比猫咪还小。她有时候疼得冒汗，有时候难受得悄悄流泪。妈妈好可怜啊！爸爸，我求你了，你赶紧把妈妈从太姥爷家里接回来吧！奶奶，我的亲奶奶，我替妈妈给你道歉，你原谅妈妈好吗？我犯了错，只要好好承认错误，保证改正，你们大人都能原谅我，为什么妈妈犯了错就没人肯原谅她呢？”文秀英心疼地把乐乐搂进怀里，一眼不眨地盯着伍家平，那意思是：“孩子的话你听见了吗？你不心疼大人，能不能心疼心疼孩子？”伍家平默默垂下头，转身进了卧室。

一连几天下来，任凭文秀英和乐乐这祖孙俩怎么里应外合，怎么旁敲侧击，怎么动之以情晓之以理，伍家平铁了心做一只“闷嘴葫芦”，不开口，不表态，软抵抗到底。文秀英知道，这不是儿子狠心，不是儿子绝情，这道伤疤刻在儿子心头，他比谁都难受，比谁都煎熬，别人还能找个人倾诉、找个地方哭一场，可他无人可说、无处发泄，只能憋闷在心里，苦着自己。可伍家平不知道的是，文秀英不在乎这件事上余芳错没错、错了多少、以后能不能改正，她在乎的是，儿子能不能迈过这道坎儿，能不能找回从前那些开心、快乐的日子，能不能苦尽甘来。儿子过得好不好是比天还大的事，儿子好了，她这个当妈的才能好。

这段日子，伍家平的确过得艰辛无比。令他艰辛的不是病榻上的老妈、刚刚痊愈的儿子和工作，而是那一晚余芳不认老妈，也不希望他去认领老妈的冷酷表情和决绝话语，一直盘桓在他眼底、心头，令他万箭穿心。他心里有两个小人一直在不停地打架，一会儿是小人甲占了上风，一会儿是小人乙赢了一局，一会儿又是俩小人打得头破血流两败俱伤。

小人甲冲小人乙吼叫：“她是有苦衷的。当时那样的局面，姥爷病情反反复复，心头肉儿子躺在医院里还不知道什么时候能痊愈，现在婆婆又遭遇了意外，每天一睁开眼就是各种医药账单，每天天一亮就要往医院跑。你一个大男人是给她挣下金山银山可供开销？还是给她雇了护工帮她减轻护理工作量？你赚来的薪水只够养家糊口而已，你这个大活人已经卖给了公司，医院的事压根儿指望不上。她不朝你抱怨、撂挑子已经很难得了，姥爷、儿子、婆婆这三座‘大山’压到她一个瘦弱的女人肩头，你让她怎么办？她能怎么办？手心手背虽然都是肉，但也有个远近亲疏，先顾哪个后顾哪个不是？她从来没说抛弃婆婆不是，她只是说一下子拿不出那笔天价住院费手术费，先缓缓，先缓缓而已。你就这么不近人情，你就这么恩断义绝，你还是人吗？我真看不起你！”小人乙破口大骂：“混蛋！你这说的是人话，办的是人事吗？别跟我这儿卖苦难博同情。家家都有本难念的经，别家也有过不去的火焰山，怎么就没见人家遗弃老人呢？怎么就没见人家宁舍老人不舍钱财呢？要想公平就换位思考一下，如果离家出走遇到车祸躺在医院无亲无靠的是姥爷而不是婆婆，她能置之不理一拖再拖吗？她能该吃饭吃饭该睡觉睡觉就当什么事都没发生过吗？人心换人心，患难见真情，这才是人间正道啊！老太太自从来到这个家，下照顾孙子，上照顾梁老汉，中间还要给儿子、儿媳做一日三餐外加洗洗涮涮，老太太这么做图的是什么？难道就图的是日后被撵出家门？图的是遭遇不测后被遗弃在医院？天理难容啊！这么做丧良心啊！谁都有少年时，谁都有老来事，等你们老了，也试试这种滋味，被孩子们各种嫌弃，干什么都出力不讨好，是全家人的出气筒，有病有难的时候谁见了谁躲，等你们老成这副德行，就明白老太太心里该有多难过，多委屈，多失望了！”小人甲冲上去给了小人乙两记老拳：“冠冕堂皇的话谁不会说？你抛弃老婆就对啊？你亲手毁了这个家就是大圣人了？你让儿子不是有妈没爸就是有爸没妈，你让老太太不是见不到儿媳就是见不到大孙子，你让姥爷这么大岁数了还忧心如焚，你是个什么玩意儿？最见不得你这种假慈假悲的大圣人了。说到底，你就是自私，就是任性，只考虑自己的感受，只站在自己的位置上揣测别人，伪君子！真小人！”小人乙也不好欺负，挨了打立刻恶狠狠出手还击：“我就是被别人指着鼻子骂上一辈子的负心汉，也不能跟这种狠心恶毒的女人过一辈子窝心日子，我可以窝窝囊囊忍气吞声，但我不能让我老妈跟着受委屈受欺负。我妈把我辛辛苦苦拉巴大，虽说她并不指望享儿子、儿媳的福，但也不该让她面对这种残酷的事吧？父母是孩子的榜样，我儿子早晚有长大那一天，有娶妻生子这一天。我要给他做榜样，让他知道什么事能做、什么事不能做，什么人可以相守，什么人必须分离。做人做事都要有底线，这样才是世道才是人道！我错了，不能连累老妈，不能教坏了儿子，为了这一老一小，我必须跟她一刀两断，哪怕从此我就一个人孤独终老呢，那是我该遭的报应，我担得起这个后果，也会好好照顾好这一老一小，不劳你们大家操心！”“别说得比唱得还好听。谁不知道，你其实就是喜新厌旧，有了孙总忘了糟糠，你这种负心汉早晚会遭报应的！”“放屁！你再胡说一个小心老子撕烂你的嘴！孙岩帮我很多次，我感恩人家一辈子。我们之间清清白白，从没做过出格的事。她是个好女人，应该得到幸福，我配不上人家，更不敢痴心妄想，你这种狗嘴里吐不出象牙的东西，只配我用拳头教训教训你长长记性啦！”两个小人越吵越凶、越打越激烈，拳脚相加打得分外眼红，大战了三百个回合后，双双挂彩负伤，只是仍然分不出个高低输赢来，只能让伍家平的内心仍旧来来回回冰封火烤，倍加煎熬。

这天傍晚，伍家平拖着被一整天高强度脑力工作榨干了精髓的疲惫身躯，刚刚迈出公司大门，手机狂响，梁蔻蔻来电："家平哥，爷爷他……他又走丢了，你开着车呢吧，能不能赶紧过来一趟，我刚接了个电话，有人说在广元桥附近见过他……"伍家平赶紧追问梁蔻蔻的地址，让她原地等他，他这就立刻赶过去。伍家平挂了电话，心急火燎向停车场跑去，心里不停祈祷：姥爷吉人自有天相，一定能找到他，千万不能再出什么事了！

二十分钟后，伍家平与梁蔻蔻碰头会合，梁蔻蔻上了车，两人赶往目击者给出的地址。一路上，梁蔻蔻简单扼要地叙述了姥爷走丢的大致过程，伍家平询问了姥爷出院后的身体状况、近几天有没有发生什么刺激他的事、医生给开的药他有没有按时服用等日常情况，梁蔻蔻一一回答。在俩人互相安慰对方的过程中，车子来到目的地——广元桥头附近的一家小餐馆。他们进餐厅问询，服务员听了伍家平对姥爷外貌、衣着等特征的描述，点头确认老人就在他们饭馆里，现在人在106号包间内，人好好的，就是饿了，点了菜坐等开饭呢。伍家平一直悬到嗓子眼儿的心终于安安稳稳落回肚内，他向服务员感激致谢，大步流星地冲进106号包间。推开门，他愣住了。

包间内，居中摆了一张八人座的转盘圆桌，已经上桌了几盘荤素搭配的家常菜热炒，圆桌正中央位置上端坐着伍家平有时日没见面的梁天佑，他正夹起一筷子的京酱肉丝放进文秀英面前的碟子里，口中念念有词："乐乐他姥姥，你趁热赶紧尝尝，这一家的京酱肉丝那叫绝了，可着满北京城找不到比这里做得更地道的，肉是当天现宰杀的猪里脊肉，面酱是他们自己祖传秘方自己做的，掌勺的大厨就是掌柜的，那手艺没挑。还有这个熘丸子，软和滋味足，适合咱们牙口不好的老年人吃，还有……”文秀英吃了一筷子京酱肉丝，又夹起一颗丸子，边吃边点头。伍家平仔细打量两位老人的神情举止，怎么看怎么觉得这画面可疑，怎么看怎么觉得这里面有故事。他一回头，作为“领路人”的梁蔻蔻早已功成身退，消失得无影无踪。

伍家平虽然不知道姥爷和老妈他们这葫芦里卖的什么药，但来都来了只能老实入座。他赔着笑脸跟姥爷、老妈一一打过招呼请过安，话到嘴边想问问姥爷今天这“走丢”事件是闹哪样，话到嘴边硬生生就着京酱肉丝给咽了下去，跟着二老该吃吃该喝喝。姥爷既然用计把他召唤来，当然不会是请他吃京酱肉丝的，他只能乖乖就范听候发落。

一桌子菜很快上齐，主食和汤水也一一上桌，三个人正吃得热火朝天，余芳一脸焦急、一头大汗地冲进来，张口就问：“姥爷，你没事吧？你怎么不哼不哈一个人跑到这里来了？叫我和蔻蔻一通好找！”余芳说话间看到了文秀英和伍家平，当即明白过来，姥爷利用走丢当借口只为了摆这一桌“鸿门宴”！说实话，余芳梦里无数次梦到和婆婆重逢的场面，也胡思乱想过和伍家平再次面对面的尴尬局面，可她怎么也没想到，会是今天的虚惊一场，会是姥爷的一手安排。余芳没脸见文秀英，更不想与伍家平冤家聚头，她扭身想走，被姥爷喝止：“芳芳，坐下，先吃饭，有什么事吃完饭再说，你要现在走了，姥爷一伤心一生气，可就真的找不到回家的路了。”

在姥爷的恩威并用下，余芳只能尴尬落座。她冲文秀英歉意地打招呼问好，刻意把伍家平当成空气，端起自己面前的一碗饭，大口大口往嘴里扒拉。至于饭菜是甜是咸，她压根儿没尝出来味道。除了余芳，这顿饭好吃难消化的还有伍家平，他们在心里嘀咕，这哪是在吃饭啊，根本是在受刑！倒是文秀英和梁天佑吃着聊着，一口饭、一口菜、一勺汤地细嚼慢咽，很是受用。文秀英和梁天佑甚至相约，以后他们要带着乐乐和蔻蔻经常来这里吃饭，经常去公园逛逛。说着说着，梁天佑突然伤感起来，他不知道自己还能清醒几时，还能不能记得回家的路。文秀英向梁天佑打包票，只要有她在，她和乐乐、蔻蔻就一定能做到经常带他来这些熟悉的老地方吃吃饭、散散步、找找回忆，她就一定能带他回家。梁天佑感激地给文秀英又添了一碗汤，向她报喜道，他出院的时候，是梁山和潘爱莲夫妇哭着喊着求他回家调养的。潘爱莲慢慢戒掉了赌博恶习，一改早上贪睡、夜晚牌桌上奋战的不良作息，纠正输钱沮丧、赢钱狂喜的不平衡心态，每天操持家务、下厨做一日三餐，持家理财渐渐得心应手，这身子骨反倒越来越结实健康起来，心态也越来越平和安顺，既不再巴望梁山一夜暴富，也不望女成凤，一心觉得全家平安健康才是福。梁山关闭了他那间坑蒙拐骗无所不做，最后反而把自己给坑蒙拐骗进去的皮包公司。他积极主动拿出所有积蓄退赔客户，提供线索配合警察的调查工作。由于此案牵涉面甚广，诈骗数额巨大，社会负面影响极为恶劣，得到公安方面的极力重视。没多久就从派出所传来好消息，经济诈骗惯犯唐璜和他的同伙，在云南某边境线企图非法越境潜逃被连窝端，此案正在进一步审理中，相信不久的将来，会给广大受骗上当者一个满意的交代。梁天佑从前领导过的一个爱徒下属，得知老爷子出事后赶来探望，梁山的境况让他唏嘘不已，他主动提出让梁山去他的民办公司给他做专职司机。梁山不挑不拣，没问薪酬待遇就一口答应了。自此，梁山在公司洗心革面任劳任怨工作，不逞口舌之快，不争旁门左道之利。兜兜转转起起伏伏了大半生，这个回头浪子终于悟出了机关算尽并非真聪明，投机取巧得来的钱财终将怎么得来怎么失去，不是不报时候未到而已，凭本事让家人安居乐活才是真幸福。梁山工作之余，不混酒场不扎牌局，全心全意陪着老父亲散步、聊天、吃药、做康复训练，梁天佑的身体经此一劫当然虚弱，他的精气神比起从前父子不睦时期却是明显精健，阿尔茨海默病在亲情和药物的合力围剿下，日渐得到控制，没有显著恶化的迹象。

梁天佑和文秀英吃喝聊天间，汤足饭饱。他俩望着如坐针毡的余芳和伍家平，终于不再卖关子拿架子，梁天佑亮出底牌，今天的“走丢”事件是他一手自编、自导、自演的，文秀英是顾问，梁蔻蔻是友情演出，伍家平和余芳是板上钉钉的男一号和女一号！

伍家平和余芳见姥爷摊了牌，也就不再揣着明白装糊涂，他俩都想尽早说出自己的想法，亮明自己的态度，尽早结束这尴尬的局面，趁早让姥爷和婆婆死了这条劝和之心。余芳起身搀扶姥爷舒舒服服坐到墙角的沙发上，文秀英给梁天佑泡了一杯热茶，伍家平迎上去低声开口：“姥爷……”梁天佑前倾身子故意道：“什么？你大声点儿！”伍家平再上前迈近一步，俯下身去，提高嗓门儿唤：“姥爷！我有话要说！”梁天佑抬起手中的拐杖，狠狠朝伍家平抡过去。伍家平先是吃了一惊，接着反应过来，他不仅没后退，反倒迎着姥爷的拐杖凑了上去，主动地讨打。梁天佑的拐杖高高举起，重重落下，不留情面地朝着伍家平一下下呼呼带风地招呼过来。伍家平垂着头、咬着牙，结结实实地挨着。说来也怪，伍家平早就盼着有谁能狠狠打他一顿，越疼越好，越狠越合他心意，他要的就是这份“虐”，反而能让他心里好受一点儿，能让他自在一点儿，能让他缓过这口气来。余芳知道，姥爷这是在出他胸口堵了好久的闷气，也是在替她鸣不平，可她，早就从之前的满腹怨气变成了如今的自惭形秽，尤其当着文秀英的面，她的委屈、怨愤早就灰飞烟灭，剩下的只有惭愧不已。

余芳好说歹说，终于夺下了姥爷的拐杖，姥爷气呼呼地指责伍家平：“伍家平，亏你还有脸叫我一声姥爷！你脸皮厚好意思叫我，我都没脸答应啊！你还当我是你姥爷吗？你还认识这根拐棍吗？你忘了我我不怪你，可你不该连你跟余芳这些年经历过的好日子都忘得一干二净啊！当年，你第一次登我们家门儿，求我答应你跟余芳谈恋爱，你是怎么跟我保证的？你一穷二白，余芳非你不嫁，你是怎么对天发誓要一辈子不辜负余芳的？余芳生乐乐的时候难产，你是怎么哭着求老天爷保佑，只要母子平安，你愿意拿你拥有的任何东西作为交换！你小子都忘了，忘得干干净净，一点儿都不剩！余芳错了，我不护短，知道这件事后，我在医院就狠狠用拐棍打了她一顿，她该打！家平，余芳这次是做错了，你怎么打她、骂她，我绝不护犊子。可你千不该、万不该跟她离婚。她是对不起你妈、她婆婆，可她有丁点儿地方对不起你吗？你不能拿她的不孝当借口，用婚姻这根棍子一棍子打死她！她是有错，可罪不至死，打完罚完，总要给她一次改过自新的机会，我们是她的家人、亲人，不是盼着她死的仇人啊！”

伍家平不无委屈道：“姥爷，谢谢您这顿打，我早就该打了，打得好，打得我现在的脑袋格外清醒冷静。姥爷，您说的我和余芳经历过那些好日子我都没忘，也不敢忘！我觉得，忘记这些的是余芳，变了的人也是余芳！如果她没有忘记这些好日子，她就不会拿离婚逼着我去四处借钱，甚至不惜渎职！如果她没忘记这些好日子，她就不会嫌我窝囊，给不了她幸福。她就不会忘记您在她心里有多重要，我妈在我心里就有同等重要。如果那天换作是我要视而不见躺在医院里的您，因为拿不出手术费就避而不认您，余芳跟我提离婚那都是客气到家了，她会直接冲进厨房拿把刀宰了我！我跟她离婚，不是拿不爱她来惩罚她的不孝，而是这样一个绝情、狠心的女人，我真打心眼儿里爱不起来了。我怕她，我不愿意看到她，我不想跟这样的女人再有任何瓜葛！对不起，姥爷，我无能为力，我已经再也做不了她的家人、亲人，也没想过做不做她的仇人。我只想跟她做路人，一别两宽，各生欢喜吧！”

梁天佑痛心疾首捶胸顿足道：“你个浑小子，她糊涂你也跟着糊涂啊！你们这些年轻人都是糊涂蛋，头脑一热就要白头到老，一旦发现对方的错误就想着一拍两散。我问你，东西坏了为什么不想着修一修？干吗急着扔掉？谁能跟你保证新买的东西不会出问题坏掉？那么你就这样买了坏、坏了扔、扔了换新的、新的仍然会坏、坏了继续扔地重复过这种瞎折腾日子吗？感情也是一样啊，谁能保证一个人一辈子不做错事？不出问题？犯了错就改，出了问题就解决嘛。等你们到了我们这个年纪就明白了，美满恩爱的夫妻这世上没有现成的，都是修修补补过来的。错了就分、出问题了就散的夫妻，一辈子都找不到幸福，一辈子都是孤家寡人！日子都是缝缝补补过来的，夫妻也是缝缝补补过来的。你们是夫妻啊，是打断骨头连着筋的夫妻啊，她错了你得骂醒她、打醒她，你得帮她迷途知返，你得拉她回头是岸。即便你俩缘分尽了，我也得把这个道理给你们讲明白了，免得你们以后继续走弯路，还是在这棵‘歪脖树’上吊死自己个儿。人这一辈子不是要活得功成名就，不是要腰缠万贯，是要活得明明白白、坦坦荡荡，不亏心，不负人，这才是圆满。你们啊，还太年轻，且得修行着呢！”

在梁天佑和伍家平的交谈对话过程中，余芳早就如坐针毡、手足无措了，她忍不住含着两包眼泪走到文秀英面前，双膝一软跪下去，哽咽道：“妈！我错了！我对不起您！您打我骂我吧，千错万错都是我的错，我不配当您的儿媳妇，我不配您和姥爷费这么大心思挽救。如果有来生，我只求当您的女儿好好赎罪，好好孝敬您，这辈子我是再也没脸见您了！求您和姥爷让我和伍家平好聚好散吧！”

文秀英怒斥道：“我真没看出来，余芳，你怎么是个这么怕输服软的尿孩子！你是错了，你是对不起我，我没忘，我记得清楚明白着呢。我希望你也没忘，也记得清楚明白。既然你知道你做的事千错万错，干吗非要等来生？老太太我是个急脾气，等不了来生。你就今生、现在、马上连本带利一并还给我！从现在起，你要好好孝顺我、伺候我这个老太太，给我做好吃的买好喝的，跟我说话脸上要带着笑，不许明里暗里跟我隔着一层，不许瞧不上我儿子！不许拿我孙子撒气！不许再提离婚一个字！我和你姥爷都是土埋大半截的人了，你如果盼着我们死不瞑目，你就继续犟下去。你要是希望我们活一天乐呵一天有盼头一天，你和家平就赶紧去复婚。你赎罪你的，他偿还他的，我和你姥爷心安理得受用着你们的赎罪！你们有乐乐，你们有你姥爷和我这个妈，你们有一个辛苦撑起来的家，就没有过不去的火焰山！”

余芳擦干眼泪，掏出一张化验单，递给文秀英。“妈，不是我这辈子不想继续当您的儿媳妇，是我以前做错太多事，现在报应来了，我心有余而力不足！”

伍家平一听此话不对味，赶紧接过那张化验单，飞速看了一遍，不可思议道：“乳腺癌中期，怎么可能？这到底怎么回事？你怎么现在才告诉我们？”

文秀英语重心长点醒伍家平：“傻孩子！余芳不告诉我们，还不是怕成为这个家的累赘、包袱！现在掰扯这些有什么用？眼药水救不了城门楼的火！赶紧上医院，医生怎么说咱们就怎么治。我连车轮子都轧过来了，命够硬吧？你姥爷连刀子的滋味都尝过了，命够硬吧？有我们这两把硬骨头给你们撑腰辟邪，你们把别的恩怨是非都先放放，人命大过天，先闯过了这一关再说！”

伍家平抬起头，死死盯着咫尺之外的余芳。这个与他同吃同住、同进共退、同甘共苦了近十年的女人，一直都这么要强，像老母鸡护小鸡一样守护着每个家人。她还有姥爷要照顾，她还有儿子要望子成龙，她怎么可能得这样的病？她是怎么一个人与死神对话、与病魔博弈的？当她被病痛碾压得无力招架时，有没有流下过委屈的泪水？当她被死亡的恐惧折磨得冷汗淋漓时，有没有一个可以依靠的肩膀？她只是一个平凡、普通的女人，她也想像平凡、普通的女人那样生活、被爱、被牵挂，可这一路走来，她瘦削的身躯承受了太多、付出了太多，以至于终于走到了崩溃的边缘。伍家平恨不得狠狠给自己两耳光，他用良心这把刀默默地在心里给自己来了个凌迟之刑，他举起雪亮的钢刀，一刀刀剐向自己，片得自己血肉模糊，这才觉得心里痛快了一些。他定定地望着这个如此熟悉又如此陌生的女人，她的五官虽然历经时光和生活的洗礼，变得凌厉、晦暗和沧桑，但眼神依然柔亮，眉头依然坚毅，时光打磨掉了她脸上的如花颜色，生活却回赠她以母性的光辉。她眼角、眉头、唇边深深浅浅的褶皱丝丝缕缕勾扯出伍家平心底的回忆——恋爱时筒子楼水管下余芳红着脸给他洗衣袜内裤；当着余芳的舅舅、舅妈和姥爷的面，这个北京大妞抱着父母骨灰盒非他不嫁，彼时的他只是一个无房、无车、无北京户口、刚进银行工作的小职员；供房时余芳背着他吃了一年的清汤挂面当午餐；生儿子时难产，这个倔强如母狼的女人声嘶力竭喊“伍家平！保孩子！否则我做鬼也不放过你”……这回忆像远山的呼唤，像海底的吟唱，像云边的天籁，一下子就把伍家平重重包裹其中，揉搓出他对余芳深埋许久的爱恋、愧疚和忏悔。

伍家平什么都不管不顾了，以前的恩怨是非在他眼前渐渐模糊了，心里头的两个小人渐渐渺小消失了，心底的怨气、委屈渐渐被自责所取代。他上前紧紧抓过余芳的手，颤声道：“芳，有这么好的姥爷和婆婆，你舍得死吗？乐乐还没长大，你舍得撒手吗？这么多年来，咱们穷过，苦过，累过，怕过，心灰意冷过，但也甜过，笑过，得意过，满足过，幸福过，多少艰难困苦咱们都闯过来了，还怕这一劫吗？别的我不敢说，但我敢保证，从这一刻起，咱们全家不离不弃生死相依！”

余芳被伍家平说到了心底的痛处，她拼尽全身最后一点儿力气要从伍家平的手掌中挣脱开来。梁天佑带着哭腔呼唤：“傻孩子！你是要姥爷这个白发人送黑发人吗？你是要姥爷陪着你去天上跟你姥姥、你爸妈团聚吗？”余芳身体里最后一点儿力气被姥爷的话语给消融殆尽，她扑进文秀英怀里，痛痛快快哭了个够。

在全家人的陪伴和鼓励下，余芳鼓起求生的意志，准备好长期与病魔做斗争的充分准备，办理住院手续配合医生的诊断治疗。一期期保守治疗失败后，她冷静地接受了医生的手术建议。

余芳被推进手术室那天，梁家、伍家和黄家人全体来医院为她祈祷祝福，儿子乐乐和伍家平一左一右把她送入了手术室。望着姥爷的满眼牵挂，看着婆婆的一脸放不下，巡视着所有亲人的依依不舍和殷殷期盼，余芳微笑着落下了泪水，这泪水是热的，甜的。她感慨，如果上天没有让她患癌，没有让她走到生命的悬崖边，她现在必定仍然在无处安放的生活里折腾、焦虑，她仍然患得患失、顾此失彼，她仍然继续忽略生活里举重若轻的亲情、爱情和友情，她仍然抱怨命运对她太薄，她仍然想得到这个、得到那个，她仍然生活得身心疲惫、满腹委屈、一开口就是牢骚……她要感谢这场重病，让她放下了从前的执念，割舍了不必要的欲望，懂得了生活的真谛，学会了感恩和释然。即便她下不了手术台，即便这场病痛会带她去与天堂的父母团聚，她也会含笑上路，比起有些人漫长而自私的乏味一生，她这前半生岁月是沉甸甸的，是值回票价的，是无怨无悔的。

半年后。

医院缴费窗口，梁山、潘爱莲夫妇与伍家平、伍宝兄妹发生了一场白热化的争执，梁山和伍家平推推搡搡互不相让，潘爱莲和伍宝你说你有理我说我有理，难分高下。黄小尊、梁蔻蔻和林依木劝不了这个也帮不了那个，只能抱臂围观摇头苦笑。

病房内，文秀英给穿着病号服的梁天佑带来了香浓鸡汤。原本在缴费窗口看热闹的乐乐一路小跑进病房问太姥爷这次为什么住院，梁天佑告诉他，自己只是咳嗽了一个多星期，吃药总不见好，就被一惊一乍的梁山给强行办了入院手续。文秀英问乐乐其他家人怎么还没过来，乐乐一人分饰七角，以伶牙俐齿外加即兴表演，活灵活现演绎了大家伙儿在缴费窗口你争我抢要给梁天佑缴纳住院费，差点儿把医院大楼楼顶给吵翻顶的精彩场面。

周末，古灵精怪的伍宝带着黄爸黄妈来了个“工作重地一日游”——去4S店了解黄小尊的日常工作。在维修车间里，黄爸黄妈亲眼见到了宝贝儿子一身油污工装在故障车下摸爬滚打的工作场景。与黄爸黄妈曾经有过一面之缘的陈一朵闻风而至，她邀请黄妈跟她去展厅也看看销售人员的日常工作，他们不但要把自己当成活电脑通背每辆车的技术参数，还要用准确率百分百的专业术语回答客户提出的每一个问题，赶上客流量多的双休日、假日，销售人员光是站立一天小腿就能肿成大象腿。从车间到展厅，从技术活到销售活，黄爸黄妈大呼吃不消，他们明白了年轻人日常工作的辛劳，对孩子们多了三分理解三分宽容。

黄小尊和伍宝一合计，帮黄爸黄妈开了一个戏曲文化交流公众号，手把手教父母摇身变成传播戏曲、弘扬传统文化的自媒体达人。伍宝亮出她编辑、排版的绝活，黄小尊拿出他修图、剪辑的法宝。公众号里不但有黄妈从前的演出视频、彩排视频、戏装海报，也排版上黄爸从前写的报纸文章，以及他们对当下艺术趋势的专栏解读，偶尔也发一些他们的时尚生活掠影和旅游纪念照。同时，他们也热烈欢迎粉丝读者们的踊跃投稿、积极交流，达到以文会友、以戏切磋的目的。因为二老天天更新，互动频频，内容与时俱进，粉丝队伍日渐壮大，据说已有五六千人了，且"涨粉"速度日新月异。二老兴致勃勃以文会友、以戏传神，不但活出了乐趣，也活出了新高度，找到了他们的"第二春"。

余芳的术后恢复颇为顺利稳定，切除了左侧乳房的她，在伍家平和家人的加倍关爱、体贴下，活得更加昂首挺胸，自信乐观。在全家人的期盼和祝福下，余芳和伍家平复了婚，乐乐蹦着脚笑，文秀英和梁天佑擦着眼泪笑。伍家平辞去了孙岩公司的职务，去了一家以养老产业为事业重心的新三板公司，他目前的职务是公司一个养老社区项目的首席财务核算师。在这个工作岗位上，伍家平不但突破了以前瞻前顾后、畏首缚脚的职场瓶颈感，还找到了工作使命感、工作热情以及奋斗目标，这个婚姻标配男越挫越勇地成熟为婚姻砥柱男。

重阳节这天，伍家、梁家、黄家三个家庭全体成员齐聚伍家平家，召开了第一次全体代表大会。会议上，会长余芳提出第一项议题，父母老房的拆迁款已经到账，她还了借款，赎回保定老宅，打算用剩余款项的一半成立一个家庭爱老基金，制定互帮互助条例，把个体养老变成家庭互助养老，使他们三个家庭的父母和子女之间，从情感、职场和生活的互相博弈变为互相理解支持、互助成长，真正做到家有一老，如有一宝！会长余芳话音刚落，副会长潘爱莲和常务理事伍宝强烈要求入股这个爱老基金，共同出资，共同维护，共同受益。此议题全票通过，接着进入下一个议题……

什么是婚姻？婚姻就是一对缘分男女苦练七十二变、笑对八十一难的取经之路。什么是夫妻？整日价你甜言我蜜语的是露水夫妻，彼此眼里出西施、潘安的是戏台夫妻，对彼此说过狠话，对彼此做过错事狠事，饶这样还吵不散分不开的才是真正的夫妻！夫妻就是要多经历一些生活磨砺和情感波折，用欢笑和眼泪灌溉婚姻，直到你中有我我中有你，从婚不由己的“中艰”夫妻成长为驾驭幸福的“中坚”夫妻，舍小我，赢大爱，从此，王子和公主过上了幸福的生活。哦，对不起，生活不是童话，从此，成熟男人和柔韧女人过上了披荆斩棘追求幸福的充实生活。虽然，前方的路不一定是康庄大道，未必永远热热闹闹，该来的狂风暴雨一样也躲不掉，但是别妄想把他们打倒。故事可以有一百种结局，中坚夫妻却只有一个命中注定的句号——一心相伴，牵手到老，谁也别想逃。